Shears of Fate
Ciseaux du Destin

Also by/*aussi par* Charles Moore Wilson

Henri Had Grey Green Eyes
The False Cape Horn
Paradise Missed

(*en français et anglais, texte parallel*)

M as in Monsters? /*M comme Monstres?*
No Pockets in a Shroud / *Pas de Poche dans le Linceul*

Shears of Fate
Ciseaux du Destin

Charles Moore Wilson

K&B

Kennedy & Boyd
an imprint of
Zeticula Ltd
Unit 13
196 Rose Street
EH2 4AT
Scotland.

http://www.kennedyandboyd.co.uk
admin@kennedyandboyd.co.uk

First published 2021.
© Charles Moore Wilson 2021
ISBN 978-1-84921-217-5

Cover Photograph © Charles Moore Wilson 2021

La Fondation ARCAD – Aide et Recherche en Cancérologie Digestive – bénéficiera de tous droits d'auteur.

All author's royalties will go to the Fondation ARCAD – Aid and Research on Digestive Cancer.

'Khayy'am, who stitched the tents of science,
Has fallen in grief's furnace and been suddenly burned;
The shears of fate have cut the tent-ropes of his life,
And the broker of Hope has sold him for nothing!'

Rubaiyat of Omar Khayy'am,
Rendered into English verse by Edward Fitzgerald

'Khayy'am, qui travailla aux tentes de la sagesse,
Tomba dans le brasier de la tristesse et fut consommé d'un seul coup;
Les ciseaux du destin ont coupé la corde de sa tente,
Et le marchand d'espoir l'a vendue pour une chanson.'

Les Quatrians d'Omar Kyayy'am,
Traduits par Charles Grolleau

With special thanks to the Paris hospitals and their staff
— and particularly to G.

Un grand merci aux hôpitaux de Paris et à leur personnel
– et plus particulièrement à G.

Contents

Chapitres

ALORS

Il pleuvait abondamment alors que je me frayais un chemin le long de la rue Legendre depuis le restaurant, où j'avais déjeuné, avec mon journal pour compagnie.

Murdoch Simpson s'abritait sous l'auvent du kiosque au coin de la rue Levis. Sa silhouette apparaissait devant des magazines colorés, certains d'entre eux étant nettement suggestifs — le terme français serait 'hot'. Même s'il s'était laissé pousser une stupide moustache, type Staline, dans une tentative (ratée) de ressembler à un Français, je le reconnus instantanément, après toutes ces années, avec les ravages du temps sur son visage aussi. Il ne pouvait pas me voir, mes propres traits distinctifs cachés par mon parapluie. J'ai eu le choix de repartir de sa vie à ce moment. Ça aurait été facile.

Je suis passé devant le kiosque, mon pépin abaissé plus bas. Puis je me suis retourné et je suis revenu, et j'ai soulevé mon pépin au dernier moment, sa pointe touchant presque son front.

« Murdoch.»

J'ai observé les différentes émotions se propager sur son visage, et il y avait plus que de la surprise. J'avais eu le temps de préparer ma propre expression.

« Que fais-tu ici?» Poursuivis-je.

«Je vis tout près,» répondit-il, bien qu'il eût pu me poser la même question lui-même.

«Quelle coïncidence,» ai-je dit, «Je vis tout près d'ici aussi.» Et j'ai fait un geste dans la direction.

« Je suis de l'autre côté. En bas de la rue Legendre.»

«Vraiment? Je déjeune régulièrement au Petit Canon.»

Il secoua la tête. «Incroyable. Mon appartement est à une vingtaine de mètres au-delà.»

Ce qui était étonnant, c'est que, malgré les circonstances, nous étions directement en train de parler de détails géographiques insignifiants.

«Je viens d'emménager,» a-t-il ajouté. «Envie d'un café?»

THEN

It was raining heavily as I made my way along the Rue Legendre from the restaurant, where I had lunched, with my newspaper for company.

Murdoch Simpson was sheltering under the awning of the kiosk on the corner of the rue Levis. He was silhouetted against the colourful magazines, some of them distinctly suggestive — the French term would be 'hot'. Even though he had sprouted a silly 'Staliny' moustache in a (failed) attempt to look French, I recognized him instantly, after all these years, with the ravages of time also upon his face. He could not see me, my own distinguishing features hidden by my umbrella. I had the choice of walking on and out of his life again. It would have been easy.

I did proceed past the kiosk, my brolly lowered further. And then I turned and came back, and I raised it at the last moment, its tip almost touching his forehead.

"Murdoch."

I observed the various emotions speeding across his face, and there was more than surprise. I had had time to prepare my own expression.

"What are you doing here?" I continued.

"I live just down the road," he replied, although he could have asked me the same question himself.

"Quite a coincidence," I said, "I live quite near here as well." And I gestured in the direction.

"I am the other way. Down the rue Legendre."

"Really? I lunch regularly at the Petit Canon."

He shook his head. "Amazing. My flat is about twenty yards beyond it."

What was amazing is that we were straight into trivial geographical minutia, in the circumstances.

"I have just moved in," he added. "Fancy a coffee?"

9

Encore une fois, j'aurais eu l'occasion de dire 'non' et de passer à autre chose – restant probablement à l'écart du Petit Canon dans le futur, malgré leur serveuse sexy, Virginie.

«Pourquoi pas?» Répondis-je.

Le café tabac, Le Sauret, était à moins de quinze mètres. Curieusement, je n'y avais jamais mis les pieds, malgré sa proximité et sa décoration pseudo-Alphonse Mucha de bon goût. Il y avait de la place au bar en L.

«Un expresso,» répondit-il aux yeux de la serveuse.

«Moi aussi, mais *à l'Italienne, s'*il vous plaît.»

Les cafés commandés, nous avons commencé la conversation.

«Extraordinaire, ce qui se passe en Egypte,» a-t-il lancé.

«Absolument,» ai-je poursuivi. Moubarak avait finalement cédé à la pression des manifestations dans les rues et s'était enfui à Charm el-Cheikh quelques heures auparavant, et c'était partout dans les journaux. Peut-être que le titre du *Parisien*, couché sur le zinc à côté de nous, lui avait donné l'indice? Quoi qu'il en soit, nous avions sauté du point d'épingle détail de la carte urbaine jusqu'à la géopolitique actuelle, sans même un 'comment vas-tu?'.

J'avais beaucoup de choses à dire sur tout le développement de la rébellion du printemps dans le monde arabe, et donc cette question prit quatre ou cinq minutes — assez pour terminer les cafés.

«Tu en veux un autre?» L'accent de Murdoch ne s'était pas adouci avec le temps.

J'ai hésité. C'était pour un second café, ou mon prochain coup?

C'est arrivé très rapidement; apparemment spontanément. Il y avait une pointe sur le bar, juste devant lui. Cet instrument archaïque est vraiment un clou pointu et inversé, d'environ cinq pouces de haut, sur une base carrée en bois. (Certains restaurants chics, comme le légendaire Bacon sur le cap d'Antibes, ont des bases en marbre.) Il est conçu pour saisir des copies de factures et de relevés de carte de crédit. J'ai enfoncé sa tête sans méfiance dessus. À mon grand étonnement, (trop vite pour enregistrer le moindre plaisir), la pointe sembla traverser sa tête. En fait, il est entré par son œil droit. Il tira la tête en arrière, dans un geste automatique, tournant l'autre œil vers moi en mode stupéfait et accusateur. On aurait dit qu'il portait un cache-œil primitif — Moshe Dyan, le légendaire général israélien, sans la sangle

Again, I had the opportunity to say 'no' and move on — probably giving the Petit Canon a wide berth in the future, notwithstanding their sexy waitress, Virginie.

"Why not?" Was my reply.

The Café Tabac, Le Sauret, was less than fifteen meters away. Oddly enough, I had never set foot in it before, in spite of its proximity and tasteful pseudo Alphonse Mucha decoration. There was space at the L-shaped bar.

"An expresso," he replied to the waitress's questioning eyes.

"Me too, but *à l'Italien*, please."

The coffees ordered, we had to start the conversation.

"Extraordinary, what's going on in Egypt," he kicked off.

"Absolutely," I continued. Moubarak had finally given in against the pressure of the demonstrations in the streets and had fled to Charm el Cheikh a few hours before, and it was all over the headlines. Perhaps the headline of the *Parisien* newspaper, lying on the zinc beside us, had given him the clue? Whatever, we had jumped from pin point urban street map detail right into current geopolitics, without so much as a 'how have you been?'

I had quite a lot to say about the whole pattern of the 'spring' rebellion across the Arab world and so this issue must have consumed four or five minutes — enough to finish off the coffees.

"You fancy another one?" Murdoch's accent had not softened up over time.

I hesitated. Was it about a second coffee, or my next move?

It happened very quickly; apparently spontaneously. There was a spike on the bar, just in front of him. This archaic instrument is really a sharp, upturned nail, roughly five inches high, on a square wooden base. (Some posh restaurants, like the legendary Bacon on the Cap d'Antibes, have marble bases.) It is designed to capture copies of invoices and credit card slips. I rammed his unsuspecting head down on it. To my amazement, (too quick to register any pleasure), it appeared to go straight through his head. In fact it entered through his right eye socket. He drew his head back, in an automatic gesture, turning his remaining eye towards me in an astounded, accusatory mode. It looked like he had been endowed with a primitive eye patch —Moshe Dyan the legendary Israeli general, without the strap and on

et sur l'autre œil. Une fraction de secondes plus tard, sans doute trop tôt pour que les souffrances s'installent, Murdoch Simpson s'affaissait sur le sol du café – raide mort.

Le café et ses témoins oculaires semblaient se réveiller, et quelqu'un s'amarra à mes épaules.

Évidemment, je ne présentais aucun danger pour quiconque, mais je pouvais comprendre la réaction. Je n'ai pas résisté.

«Je vous dois deux cafés et une explication,» ai-je dit calmement à la serveuse hors d'elle.

the other eye. Split seconds later, arguably too soon for the suffering to set in, he slumped to the café floor — stone dead.

The café and its eye-witnesses seemed to wake up, and someone fastened on to my shoulders.

Obviously, I was of no danger to anyone else, but I could understand the reaction. I put up no resistance.

"I owe you two coffees and an explanation," I said quite calmly to the hysterical, lock-jawed waitress.

AVANT

Notre première rencontre avait lieu dans des circonstances inhabituelles, totalement accidentelles et, avec le recul, peu propices. Un dimanche matin, je me suis réveillé avec des douleurs aiguës, au bas de l'estomac. Nous ne nous étions pas trop enivrés la veille, il n'y avait donc aucun lien avec la punition de la gueule de bois. Le dimanche, je fais d'ordinaire de l'exercice religieusement, mais rien que le mot 'sport' était blessant ce jour-là. Je n'avais pas de médecin traitant et, de toute façon, la profession se repose le week-end. Nous avions entendu que la réputation de SOS Médecins était mitigée et donc Axelle me conduisit à deux kilomètres à Levallois à l'hôpital Notre Dame de Perpétuel Secours, récemment rénové, et le plus proche établissement doté d'un service d'urgences.

À ma grande surprise, l'endroit était calme. Peut-être que les gens, en particulier les employés, montrent une préférence pour tomber malade en semaine? La paperasse a été rendue plus facile par le fait que la secrétaire était stupéfiante, aux yeux d'amande, sa beauté pendant quelques instants éclipsant ma douleur physique. En un rien de temps, j'étais assis devant un jeune docteur athlétique. J'avais toujours supposé que mon médecin serait plus âgé que moi, mais à trente-six ans, je devais sans doute me faire à l'idée que ce serait de moins en moins le cas avec le temps. Il était minutieux, semblait préoccupé et a rapidement diagnostiqué une appendicite.

«Je pense que nous devrions vous garder,» a-t-il dit calmement.

«Je n'avais pas envisagé cela. Je n'ai pas apporté mes affaires,» ai-je répondu.

«Il vaut mieux apporter très peu de choses à l'hôpital,» a-t-il souri. «Vous avez un peu de temps pour organiser la logistique. Nous n'opérons pas le dimanche; ce sera à la première heure demain matin. Cependant, nous devons garder un œil sur vous, juste au cas où.»

«Mais si vous n'opérez pas?»

BEFORE

Our first meeting was in unusual circumstances, decidedly accidental and, with the benefit of hindsight, inauspicious.

One Sunday morning, I awoke with acute, lower stomach, pain. We had not overindulged the night before, so there was no link to hangover punishment. On Sundays, I religiously exercise, but even the word 'sport' was hurtful. I had no regular Doctor and anyway the profession rests on weekends. We had heard that the SOS Médecins were a mixed bag and so Axelle drove me two kilometres into Levallois to the recently renovated Hôpital Notre Dame de Perpetual Secours, the nearest establishment with emergency facilities.

To my surprise, the place was quiet. Perhaps people, particularly the employed, show a preference for falling ill on weekdays? The paperwork was made easier by the fact that the secretary was an almond-eyed stunner, her physical beauty for some moments eclipsing my physical pain. In no time at all, I was sitting in front of an athletic young Doctor. I had always assumed that my Doctor would be older than me, however at thirty-six I suppose I should admit that this will be less and less the case as time goes on. He was thorough, appeared concerned, and rapidly diagnosed appendicitis.

"I think we should keep you in," he said breezily.

"I hadn't bargained for that. I have not brought my things," I replied.

"You are better off bringing very few 'things' to a hospital," he smiled back. "You have sometime to organize the logistics. We don't operate on Sundays; it will be first thing tomorrow morning. However, we need to keep an eye on you, just in case."

"But if you don't operate?"

« Nous vous transférons — en ambulance. Il y a une cabine téléphonique dans le hall d'entrée.»

«Oh, ne vous inquiétez pas pour cela,» je voulais le rassurer, «ma femme revient dans une demi-heure.»

Il écrivait tout en parlant. Il a poussé deux papiers vers moi. «Montrez-les à la réception,» dit-il, debout. «Nos chirurgiens viscéraux sont assez bons, vous savez.»

Prononcé avec un soupçon de mélancolie.

Je lui ai serré la main.

*

On m'avait attribué une chambre lumineuse au sixième étage avec deux lits, mais où j'étais seul. L'infirmière, qui avait besoin d'un dermatologue à temps plein, m'avait dit de ne pas m'installer trop confortablement, car je serais à un autre étage après l'opération. Mon temps fut occupé par une visite de l'anesthésiste, des rayons X, des tests sanguins et un rasage embarrassant par une jeune femme non-embarrassée. Je dormis correctement pour une première nuit à l'hôpital, sans craindre l'opération. Le jeune toubib avait déclaré que les chirurgiens étaient 'assez bons', et c'était la routine...

*

L'idée de la mort ne m'avait pas vraiment traversé l'esprit et je n'éprouvais donc aucune euphorie en revenant dans le monde des vivants et en étant traîné dans l'ascenseur jusqu'à la chambre 307. J'ai même réussi à constater un mécontentement instantané en observant que le lit plus près de la fenêtre était déjà occupé.

L'homme, apparemment endormi, qui avait aussi réquisitionné la télécommande de la télévision, était blanc; ce qui devait être une bonne nouvelle. Les personnes originaires d'Afrique du Nord sont susceptibles d'attirer des hordes de visiteurs volubiles, tandis que certains du Sud avec une teinte noir charbon, même s'ils se douchent trois fois par jour, ont tendance à générer une odeur, qui peut être désagréable pour le plus invétéré, non-raciste européen. Je suppose qu'il s'agit d'une question de perspective et que mon odeur, nulle à mon avis, peut leur causer de l'inconfort également. Les vêtements d'hôpital public sont un niveleur social, en particulier sans Rolex flashy

"We transfer you — in an ambulance. There is a phone booth in the entrance hall."

"Oh, don't worry about that," I wanted to reassure him, "my wife is coming back in about half an hour."

He had been writing whilst talking. He pushed two papers towards me. "Show these to the reception desk," he said, standing up. "Our visceral surgeons are quite good, you know."

Spoken with a hint of melancholy.

I shook his hand.

*

I was allocated a bright room on the sixth floor with two beds, but on my own. The nurse, who was in need of a full-time dermatologist, told me not to install myself too comfortably, since I would be on another floor after the operation. My time was taken up with a visit from the anaesthetist, x-rays, blood tests and an embarrassing shave by an unembarrassed young lady. I slept well for a first night in a hospital, without working up any apprehension about being cut open. The young quack had stated that the surgeons were 'quite good', and this was routine ...

*

Non-survival had not really crossed my mind and so I experienced no euphoria on coming back to the world of the living and being trolleyed up in the lift and into room 307. I even managed to register instant disgruntlement on observing that the bed nearer the window was already occupied.

The man, apparently sleeping, who had also commandeered the TV remote control, was white; which had to be good news. Persons from North Africa are liable to attract hordes of voluble visitors, whilst certain from further South with a jet-black hue, even if they shower three times a day, tend to generate an odour, which can be distasteful to even the most died in the wool, non-racist European. I am assuming it is a question of perspective and my own smell, nil in my belief, may generate discomfort for them. Public hospital clothing is a social leveller, particularly with no flashy Rolex or discreet Breguet to shed a clue on wealth. At least my fellow room-mate was bereft of

ou discrète Breguet pour jeter un indice sur la richesse. Au moins, mon compagnon de chambre était privé de lourdes chaînes en or, de crucifix et d'autres choses, et, peut-être plus important, de marques de tatouage visibles. Tous les dessins, appliqués douloureusement sur son pénis ou ses fesses, étaient son problème. Il ne semblait pas non plus trop vieux, avec le risque de ronfler ou d'halluciner toute la nuit. Quoi qu'il en soit, je décidai de nouer aucune relation que ce soit avec lui, et j'aurais même esquivé toute télévision à cette fin.

Un autre réflexe du journalisme me fis passer en revue les détails de la salle. Elle était propre et étincelante avec un linoléum bleu et jaune apparemment tout neuf. En dépit du nom de l'hôpital, aucun soupçon de catholicisme, de madones, de bibles… Et je n'avais pas vu de nonne dans les couloirs. En tant que catholique déchu, seulement à l'église pour les funérailles, les baptêmes et un mariage rare, j'en étais heureux. Je ne savais pas que, dans la salle du conseil d'administration, les administrateurs se livraient régulièrement à des batailles sur la pratique de l'avortement, maintenant légalisé par l'admirable, sainte et infatigable femme d'État, Mme Weil.

«Je peux squatter la salle de bains quelques minutes?» Le français était littéralement parfait, mais exprimé sans la moindre tentative d'amortir un accent écossais écrasant, que j'ai identifié, à tort ou à raison, comme étant davantage de Glasgow que d'Edimbourg. Ça m'a rappelé Pierre Salinger, ami et porte-parole de Kennedy, qui n'a jamais essayé de trouver une prononciation française pour ses communications, cependant grammaticalement correctes.

«Bien sûr. Je vous en prie, faites.» La demande avait été tellement polie et désarmante, que je n'avais d'autre choix que de rompre ma résolution d'abstinence verbale.

Je ne comptais pas le temps pris et en fait, bien qu'il ait dû repasser au bout de mon lit, je ne l'entendis pas revenir et, les analgésiques travaillant avec succès, je m'endormis. Il me surveillait peut-être, parce que quand mes yeux s'ouvrirent à nouveau, j'entendis sa question.

«Appendicite, je suppose?»

«Effectivement.»

«Emmerdant. Mais tellement mieux que ce cancer rampant, se faufilant sans souffrance et vous laissant avec une tumeur de trois pouces.»

heavy gold chains, crucifix and stuff, and, perhaps more importantly, of visible tattoo marks. Any tabloids, painfully featured on his penis or buttocks, were his own problem. Nor did he seem too old, with the risk of snoring or hallucinating throughout the night. Anyway, I determined not to strike up any sort of relationship whatsoever, and would even duck all television to this end.

A further reflex from journalism had me running over the details of the room. It was sparkling clean with seemingly brand-new blue and yellow linoleum. In spite of the name, no hint of Catholicism; crosses, bibles ... And I had not seen a nun in the corridors. As a lapsed catholic, only in church for funerals, baptisms and a rare wedding, I was happy about that. I was unaware that in the all- male boardroom the trustees were regularly in battle over the practice of abortion, now legalized by the admirable, saintly and tireless stateswoman, Madame Weil.

"Do you mind if I squat the bathroom for the next few minutes?" The French was literally perfect, but spoken without the slightest attempt to dampen down an overwhelming Scottish accent, which I identified, rightly or wrongly, as being more Glasgow than Edinburgh. It reminded me of Pierre Salinger, Kennedy's friend and spokesman, who never tried to Frenchify his communications, however grammatically correct.

"Of course. Please do." The request had been so disarmingly polite, leaving me no alternative but to break my resolve of verbal abstinence.

I did not monitor the time taken and in fact, although he had to pass the end of my bed, I did not hear him return and, the pain killers working successfully, fell into a light slumber. He might well have been watching for my eyes to open again. As they did, I heard his question

"Appendix. I presume?"

"Yes, as a matter of fact."

"A pain in the ass. But so much better than that creepy, crawly cancer, sneaking in with no suffering and leaving you with a three-inch tumour."

J'ai acquiescé en hochant la tête, dans l'intention de clore la conversation.

«Les gens se faisaient autrefois enlever la chose comme des amygdales et aujourd'hui les marins se font opérer de sang-froid avant de partir en voyage.»

«Je ne navigue pas,» dis-je franchement, mais peut-être un peu brusquement. Et je me demandais si je pouvais solliciter discrètement une sorte de séparation. J'avais répondu trop vite sur l'appendicite. J'aurais dû choisir une pathologie affectant les cordes vocales.

Les visites avaient lieu de quatorze à dix-huit heures. J'avais eu peu ou pas le temps d'informer qui que ce soit de mes allées et venues et je n'avais pas besoin de compagnie. Axelle travaillait et nous avions convenu qu'elle pourrait négocier un départ anticipé de son bureau le lendemain. Après avoir frappé doucement, la visiteuse de mon voisin entra tranquillement dans la pièce, glissa devant mon lit et commença à l'embrasser tendrement. Quand elle se releva, il tendit la main vers elle et vers moi sous forme de présentation.

«Ma femme, Marie-Claire,» fit-il, puis après une pause, «Monsieur? Monsieur le voisin.»

«Durant, Xavier», j'ai terminé, me sentant légèrement coupable.

«Mon pauvre monsieur,» fit ladite Marie-Claire avec un sourire des plus désarmants, «mon mari est un moulin à paroles – à la première occasion.»

«Je ne lui ai pas donné beaucoup d'opportunités», ai-je avoué.

Marie-Claire (nom de famille encore inconnu, mais sûrement français) était élégante, pas étonnamment belle mais attirante à sa manière. Elle était habillée simplement, dans des tons pastel, portant un mince collier d'or et un maquillage tamisé. De toute évidence, son accent Passy/Neuilly (ou équivalent de Sloane Square) ne s'était pas estompé sur son mari. Ils parlaient de ceci et de cela, et dans les circonstances, à bout portant et en silence, je ne pouvais pas m'empêcher d'entendre chaque mot de leur conversation.

«Peut-être devrions-nous allumer la télévision?» demandai-je. «Je sens que je suis dans votre conversation privée.»

«Ne vous en faites pas,» répondit la dame, «s'il y avait quelque chose de vraiment confidentiel, nous chuchoterions.»

Elle était vraiment charmante. À contrecœur, j'ai dû accorder des

I concurred with a nod of the head, intending to close down the conversation.

"People used to have the thing taken out like tonsils and nowadays sailors have the operation in cold blood before embarking on a voyage."

"I don't sail," I said, truthfully, but perhaps a little bluntly. And I wondered about asking discreetly for some sort of separation. I had replied too quickly on appendicitis. I could/should have chosen some pathology affecting the vocal cords.

Visiting was from two o'clock through to six. I had little or no time to inform anyone of my whereabouts and had no need for company. Axelle was working and we had agreed that she might negotiate an early departure from her office the following day. Preceded by a tiny knock, my neighbour's visitor quietly entered the room, slipped past my bed and commenced to embrace him tenderly. When she withdrew, he spread a hand towards her and to me in the guise of an introduction.

"My wife, Marie-Claire," he paused, "Monsieur? Monsieur Neighbour."

"Durant, Xavier," I completed, feeling marginally guilty.

"My poor man," she said with a most disarming smile, "my husband will talk the hind leg off a donkey — given a half chance."

"I didn't give him much edge," I confessed.

Marie-Claire (surname still unknown, but surely French) was elegant, not astoundingly beautiful but attractive in her way. She was dressed simply, in pastel shades, wearing one thin golden necklace and subdued make-up. Patently her Passy/Neuilly (or Sloane Square equivalent) accent had not worn off on her husband. They talked about this and that, and in the circumstances, at close range and in the quiet, I could not escape hearing every word of their conversation.

"Perhaps we should put the TV on?" I asked. "I feel I am into your private conversation."

"Oh, don't worry about that," the lady replied. "If there was something really confidential, we would whisper."

She was decidedly charming. Reluctantly, I had to give my room

points à mon compagnon de chambre pour le bon goût. Nous avons laissé la télévision éteinte. Je n'ai pas pu m'empêcher d'appréhender plus de détails sur leur façon de vivre.

Axelle apparut le soir suivant, après une journée où j'avais stoïquement réduit au minimum la discussion. J'ai été heureux de percevoir que, même après une journée de travail, avec peu d'occasions de se rafraichir le visage, elle avait l'air formidable. Une fois que nous nous sommes enlacés, avec un peu de recul à cause du système de goutte-à-goutte, je me sentis obligé de faire les présentations.

«Axelle, voici Murdoch. Il a quelque chose de semblable.»

«Madame,» commença-t-il,» je revendique quelque chose d'un peu plus compliqué. J'ai laissé les choses trop tarder… Mais je dois vous informer que votre mari est la parfaite personne pour partager une chambre.» Il s'est arrêté pour respirer, «jamais une chose facile. Pour partager, je veux dire. Ça aurait pu être un désastre. Se battre pour les télés … hordes de visiteurs douteux et ainsi de suite …»

Il me donnait mauvaise conscience. Était-il naturel ou jouait-il un rôle?

«Il n'est pas si facile à vivre à la maison. Je peux vous l'assurer.» Axelle fit un geste pour faire baisser le ton de la conversation d'une octave ou deux, et revenir à l'objet de sa visite — moi, et mon état de santé. Nous avons réglé certaines choses, mais tout ce qui est de nature intime ne pouvait pas être abordé, avec des oreilles de tiers pointues, concentrées et si proches. Il devait en effet avoir quelque chose de plus sérieux que moi parce que je suis sorti de l'hôpital avant lui. *Last in — first out* doit avoir un sens. En partant, il a réussi à me soutirer mon numéro de téléphone.

«C'est une chance,» a-t-il dit «de vous avoir. C'aurait pu être un vieux bonhomme miteux, lâchant des gaz toute la nuit. Je voudrais vous offrir un bon déjeuner. Voir à quoi on ressemble avec des vêtements…»

Je ne pensais pas qu'il appellerait, mais il l'a fait. Environ deux semaines plus tard, un samedi à six heures du soir. Je n'ai pas reconnu le numéro qui s'affichait.

«Xavier?»

Il n'avait jamais utilisé mon nom auparavant. Dans la chambre d'hôpital, il n'y avait que moi à qui s'adresser. Le seul mot, cependant,

'mate' points for good taste. We left the television off. I could not help picking up some more detail on their way of living.

Axelle appeared the following evening, after a day in which I had stoically kept discussion to a minimum. I was pleased to register that, even after a working day, with little opportunity to put on a fresh face, she looked terrific. Once we had hugged, demurely on account of the drip-drip system, I felt obliged to make the introductions.

"Axelle, this is Murdoch. He has something similar."
"Madame," he opened up, "I lay claim to something a little more complicated. I left things too late ... But I must inform you that your husband is the perfect room-sharer." He paused for breath, "never an easy thing. To share, I mean. It could have been a disaster. Fighting over the tele ... hordes of dubious visitors and so on ... "

He was giving me a rotten conscience. Was he natural or playing a role?
"He is not so easy-going at home. I can assure you." Axelle made a move to bring the tone of the conversation down an octave or two, and return to the object of her visit — me, and my state of health. We did sort some things out, but anything of an intimate nature could not be entertained, with sharp, concentrating, third party ears so close. He must indeed have had something more serious because I got out before him. Last in — first out has to have a meaning. As I was leaving, he succeeded in extracting my home telephone number.

"Bit of a lucky draw," he said, "getting you. It might have been some scruffy old bloke, breaking wind throughout the night. I would like to buy you a decent lunch. See what we look like with clothes on ... "

I didn't think he would actually make the call, but he did. Some two weeks later, on a Saturday at six in the evening. I didn't recognize the number coming up.
"Xavier?"
He had never used my name before. In the hospital room, there had been only me to address. The one word, however, contained enough

contenait suffisamment d'accent pour établir son identité.

«Oh! hello,» répondis-je avec autant d'encouragement que je pouvais.

«Puis-je supposer que vous êtes rétabli?»

«Oui, merci. Je me porte comme un charme.»

«Bien, bien,» il s'est lancé dedans avant que je puisse me permettre de retourner la question. «Moi aussi. Je me demandais pour ce déjeuner. On pourrait en faire un dîner? Avec les dames, bien sûr. Toujours à mes frais cependant, je suis bien décidé à éradiquer la réputation écossaise.»

«Eh bien, pourquoi pas?» Je me suis entendu répondre en considérant que ce serait beaucoup moins ennuyeux qu'en tête à tête, et sa femme m'avait semblé plutôt gentille. Et c'est si dur de refuser carrément une invitation.

Deux semaines plus tard, un vendredi soir, nous nous sommes retrouvés dans un petit bistro, le plus convivial, dans la rue Jean-Jacques Rousseau. Axelle et moi étions en retard parce qu'on s'était embrouillés avec les numéros de rue. La rue Jean-Jacques Rousseau doit être la seule à Paris à avoir un espace de cent cinquante mètres et une partie d'une large avenue (du Louvre) entre les numéros 27 et 51.

«Ne vous inquiétez pas,» a-t-il dit avec enthousiasme, «nous sommes tellement heureux que vous soyez ici. Que vous ayez décidé de venir.»

J'avais dit à Axelle qu'il aurait été extrêmement difficile de lui donner un *non* catégorique et que, en se réunissant sur un terrain neutre, nous ne serions pas obligés de rendre l'invitation. Pendant le dîner, il nous a dit ce qu'il faisait dans la vie. Je ne lui avais pas demandé pendant notre séjour à l'hôpital. Il s'était qualifié en tant qu'expert-comptable à Aberdeen et était venu à Paris avec l'un des cabinets faisant partie des 'Big Eight'. Par la suite, son français s'était amélioré à un niveau pratique, et il avait créé sa propre entreprise. D'après ce que j'ai pu comprendre, il était une sorte de *one man* structure d'acquisitions et de fusions et un lobbyiste avant que cela ne devienne à la mode en France. Dans les faits, je ne pouvais pas l'envisager, physiquement et acoustiquement, en tant que vérificateur, lisant son rapport annuel aux actionnaires. Cependant, il avait certainement du bagout, et il pouvait raconter une bonne histoire.

accent in it to establish his identity.

"Oh, hullo," I replied as encouragingly as I could.

"Can I assume you are repaired?"

"Yes, thank you. Right as rain."

"Good, good," he jumped in before I could get around to returning the question. "Me too. I was wondering about that lunch. Could we turn it into dinner? With the ladies, of course. Still on me though, quite determined to stamp out the Scottish reputation."

"Well why not?" I heard myself replying on the basis that it would be much less boring than one-to-one, and his wife had come over as rather nice. And it is so hard to just flatly turn down an invitation.

Two weeks later, on the Friday night, we ended up in a little, and most convivial, *bistro* in the rue Jean-Jacques Rousseau. Axelle and I were late because we got muddled up with the street numbers. The rue Jean-Jacques Rousseau must be the only one in Paris to have a hundred and fifty metres gap and a chunk of wide avenue (du Louvre) between numbers 27 and 51.

"Don't worry," he said in his enthusiastic way, "we are just so glad you are here. That you decided to come."

I had told Axelle that it would have been extremely difficult to have given him an outright 'no' and that, meeting on neutral ground, there was no commitment for a re-make. During the dinner, he told us what he did for a living. I had not asked him during our hospital stay. He had qualified as a Chartered Accountant in Aberdeen and come over as such to Paris with one of the 'big eight' firms. Subsequently, his French improved to a workable level, he had branched out on his own. As far as I could make out, he was a sort of one-man acquisitions and mergers structure and a lobbyist before it had become fashionable in France. Indeed, I could not visualize him, physically and acoustically, as an auditor, reading out his annual report to the shareholders. However, he certainly had the gift of the gab, and he could tell a good story.

Avec les cafés, peut-être aidé par la consommation d'alcool, il s'est lancé dans une histoire sans queue ni tête impliquant Shirley Bassey. Il a imité parfaitement l'accent gallois de Dai, son fan de la vallée, qui avait gagné un prix pour l'entendre chanter à New York. Ça a duré longtemps et on a ri sans retenue. Même sa femme, Marie-Claire, qui avait dû l'entendre plusieurs fois, pleurait de rire. Je n'ai jamais été un 'raconteur', préférant l'écrit. J'aurais perdu l'attention du public, sauf peut-être Axelle par loyauté. L'humour est reconnu comme l'une des meilleures armes de séduction de l'homme.

Avec les tasses de café vides, j'ai songé à faire un premier pas vers le paiement d'une partie de la note, et mis ma main dans ma poche de hanche pour récupérer ma carte de crédit. Peut-être qu'il a vu le geste ou peut-être que c'était une coïncidence.

«Tu ne peux pas payer ici, mon vieux, j'ai un compte ici et le jeune Dominique refusera toute contribution de ta part»,

J'ai retiré ma main de ma poche.

«Tu n'avais pas à faire ça,» j'ai dit, «merci.»

«Eh bien, ce sera notre tour la prochaine fois,» est intervenue Axelle. Et nous étions donc engagés pour une prochaine fois.

Au cours de la deuxième ronde de cafés, Marie-Claire et Axelle ont échangé des numéros de téléphone et la programmation sociale a été retirée de mon contrôle direct. Même à cet instant, à travers la bonhomie apparente, un sixième sens, imperceptiblement et irrationnellement, a enregistré qu'une erreur était faite. Cependant, je n'avais rien de concret pour soutenir ce sentiment et je devais suivre le mouvement.

Environ six semaines plus tard, nous étions assis à la même table. J'avais consenti au même format de restaurant pour permettre une parfaite réciprocité économique et, encore une fois, sans raison tangible, je ne voulais pas qu'il soit chez moi. Le dîner, cependant, a été un succès — bonne nourriture, bon vin, bonne (bien sûr originale) compagnie ...

Tellement bien du point de vue d'Axelle qu'elle mit en avant l'idée d'un dîner à la maison. Je pouvais difficilement opposer mon veto, et il n'y avait pas de bonnes raisons de le faire. Ou y en avait-il? Ma réticence resta cachée. Tout ce que je dis à Axelle plus tard, c'est que puisqu'elle était l'instigatrice principale, elle devait choisir les autres convives. Elle me jeta un regard curieux, puisque normalement j'aurais mis mon grain de sel — lourdement.

Along with the coffees, perhaps aided by alcohol intake, he launched into a shaggy dog story involving Shirley Bassey. He did the Welsh accent of Dai, her fan from the valley, who won a prize to hear her sing in New York, to a turn. It went on and on and we laughed helplessly. Even his wife, Marie-Claire, who must have heard it many times, was crying with laughter. I have never been much of a 'raconteur', preferring the written word. I would have lost the audience's attention, except perhaps Axelle's out of loyalty. Humour is recognized as one of man's best weapons of seduction.

With the coffee cups empty, I wondered about making a move towards paying part of the bill, and put my hand in my hip pocket to retrieve my credit card. Perhaps he saw the gesture or perhaps it was a coincidence.

You can't pay here, old chap, I have an account here and young Dominique will refuse any contribution from your good self",

I withdrew my hand from my pocket.

"You didn't have to do this," I said, "thank you."

"Well, it will be our turn next time," Axelle chimed in. And so we were committed to a next time.

During the second round of coffees, Marie-Claire and Axelle exchanged telephone numbers and the social programming was removed from my direct control. Even at that instant, through the apparent bonhomie, some sixth sense, imperceptibly and irrationally, registered a mistake being made. However, I had nothing concrete to hang my hat on and had to follow the flow.

About six weeks later, contrivance had it that we were sitting, the four of us, at the same table. I had consented to the same restaurant format to allow for a perfect economic reciprocity and, again for no tangible reason, I did not want him in my home. The dinner, however, was a success — good food, good wine, good (well, certainly original) company ...

So good from Axelle's stand point that she put forward the idea of a dinner *à la maison*. I could hardly veto this, and there were no good grounds for doing so. Or were there? My reluctance remained concealed. All I said to Axelle later was that since she was the prime instigator then she should choose the other dinner guests. She did give me a quizzical look, since normally I would have been putting my oar in — heavily.

Nos dîners comptaient invariablement huit convives, tout simplement en raison de la dimension de notre table de salle à manger. J'ai fait une suggestion : que nous invitions les Maillard et surtout nos amis anglais les Worthington, avec l'idée qu'ils pourraient faire marcher Murdoch, puisqu'il me semblait un nationaliste écossais potentiel. Ils ont accepté mais par la suite ont dû décommander à la dernière minute à cause d'une priorité familiale et Axelle a donc invité mon ami Jean-Pierre et sa femme Odile, admettant qu'ils étaient des remplaçants. Évidemment, j'étais à l'aise avec cela. Il s'avéra que Murdoch et Jean-Pierre s'entendaient bien. Ils s'étaient découverts un intérêt commun pour les bateaux — les voiliers en particulier. Plus tard, les Maillard partis (avant l'heure de clôture normale, en raison d'un accrochage inattendu de leur baby-sitter) nous étions seulement six lorsque la conversation revint à la voile.

«Les gars, je sais que vous n'êtes pas des marins,» dit Murdoch en regardant Axelle, «Xavier me l'a dit à l'hôpital. Cependant, avec des skippers comme Jean-Pierre et moi, vous seriez en sécurité.»

J'avais du mal avec l'utilisation de 'gars' pour embrasser aussi bien les femmes. Jean-Pierre donna un signe d'encouragement.

«Qu'en pense-tu, Xavier?» Me demanda Axelle. «Tu ne m'as jamais dit que tu étais contre la navigation.»

«Je ne sais pas,» je haussai les épaules en réponse, mais je ne dis pas catégoriquement 'non'. En fait, je n'avais jamais envisagé de vacances sur un bateau.

«Nous n'aurions pas à faire le tour du cap Horn,» a ajouté Jean-Pierre.

Et c'est ainsi que l'idée fut lancée. Et elle prospéra au cours des mois suivants en grande partie sous l'impulsion des épouses, qui se rencontraient régulièrement. Jean-Pierre était plus que satisfait du projet et prit en main la logistique. Il connaissait quelqu'un avec un yacht convenable à Madagascar, où, m'avait-il assuré, l'eau était chaude et la navigation facile. On aurait dit que tout le monde était convaincu que j'avais peur de la mer, alors que ce dont j'avais peur en réalité c'était d'être exposé à une overdose de Murdoch Simpson sur un petit bateau.

Le choix du mois de juin, cependant, me convenait parfaitement, puisque la saison de football serait terminée.

Our dinner parties were invariably eight-some, simply on account of the dimension of our dining room table. I did make one suggestion; that we invite the Maillards and a couple of English friends, the Worthingtons, with the thought that they might wind Murdoch up, since he came over as being a potential Scottish nationalist. They accepted but subsequently at the last minute had to pull out for a family priority and so Axelle invited my friend Jean-Pierre and his wife Odile, admitting that they were replacements. Obviously, I was comfortable with that. It turned out that Murdoch and Jean-Pierre hit it off. They discovered a mutual interest in boats — yachts in particular. Later on, with the Maillards gone (before the accepted closing time, on account of an unexpected baby-sitter snag) we were down to just the six of us when the conversation veered back to sailing.

"I know you are not sailors," stated Murdoch, looking at Axelle, "Xavier told me in the hospital. However, with skippers like Jean-Pierre and myself, you guys would be pretty safe."

I had trouble with the use of 'guys' to embrace women as well. Jean-Pierre gave an encouraging acknowledgement.

"What do you think, Xavier?" Axelle asked me. "You never told me you were against sailing."

"I don't know," I shrugged the answer, but I did not say categorically 'no'. I had in fact never contemplated holidaying on a boat.

"We wouldn't have to go round the Cape Horn," Jean-Pierre added.

And thus the idea was launched. And it prospered during the following months largely under the impulsion of the wives, who met up on a regular basis. Jean-Pierre was more than happy with the project and took over the logistics. He knew someone with a suitable yacht in Madagascar, where, he assured me, the water was warm and the sailing was easy-going. It looked like everyone was convinced that I was scared of the sea, whereas I was really unconvinced of the wisdom of being exposed to an overdose of Murdoch Simpson on a small boat.

The choice of the month of June, however, suited me perfectly, since the football season was over.

MADAGASCAR

Le vol se déroula sans incident. La seule chose à noter était la méthode de communication hilarante, bien que quelque peu effrayante, sur ce qu'il fallait faire dans le cas d'un 'événement'. Air Madagascar avait sous-traité le vol AM207 de Paris à Air Italia (peut-être un transporteur plus fiable?). Même si le pilote savait vraisemblablement vers quel aéroport il se dirigeait, l'équipage de cabine prononça les consignes de sécurité en italien, puis en anglais. Ignoraient-ils que 99 % des passagers parlaient français ou malgache? J'ai fixé ce chiffre à 99 parce que Murdoch était un citoyen britannique et je soupçonne qu'il n'y avait pas d'Italiens à bord.

*

L'aéroport international de Fascène, sur l'île de Nosy Be, aurait pu être n'importe où sur le continent africain, grouillant de gens bruyants et totalement désorganisés, mais il n'y avait strictement aucune agressivité. Et, à y regarder de plus près, la population était majoritairement d'une nuance plus pâle de noir.

Nous avions ramassé nos sacs, comme les demi-mêlées de rugby tirant le ballon d'une mêlée lâche, et avions réussi à négocier une flotte de trois taxis pour nous emmener au port de Hell-Ville, (rien à voir avec le diable — une ville joyeuse, nommée d'après un général français). Pendant le voyage, une petite femme astucieuse alla de voiture en voiture et changea nos francs français en francs malgaches (FMG), apparemment à un meilleur taux que les banques. Les billets étaient si abondants et si usés que le risque de falsification pouvait être écarté.

Le port lui-même était rudimentaire, avec sa part de poulets et de canards optimistes dans des paniers en osier, de jeunes chômeurs et de bateaux rouillés — et pas de jetée pour manipuler de petites embarcations. Notre premier avant-goût du canal de Mozambique dans l'Océan Indien était donc un barbotage obligatoire de deux

MADAGASCAR

The flight down was uneventful. The only thing worth noting was the bordering on hilarious, if somewhat scary, method of communication on what to do in the case of an 'event'. Air Madagascar had subcontracted flight AM207 from Paris to Air Italia (perhaps a more reliable carrier?). Although the pilot presumably knew which airport he was heading for, the cabin crew dutifully pronounced the security instructions in Italian and then in English. Were they oblivious of the fact that ninety-nine percent of the passengers spoke either French or Malgache? I put the figure at ninety-nine because Murdoch was a British citizen and I suspect that there were no Italians on board.

*

The International Airport, de Fascène, on the island of Nosy Be could have been anywhere on the African continent, teeming with noisy people, and totally disorganized, but there was strictly no aggressiveness. And, on closer inspection, the population was mostly of a paler shade of black.

We collected our bags, like rugby scrum-halves pulling the ball out of a loose ruck, and successfully negotiated a fleet of three taxis to take us to the port of Hellville, (nothing to do with the devil — a joyful town, named after a French general). During the trip, a bright little woman went from car to car and changed our French francs into Malgache francs (FMG), apparently at a better rate than the banks. The notes were so plentiful and so worn out that the risk of forgery could be ruled out.

The port itself was rudimentary, with its share of optimistic chickens and ducks in wicker coops, unemployed youth and rusting boats — and no jetty to handle small craft. Our first taste of the Canal de Mozambique / Indian Ocean was therefore an obligatory two step and ankle deep paddle, just enough to fill one's (best) shoes. A sturdy

pas au niveau des chevilles, juste assez pour remplir ses (meilleures) chaussures. Un jeune homme robuste offrit de porter Axelle, mais elle refusa poliment. La température de l'eau était de vingt-huit degrés, les difficultés étaient donc minimes. Le dinghy devait faire deux voyages et nous étions sur la première course. Nous ne nous étions pas battus pour ce privilège, mais il nous avait donné le premier choix sur les cabines du catamaran, et nous n'étions pas assez altruistes pour nous contenter de la plus petite. Nous optâmes pour la deuxième plus grande, à l'arrière du côté bâbord, laissant la 'cabine du capitaine' à Jean-Pierre, le principal organisateur de notre voyage. Le catamaran était étonnamment spacieux, avec une combinaison toilette-douche sur chaque coque.

Une fois tout le monde installé, une petite équipe fut choisie pour retourner à Hell-Ville pour acheter de la nourriture et, bien sûr, suffisamment d'alcool pour nous soutenir pendant plusieurs jours en mer. Il aurait été contre-productif d'imaginer six d'entre nous, plus le skipper, en train de tourner sur place dans un supermarché exigu, chacun attelé à sa propre marque préférée de céréales... Murdoch, en raison de ses antécédents financiers, ainsi que de sa réputation de mangeur et buveur lourd, fut chargé de la délégation et a réquisitionné la cagnotte collective. Je m'étais retiré, laissant Axelle défendre les goûts de la famille.

Nous dînâmes somptueusement ce soir-là sur des crabes boueux et plus tard, armés de whiskies, chantâmes avec une guitare, jouée adéquatement par Jean-Pierre. (L'instrument était fourni avec le bateau.)

Le lendemain, le Ramada, nommé d'après une île au sud-ouest de Nosy Be, mit les voiles pour Nosy Komba Ambariovato, à une courte distance, et visible dès le début. L'île est cependant à distance d'une génération en termes de 'civilisation' — plomberie, goudron macadam, glaçons ... Elle est célèbre pour ses nappes multicolores, faites main, battant dans la brise, et ses lémuriens indigènes, suspendus dans les arbres. Ces primates aux yeux brillants, bien que largement domestiqués par un approvisionnement constant de bananes, étaient en effet une vision tonique, capable de sauts étonnants et adroits. La femelle de l'espèce est beaucoup plus belle que le mâle, une rareté dans le règne animal. Les jeunes sociétaires de la race humaine féminine étaient aussi singulièrement belles, assises pleines de sourires, se

young man offered to carry Axelle, but she declined politely. The water temperature was twenty-eight centigrade, so the hardship was minimal. The dinghy had to make two trips and we were on the first run. We had not fought for this privilege but it did give us first choice on the cabins of the catamaran, and we were not so altruistic as to grab the smallest one. We opted for the second largest, at the stern on the port side, leaving the 'captain's cabin to Jean-Pierre as the leading organizer of our trip. The catamaran was surprisingly spacious, with a toilet-shower combination on each hull.

Once we had all settled in, a small team was selected to return to Hellville to purchase food and of course sufficient alcohol to sustain us for several days at sea. It would have been counter-productive to have six of us, plus the skipper, milling round a cramped supermarket, everyone hitched to their own favourite brand of cereal... Murdoch, on account of his financial background, together with his reputation as a heavy eater and drinker, was put in charge of the delegation and took over the collective kitty. I opted out, leaving Axelle to defend the family tastes.

We dined sumptuously that evening on mud crabs and afterwards, armed with whiskies, sang along with Jean-Pierre's adequate guitar picking. (The instrument came with the boat.)

The next day, the *Ramada*, named after an island south-west of Nosy Be, set sail for Nosy Komba Ambariovato, only a short distance away, and visible from the outset. The island is however a generation away in terms of 'civilization' — plumbing, tar macadam, ice cubes ... It is famed for its multi-coloured, hand-made table cloths, flapping in the breeze, and its indigenous Lemurians, hanging in the trees. These bright-eyed primates, although largely domesticated by a constant supply of bananas, were indeed a tonic sight, capable of amazing, dexterous leaps. The female of the species is much more handsome than the male, a rarity within the animal kingdom. The youthful members of the female human race were also singularly beautiful, sitting full of smiles, combing each other's hair. Certain girls wore painted beauty

peignant les cheveux. Certaines filles portaient des masques de beauté peints pour protéger leur peau du soleil ou, j'en ai été informé discrètement, pour indiquer qu'elles avaient leurs règles. À l'époque, je n'étais pas concerné.

Les confins d'un petit bateau, pendant plus de quelques jours, peuvent souvent voir finir en lambeaux ce qui semblait avoir été une amitié solide — et certains d'entre nous ne se connaissaient pas très bien. Peut-être étions-nous tous au courant de cela et avons-nous pris soin d'éviter les prémices d'une dispute? J'avais été particulièrement attentif à éviter la politique, suspectant Murdoch d'être bien à droite de mes idées. Quoi qu'il en soit, au fur et à mesure que le voyage progressait au-delà de la mi-parcours, personne n'avait insulté personne, et encore moins porté des coups. La seule aggravation perceptible fut en fait (et accidentellement) de ma faute. Le catamaran, en mouvement, offrait deux positions de pêche logiques — à l'arrière de chaque coque. Une troisième ligne aurait considérablement augmenté le risque d'enchevêtrement. Dans ces circonstances, je m'inclinai. J'avais beaucoup de rattrapage à faire sur ma lecture et je n'étais pas un grand passionné de pêche. Officiellement, je présentai mon offre comme une sorte de sacrifice, suggérant en même temps que s'il s'agit de pêche à la mouche, exigeant certaines compétences et de l'expérience, j'aurai pu être candidat. J'ai choisi d'arbitrer la 'compétition', en allouant des points selon les espèces et avec l'intention d'introduire des interprétations hautement subjectives pour m'assurer que le concours reste équilibré — et donc d'un certain intérêt.

Malheureusement, tous les jours, aucune manipulation ne pouvait empêcher Jean-Pierre de remporter une victoire écrasante. Et Murdoch, pas loin sous la surface, n'appréciait pas du tout cela. Il fournissait des explications : mauvais côté du bateau (les lignes s'étiraient sur une centaine de mètres derrière lui), mauvais appât (il pêchait l'espadon en particulier?) mauvais équipement ... Nous avions tous senti un problème et nous avions souligné que tout dépendait de la chance. Pour jeter des leurres métalliques dans la mer, l'expertise ne jouait aucun rôle. Bien sûr, cela irritait Jean-Pierre, mais de façon marginale. Axelle me supplia d'arrêter l'enregistrement et de laisser tomber la compétition. J'objectai qu'un tel geste serait de la pitié et aggraverait les choses. Elle me donna ce qui semblait être un regard haineux disproportionné.

masks to protect their skin from the sun or, I was informed discreetly, to indicate that they were having their period. At the time I was not concerned.

The confines of a small boat, for more than a few days, can often finish off in tatters what had appeared to have been a solid friendship — and some of us did not know one another very well. Perhaps we were all aware of this and taking care to avoid the premises of an argument? I had been especially diligent in avoiding politics, suspecting Murdoch to be well to the right of my ideas. Anyway, as the trip progressed beyond the half-way mark, nobody had insulted anyone, let alone come to blows. The only perceptible aggravation was actually (and accidentally) my fault. The catamaran, whilst on the move, offered two logical fishing positions — at the back of each hull. A third line would have seriously increased the risk of entanglement. In these circumstances, I bowed out. I had a lot of catch-up to do on my reading and I was not a huge fishing enthusiast. Officially, I presented my offer as something of a sacrifice, at the same time suggesting that had it been fly-fishing, requiring certain skills and experience, I might have been a candidate. I elected to umpire the 'competition', allocating points according to species and, with the intention of introducing highly subjective interpretations to make sure the contest remained balanced — and therefore of some interest.

Sadly, no amount of cooking the books could avoid a landslide victory for Jean-Pierre every day. And Murdoch, not far below the surface, was not appreciating this at all. He produced explanations: wrong side of the boat (the lines stretched for a hundred yards behind it), wrong bait (he was specifically fishing for swordfish?) wrong tackle … We all sensed an issue and pointed out that the whole thing depended on luck; chucking metal lures into the sea, expertise playing no part. This of course miffed Jean-Pierre, but only marginally. Axelle pleaded with me to stop recording and ditch the 'competition'. I made the case that such a move would come over as pity and make matters worse. She gave me what seemed like a disproportionately hateful glare. As it turned out Murdoch caught a few more fish on the home run and no formal incident had to be recorded.

Comme il s'avéra que Murdoch avait pris un peu plus de poissons sur l'étape de retour, aucun incident formel ne dut être enregistré. Par ailleurs, nous eûmes un accident, comme toujours insensé et imprévu, lors d'une de nos dernières journées de pêche en haute mer. Jean-Pierre remorquait encore un autre barracuda. Ces poissons ne semblent pas zigzaguer ou plonger; ils se laissent simplement traîner près du bateau. Ensuite, j'imagine qu'ils mesurent l'ampleur de la catastrophe. Nos propres réactions étaient devenues routinières. Jean-Pierre annonça quelque chose au bout de la ligne. Murdoch le regarda d'un air revêche et dut commencer à enrouler sa propre ligne pour éviter qu'elle ne s'emmêle. Je déposai mon livre et attrapai la gaffe du bateau, toujours au-dessus de la porte de la cabine principale. Nicolas, notre élégant et efficace skipper malgache ralentit le bateau et ramassa un 'Jésus' massif, capable d'abattre un gorille. Petit Saulin, membre de l'équipage et responsable du lave-vaisselle entres autres, apparut de nulle part, il descendait les marches lorsque le poisson commença à faire des apparitions erratiques. Tout cela est complètement injuste, bien pire que la corrida, mais les poissons ne peuvent pas exprimer leur douleur.

Saulin balança habilement le crochet du bateau dans le gosier du poisson, le souleva à bord et remonta les trois marches. Nicolas donna un premier coup au crâne. Jean-Pierre tendit la main vers l'appât, avec l'intention de le récupérer. A cet instant, le barracuda, de façon tout à fait compréhensible, fit un dernier (et inutile) mouvement pour sa liberté. Avec une force considérable, il bascula la tête en arrière et, en une fraction de seconde, il réussit à enfoncer un hameçon de rechange dans le poignet de Jean-Pierre. Après une autre solide claque le poisson était mort, marié à son ravisseur, leur sang indissociable — et partout. Je ne suis pas à l'aise avec le sang et demandai simplement des instructions. Les femmes étaient dans un état de chaos et c'est donc Murdoch qui prit le relais.

«Avons-nous des pinces à bord?»

Je transmis sa question à Saulin, qui me conduisit à une boîte à outils, entreposée assez bizarrement sous notre lit. Il y avait une pince — rouillée, mais opérationnelle. Je remontai avec elle. Pendant ce temps, la ligne avait été tranchée, le barracuda coupable était couché avec la prise précédente et Jean-Pierre assis calmement à la table,

On the other hand, we did have an accident, as always foolish and unanticipated, on one of our last 'deep sea' fishing days. Jean-Pierre was winching in yet another Barracuda. These fish do not seem to zigzag or plunge; they just allow themselves to be dragged close to the boat. Then, I imagine, they gauge the extent of the disaster. Our own reactions had become routine by then. Jean-Pierre announced something on the end of his line. Murdoch looked across (sourly?) and dutifully started winding in his own line to avoid it getting tangled up. I put down my book and reached for the boat hook/gaff, always above the door to the main cabin. Nicolas, our elegant and efficient Malgache skipper slowed down the boat and picked up a massive 'Jesus', capable of knocking out a gorilla. Little Saulin, crew member and general dishwasher, appeared from nowhere and sped down the steps as the fish started to make an erratic appearance. The whole thing is completely unfair, much worse than bullfighting, but fish cannot squeal their pain.

Saulin expertly swung the boat hook into the fish's gullet, and heaved it aboard and up the three steps. Nicolas delivered a first blow on the skull. Jean-Pierre moved a hand towards the lure, with the intention of recovering it. At that instant the Barracuda, quite understandably, made one final (and useless) move for freedom. It swung its head back sharply with considerable force and in a split second succeeded in driving one spare hook into Jean-Pierre's wrist. After one more solid slam the fish was dead, wedded to its captor, their blood indistinguishable — and everywhere. I am not good around blood and simply asked for instructions. The women were in a state of chaos and so it was Murdoch who took over.

"Do we have pliers on board?"

I relayed his question to Saulin, who led me to a tool box, stored funnily enough under our bed. There were pliers — rusty, but operational. I rushed back upstairs with them. In the meantime, the line had been cut, the guilty Barracuda was lying with the earlier catch and Jean-Pierre was sitting calmly at the table, contemplating his wrist.

contemplant son poignet. Murdoch pris l'instrument 'chirurgical' de ma main et réussit à couper l'hameçon à un centimètre de la chair. Il a ensuite enfoncé le moignon plus profondément dans le poignet et, à l'aide de la pince, arracha le barbillon, laissant deux trous nets. Il était évident dès le départ que l'hameçon ne pouvait jamais revenir dans l'autre sens sans déchirer le poignet et peut-être couper les tendons. Une grande quantité de whisky Ballantine's fut consommée comme anesthésique et pour célébrer la réussite de l'opération. La situation aurait pu être bien pire, ce qui aurait pu nuire au voyage et nécessiter une ruée vers l'île la plus proche pourvue d'installations médicales (peut-être douteuses). Enfin, même les points de suture semblaient inutiles.

«Tu n'as pas été d'une grande aide,» m'informa Axelle de façon inutile aussi.

«Eh bien,» répondis-je, surpris,» tu sais comment je suis avec le sang. Au moins, je ne me suis pas évanoui. Et j'ai récupéré la pince.»

«Oui, c'est vrai. Je suis désolée.» Elle mit la main sur mon poignet (intact).

Murdoch buvait du petit lait avec les compliments, son manque de succès à la pêche maintenant réduit à une banalité. J'étais assez convaincu qu'il l'avait déjà fait, ou qu'il l'avait vu faire, mais il n'allait rien avouer.

⋆

Deux jours plus tard, nous étions retournés à un mouillage au large de Nosy Komba sur notre chemin vers le sud, l'intention étant de visiter certaines îles au sud-ouest de Nosy Be pendant les quatre derniers jours de nos vacances. Nicolas avait commandé quelques homards et ils furent livrés par les pêcheurs locaux à temps pour le déjeuner. Le homard est bon dans la plupart des circonstances, mais pour nous, il fut perçu comme un soulagement céleste à notre alimentation quotidienne de poisson — même frais. Nous pouvions entendre ces créatures scintillantes, préhistoriques, claquer autour de l'évier de la cuisine en sirotant nos premières caipirinhas de la journée. L'ambiance était donc particulièrement bonne quand nous nous assîmes à la table. Il me traversa l'esprit qu'Axelle était particulièrement attirante — peut-être que le bronzage qu'elle avait

Murdoch took the 'surgical' instrument from my grasp and successfully severed the hook a centimetre from the flesh. He then shoved the stump deeper into the wrist and with the help of the pliers pulled the barb free, leaving two neat holes. It was obvious from the start that the hook could never have come back out the other way without ripping the wrist and perhaps cutting tendons. A large quantity of Ballantyne's whisky was consumed as anaesthetic and as a celebration. It could have been so much worse, prejudicing the trip, necessitating a dash towards the nearest island with (perhaps dubious)medical facilities. Finally, even stitching seemed unnecessary.

"You were not much help," Axelle informed me unhelpfully.

"Well," I replied, surprised, "you know about me and blood. At least I didn't faint across the table. And I fetched the pliers."

"Yes, you did. I am sorry." She put her hand on my (undamaged) wrist.

Murdoch was lapping up the compliments, his lack of success at the fishing now reduced to trivia. I was pretty convinced he had done it, or seen it done before, but he was not giving anything away.

*

Two days later, we had returned to a mooring off Nosy Komba on our way back south, the intention being to visit some islands to the south west of Nosy Be during the last four days of our holiday. Nicolas had ordered some lobsters and they were delivered by the local fishermen in time for lunch. Lobster is good fare in most circumstances, but for us it was perceived as a heavenly relief from our steady diet of fish — however fresh. We could hear these glistening, prehistoric-like creatures clacking round the kitchen sink as we sipped our first Caipirinhas of the day. So the mood was especially good when we sat down at the table. It crossed my mind that Axelle was looking particularly attractive — perhaps the sun tan that she had carefully developed was making the difference? I did not want to make a public statement, so I resolved to tell her, in my own way, that night.

soigneusement développé faisait la différence? Je ne voulais pas faire de déclaration publique, alors je décidai de lui dire, à ma façon, ce soir-là.

À l'heure du café, (maintenant Saulin connaissait nos préférences individuelles), les décisions furent prises pour l'après-midi. Nous avions vu assez de lémuriens pendant le voyage, mais il n'y avait pas eu beaucoup d'occasions d'acheter des souvenirs et la plupart d'entre nous souhaitaient au moins regarder à nouveau les nappes brodées et les serviettes, la spécialité de l'île.

«Tu as mon mandat,» dit Murdoch à Marie-Claire, «tu sais que je suis daltonien de toute façon.

«Je pense qu'aucune des couleurs et des motifs ne cadrerait vraiment avec notre décor. Qu'en penses-tu?» Demandai-je à Axelle de l'autre côté de la table.

«Je crois que tu as raison, mon cher. Dans tous les cas, je vais remettre mon expédition à plus tard. J'ai un peu mal à la tête,» répondit-elle avec un sourire pâle.

Nous laissâmes Axelle et Murdoch 'en charge' du catamaran, avec le petit Saulin comme chaperon. Nicolas prépara avec diligence le dinghy et j'ai fait du stop jusqu'au rivage. J'avais mon masque et mon tuba, avec l'intention de nager dans l'eau claire près de la plage principale. Le reste du groupe se dirigea vers le centre du village et je laissai mes tongs et ma chemise dans le canot pour patauger dans la mer. L'eau était en effet extrêmement claire, mais il y avait peu à voir; pas de corail et donc pratiquement pas de poissons tropicaux. Après une vingtaine de minutes, je commençais à m'ennuyer et décidai de retourner au bateau à la nage plutôt que de brûler sur la plage. Les coques blanches du Ramada, à quelque quatre cents mètres, étaient facilement accessibles pour un nageur de mon niveau et je n'avais jamais entendu le mot 'requin' prononcé dans cette région.

Avec le courant dans l'autre sens, cela prit un peu de temps, mais quand je m'approchai, je ne vis personne sur le pont et je supposai que c'était l'heure de la sieste, surtout pour Axelle avec sa migraine. Je grimpai la petite échelle et me frayai un chemin à travers le cockpit, me dirigeant vers le petit escalier de notre cabine à la recherche d'une serviette. Il n'y avait aucun signe de Saulin, qui aurait pu être

At coffee time, (by now Saulin knew our individual preferences), decisions were made for the afternoon. We had seen enough Lemurians on the trip, but there had not been many opportunities for buying souvenirs and most people were at least interested in looking again at the embroidered table cloths and napkins, the island specialty.

"You have my mandate," Murdoch told Marie-Claire, "you know I am colour-blind anyway."

"I don't think any of the colours and patterns would really fit in with our décor. Would they?" I asked Axelle across the table.

"I think you're right, dear. In any case I will take a rain check on the expedition. I have got a bit of a headache," she replied with a wan smile.

And so we left Axelle and Murdoch to 'man' the catamaran, with little Saulin as chaperon. Nicolas diligently prepared the dinghy and I hitched a lift to the shore. I had my mask and tuba, with the intention of swimming in the clear water close to the main beach. The rest of the party headed for the centre of the village and I left my flip-flops and shirt in the dinghy and waded into the sea. The water was indeed outstandingly clear but there was little to see; no coral and correspondingly virtually no tropical fish. After twenty minutes or so, I was becoming bored and decided to swim back to the boat rather than burn on the beach. The white hulls of the *Ramada*, at some four hundred meters, were easily accessible for a swimmer of my level and I had never heard the word 'shark' pronounced in these parts.

With the adverse current, it took a little while, but when I got closer, I could see no-one on the deck and I presumed it was siesta time, particularly for Axelle with her migraine. I climbed the small ladder and made my way through the cockpit, turning towards the little staircase to our cabin in search of a towel. There was no sign of Saulin, who could have been curled up, as was his way, fast asleep on

recroquevillé, comme c'était son habitude, endormi sur les coussins. Puis j'entendis le bruit de l'eau et des voix. J'oubliai ma serviette et je me dirigeai vers les marches menant à l'autre bord. De la cabine de douche sur le côté du bateau que je n'avais jamais osé visiter, j'entendis ma femme assez clairement à travers le bruit des éclaboussures d'eau.

«C'est trop,» disait-elle, mais pas comme dans une plainte – plus un encouragement.

Je ne pouvais pas voir les corps à travers la porte vitrée givrée et maintenant fumante. Et je ne le voulais pas. Je reculai. Je marchais inutilement sur la pointe des pieds. Je remontai les marches, ramassai mon masque et mon tuba sur le banc, et glissai tranquillement dans l'océan accueillant. Je nageais vite, aussi vite que je le pouvais, pour m'éloigner du Ramada et des ruines soudaines de mon mariage. Depuis combien de temps cela durait? Des semaines ou des mois? Les vacances à Madagascar avaient été l'idée du bâtard en premier lieu, et j'avais avalé l'appât – crochet, ligne et plomb. Je n'aurais pas remarqué une baleine pendant ma baignade, ma concentration étant exclusivement consacrée à absorber et mesurer ma catastrophe conjugale. Je sortis de l'eau non loin de notre canot, où Nicolas attendait patiemment. Notre groupe était à une centaine de mètres, revenant, agrippant leurs colis, dans leur monde satisfait. Je supposais que Marie-Claire n'avait aucun soupçon sur son mari adultère — du moins en ce qui concernait ma femme.

«Tu as vu des poissons intéressants?»

«Malheureusement, non, mais j'ai fait une longue baignade», lui répondis-je honnêtement, conscient qu'à partir de maintenant il y aurait un certain nombre de mensonges dans ma vie. Je fis semblant de m'intéresser aux achats et notai qu'en effet rien n'aurait été adapté à notre maison. Axelle bronzait devant le mât et Murdoch lisait dans le cockpit, quand nous atteignîmes le Ramada. J'arborais un visage content et je descendis immédiatement pour me doucher du sel.

Le dîner était 'comme d'habitude' à la surface, avec le menu de retour au poisson. Pour moi, cependant, c'était une forme spéciale de torture. Je participais au banal badinage, esprit ailleurs, à la recherche d'un signe de complicité. C'étaient de bons acteurs. Si vous ne le saviez pas déjà, il n'y avait rien à voir. Cependant, sachant (inconnu), il y avait de minuscules indices…comme lorsque Murdoch passait la

the cushions. Then I heard the sound of water running and voices. I forgot about my towel and made my way to the steps leading to the other hull. From the shower room on the side of the boat to which I had never ventured, I heard my wife quite clearly through the noise of splashing water.

"It's too much," she said, but not as in a complaint — more of an encouragement.

I could not see the bodies through the frosted, and now steamy, glass door. And I did not want to. I retreated, tip-toeing unnecessarily. I climbed back up the steps, picked up my mask and tuba from the bench, and slipped quietly back into the welcoming ocean. I swam fast, as fast as I could, to distance myself from the *Ramada* and the sudden wreckage of my marriage. How long had this been developing? Weeks or months? The Madagascar holiday had been very much the bastard's idea in the first place, and I had swallowed the bait — hook, line and sinker. I would not have noticed a whale during my swim, my concentration exclusively committed to absorbing and measuring my marital disaster. I came out of the water not far from our dinghy, where Nicolas was patiently waiting. Our group was about a hundred yards away, returning, clutching their parcels, in their contented world. I was assuming Marie-Claire entertained no suspicions about her adulterous husband — at least as regards my wife.

"See any interesting fish?"

"Unfortunately, no. But I have had a long swim," I replied honestly, aware that from now on there would be a number of lies in my life. I pretended to take an interest in the purchases and noted that indeed nothing would have fitted into our/my home. Axelle was sunning in front of the mast and Murdoch was reading in the cockpit, when we reached the *Ramada*. I wore a suitably contented face and descended right away to shower off the salt.

Dinner was 'as usual' on the surface, with the menu back to fish. For me, however, it was a special form of torture. I participated in the banal banter, with my real mind elsewhere, watching for a sign of complicity. They were good actors. If you did not already *know*, there was nothing to be seen. However, knowing (unknown) there were tiny clues ... like when Murdoch passed the small salt cellar, they carefully did *not* touch

43

petite salière, ils ne se touchaient PAS du tout les doigts, un exercice difficile, exigeant un effort planifié. Vers la fin du repas, Murdoch se lança dans une histoire.

«Je vous ai parlé de la fois où...»

C'était un conteur naturel, et on ne savait jamais vraiment si c'était la vérité ou la fiction, ou un peu des deux. Le visage d'Axelle était d'une intense concentration, accroché à chacun de ses mots, d'une pure admiration cachée. J'observais Murdoch avec le plus grand dégoût, incapable de m'éloigner de l'idée de sa langue occupée, pénétrant la jolie bouche de ma femme quelques heures auparavant. Je me demandais si je ne devais pas lancer un petit bazooka au sujet des divertissements de l'après-midi pour voir comment elle pouvait rebondir, mais elle aurait pu découvrir mon jeu, et mon seul atout miniature était ma connaissance insoupçonnée des faits. Je m'interrogeais également sur la nuit à venir et de prendre ces premiers pas bien usés vers les préliminaires sexuels. Le mal de tête n'a pas pu être avancé à nouveau, mais de toute façon avais-je envie de suivre la piste récente de Murdoch ?

Nous prîmes le dernier tour pour la salle de bains et Axelle prenait habituellement un temps fou, enlevant ses crèmes de jour et mettant ses crèmes de nuit. Quand elle ferma la porte opaque, j'avais donc plusieurs minutes devant moi. Je mis mes affaires essentielles dans le sac en toile d'Axelle. Il n'y avait pas eu de planification; l'idée semblait venir simultanément à son exécution. Je balançai mon appareil de photo autour de mon cou et je montai. Nicolas et Saulin n'avaient pas fini de nettoyer.

«Nicolas, puis-je vous demander une faveur? Pouvez-vous m'emmener à terre? Déposez-moi là-bas, je veux dire.»

Le jeune Nicolas prit cette demande dans sa foulée – sans poser de question, En moins d'une minute, il était en train de détacher le canot. Je me doutais qu'il pensait que j'avais une mission romantique au village. En journaliste accompli, je n'ai jamais été sans stylo ni bout de papier dans la poche. Amortissant du mieux que je pouvais le balancement du bateau, j'écrivis majuscules.

'Désolé, j'ai besoin d'espace. À bientôt dans l'avion!'

Délibérément obscur. Je pliai soigneusement le papier en quatre, et le remis à Nicolas.

fingers at all — a difficult exercise, requiring a planned effort. Near the end of the meal, Murdoch embarked on a story.

"Did I tell you the about the time ..."
He was a natural story teller, and one never quite knew whether it was truth or fiction, or a bit of both. Axelle's face was one of intense concentration, hanging on his every word, sheer admiration concealed. I observed him with the utmost disgust, unable to get away from the idea of his busy tongue penetrating my wife's pretty mouth a few hours before. I wondered about chucking in a little googly about the afternoon entertainment to see how it might bounce, but it could have given my game away, and my only miniature asset was my unsuspected knowledge. I also wondered about the night ahead and taking those well-worn first steps towards sexual foreplay. The headache could not be put forward again, but anyway did I want to follow Murdoch's recent trail myself?

We took last turn for the bathroom and Axelle customarily took an age, taking off the day creams and putting on the night creams. So, when she slid shut the opaque door, I had several minutes in front of me. I put my essential belongings in Axelle's canvas bag. There had been no planning; the idea seemed to come simultaneously with its execution. I swung my camera round my neck and went upstairs. Nicolas and Saulin had not finished clearing up.

"Nicolas, could I ask you a favour? Could you take me ashore? Just drop me off there, I mean."
Young Nicolas took this request in his stride — no questions asked. Within less than a minute he was detaching the dinghy. I suspected that he thought I had a romantic assignment in the village. As a journalist, I was never without a pen and a piece of paper in my pocket. Amortizing as best I could the rocking of the boat, I wrote in large capital letters.

'SORRY ABOUT THIS. I NEED SOME SPACE. SEE YOU ALL ON THE PLANE.'
Purposely obscure. I folded it carefully into four, and handed it to Nicolas.

«Pourriez-vous mettre ça sur la table?»

«Bien sûr.»

«Je ne retournerai pas au bateau. Y a-t-il un hôtel sur l'île?»

«Il y en a un grand à l'autre bout de la plage et un petit, juste après le village.»

«Merci!» répondis-je chaudement. Je n'avais pas vraiment peur qu'il y ait un groupe de recherche, une sorte de détachement pour 'me faire rentrer', mais je pensais qu'il n'y avait aucun intérêt à informer Nicolas de mon choix. Je portais des tongs pour l'atterrissage, alors je sautai dans l'eau en touchant le sable.

«Merci encore, vraiment.» Et je lui serrai la main.

Je le regardai s'éloigner jusqu'à ce qu'il soit à mi-chemin et indiscernable dans le noir, avant de me diriger vers le village. Le grand hôtel était éclairé et facile à trouver, contrairement au petit.

Heureusement, le village était encore partiellement éveillé, avec un certain nombre de transistors qui produisaient un mix de musique. J'ai reconnu Roméo et Juliette de *Dire Straits* de l'album 'Making Movies', réalisant que la mélodie serait pour moi séminale à partir de maintenant. Des gens m'indiquèrent gentiment la direction dans les chemins accidentés, et j'appris que l'endroit que je cherchais s'appelait curieusement Jean et Peggy's. La structure, un rez-de-chaussée seulement, ne portait pas de nom, mais une femme (peut-être Peggy elle-même) m'accompagna jusqu'à la chambre en extrémité, qui était gratifiée de l'électricité, et d'un lit avec une moustiquaire en relativement bon état. Je demandai à la dame de payer d'avance, puisque mon intention était de quitter l'île le plus tôt possible. Le prix était incroyable — moins qu'un café sur les boulevards de Paris. Il n'y avait pas d'eau chaude, ce qui découragea toute velléité de douche. J'abandonnai juste mes tongs et m'allongeai sur le lit, laissant les volets ouverts afin de me réveiller avec l'aube. Je ne réussis pas à dormir tout de suite, mon esprit en confusion avec un mélange de modalités pratiques et de fondamentaux. Il y avait aussi les bruits peu familiers des vagues qui clapotaient doucement sur le rivage à seulement vingt mètres, ainsi que le chant d'un coq à proximité, clairement incapable de dire l'heure du jour.

J'étais déjà debout à l'aube et traversai de nouveau le village, me réveillant dans la lumière du matin, avec l'intention de prendre le

"Could you put this on the breakfast table?"

"Of course."

"I won't be returning to the boat. Is there a hotel on the island?"

"There is a big one at the other end of the beach and a small one, just beyond the village."

"Thank you." I replied warmly. I did not really fear that there would be a search party, a sort of posse to 'bring me in', but I thought there was no point in informing Nicolas of my choice. I was wearing flip flops for the landing, so I jumped into the water as we touched the sand.

"Thanks again, really." And I shook his hand.

I watched him going back until he was about halfway and indistinguishable in the dark, before heading for the village. The big hotel was lit up and easy to find, whereas the small one was not.

Fortunately, the village was still partially awake, with a number of transistors turning out a mixed bag of music. I recognized Dire Straits' *Romeo and Juliette* from the 'Making Movies' album, realizing that the tune would be seminal for me from now on. People kindly pointed the way down the rough track lanes, and I learned that the place I was looking for was curiously called Jean et Peggy's. The structure, ground floor only, bore no name, but a woman (perhaps Peggy herself) showed me into the end room, which was blessed with electricity, and a bed with a mosquito net in relatively good shape. I asked the lady to pay up front, since my intention was to leave the island as early as possible. The price was unbelievable — less than a coffee on the Paris boulevards. There was no hot water, which discouraged any inclination to shower and so I just kicked off my flip flops and lay down on the bed, leaving the shutters open in order to wake up with the dawn. I did not manage to sleep right away, my mind in confusion with a mixture of practicalities and fundamentals. There were also the unfamiliar sounds of the waves gently lapping on the shore only twenty yards away, together with the crowing of a cock nearby, clearly incapable of telling the time of day.

I was already awake at dawn and re-crossed the village, awaking itself in the morning light, with the intention of catching the first

premier transport vers Nosy Be. J'étais convaincu que certaines personnes sur l'île travaillaient à Hell-Ville et qu'il y avait des navettes. J'ai négocié un espace sur la première pirogue collective, un *balancier*, conscient que je pouvais être visible, avec des jumelles du Ramada. Le processus de chargement semblait interminable; il y avait non seulement les passagers à placer tout le long de l'embarcation, mais aussi des caisses de bouteilles vides, des brochettes de poissons et des ballots de nappes. Quand nous avons fini par sortir, nous étions précisément dix-huit êtres humains; quinze adultes, deux enfants et un tout petit bébé, protégé du soleil par le plus petit parasol (rose) que j'ai jamais vu — pas beaucoup plus grand que la décoration de ces crèmes glacées fantaisies servies au café Pam-Pam à Juan -les-Pins. Fort heureusement, la pirogue serra d'abord de près la côte, se dirigeant vers le nord-ouest jusqu'au port de Hell-Ville, encore ainsi appelé bien qu'il ait été rebaptisé Andoany après l'indépendance.

Il m'était venu à l'esprit qu'Axelle s'était probablement endormie la veille, en supposant que je lisais dans le poste de pilotage, et étant une grosse dormeuse (même dans des conditions normales) n'avait pu détecter mon absence que tôt le matin. Je pouvais bien imaginer mon message cryptique comme une bombe sur la table du petit déjeuner, au milieu de la marmelade, du beurre et des crêpes fraîchement cuites.

Il devait y avoir eu une véritable surprise – je m'étais surpris moi-même – et beaucoup d'embarras.

Les opinions exprimées à haute voix seraient la pointe d'un iceberg de pensées et de réactions sous-jacentes. Axelle et Murdoch étaient-ils en train de faire des rapprochements? Marie-Claude Simpson pouvaient aussi faire des calculs...

J'ai été ramené à des pratiques immédiates quand la pirogue a eu couvert environ un tiers du voyage. (Heureusement, on peut distinguer le port de Hell-Ville presque depuis le début.) Il était devenu évident que le navire était plus bas dans l'eau. Assis les uns en face des autres, nos derrières n'étaient plus qu'à quelques centimètres au-dessus de l'eau. Le bateau ralentit et un jeune garçon, le deuxième membre de l'équipage, avançait entre nous pour descendre à la base de la coque et commençait à évacuer l'eau envahissante avec un petit seau en plastique inadéquat. Le skipper ne semblait pas spécialement alarmé mais nous demanda d'avancer du mieux que nous pouvions. Je

transport to Nosy Be. I was convinced that some people on the island would work in Hellville and that there would be commuting facilities. I negotiated a space on the first 'collective' pirogue, a *balancier*, aware that I could be visible, with binoculars, from the *Ramada*. The loading process seemed interminable; there were not only the passengers to be positioned all along the craft, but also crates of empty bottles, brochettes of fish and bales of tablecloths. When we finally chugged off, we were precisely eighteen human beings; fifteen adults, two children and a tiny baby, protected from the sun by the smallest, (pink) umbrella I have ever seen — not much bigger than the decoration on those fancy ice cream sundaes served at the Pam-Pam café in Juan-les-Pins. Most fortunately, the pirogue initially hugged the coast, heading north-west to the port of Hellville, still so-called despite having been re-christened Andoany after independence.

It had occurred to me that Axelle would most probably have fallen asleep, assuming that I was reading in the cockpit, and, being a heavy sleeper (even in normal conditions) might only have detected my absence in the early morning. I could well imagine my cryptic message as a bombshell on the breakfast table, amid the marmalade, the butter and the freshly cooked crêpes.

There would be genuine surprise — I had surprised myself — and considerable embarrassment.

The opinions expressed aloud would be the tip of an iceberg of underlying thoughts and reactions. Would Axelle and Murdoch be separately putting two and two together? Marie-Claude Simpson might also be doing some sums ...

I was pulled back to immediate practicalities when the pirogue had covered about one third of the journey. (Fortunately, one can make out the Hellville harbour almost from the start.) It became apparent that the vessel was lower in the water; sitting opposite one another, our backsides were now only inches above it. The boat slowed down and a young lad, the second member of the crew, pushed forward between us to lower himself down to the hull base and start to bail out the invasive water with an inadequate little plastic bucket. The skipper did not seem the least alarmed but asked us to move forward as best we could. I was taking steps to protect my camera when most incongruously the

prenais des mesures pour protéger mon appareil photo lorsque de la façon la plus incongrue la jeune mère, maintenant assise juste en face de moi, commença à allaiter son bébé. Je pensais que le moins que je pouvais faire était de proposer de tenir le petit parasol. Elle accepta avec gratitude et grâce. Cette activité contribua à réduire ma crainte que l'embarcation ne soit finalement submergée. Je n'avais pas peur de la mort, car l'eau était chaude et les deux longues bûches en équilibre pouvaient à peine couler. D'un autre côté, mes biens risquaient d'être perdus et je n'en avais pas d'autres.

De façon boiteuse nous avons finalement atteint le port dédié une demi-heure plus tard avec seulement pantalons et jupes humides; pas assez pour refuser de payer le modeste prix. La marée était basse et la pirogue ne pouvait pas atteindre les quinze derniers mètres de la jetée de fortune. Nous n'avions d'autre choix que de traverser la boue sale, noire et visqueuse. Au début je bénissais mes tongs mais elles s'embourbèrent et je finis les derniers mètres en les tenant dans ma main libre. Les jeunes gens du coin, habitués à ce spectacle, m'aidèrent à monter un ensemble rudimentaire de marches et m'assiégèrent ensuite de propositions pour un taxi. Un jeune homme entreprenant a sorti une grande bouteille en plastique d'eau claire pour rincer le limon de mes pieds.

« Vous avez un taxi?» ai-je demandé.

« Oui.»

«Alors vous êtes mon homme.»

La foule se dispersa, admettant la compétition perdue. J'éliminai la plus grande partie de la saleté de mes pieds, nettoyai mes tongs et suivit le jeune homme à son taxi. C'était une Renault 4 d'époque, un tas de ferraille en Europe, mais opérationnelle. Je montai sur le siège arrière avec plaisir, heureux d'être vivant par une journée ensoleillée et dans un environnement convivial.

«Pouvez-vous m'emmener à Ambatoloaka?»

Il hocha la tête avec un plaisir évident; c'était à quelques kilomètres. Je savais qu'Ambatoloaka (le dernier 'a' n'est pas prononcé) était un village de villégiature avec une plage réputée et des hôtels civilisés.

«Quel serait le meilleur hôtel là-bas?» Me renseignai-je.

«Le Palm Beach,» répondit-il sans hésiter.

«OK, alors emmenez-moi là-bas, s'il vous plaît.»

young mother, now sitting right opposite, started to breast feed her baby. I felt the very least I could do was offer to hold the tiny brolly. She gratefully and gracefully accepted. This activity contributed to reduce my worry that the craft would finally submerge. I had no fear of death, since the water was warm and the two long balancing wooden logs could hardly sink. On the other hand, my possessions would be lost and I had no others.

We finally limped into the dedicated harbour half an hour later with only damp trousers/skirts to complain of; not enough to refuse the modest fare. The tide was out and the pirogue could not make the last fifteen yards to the makeshift jetty. We had no option but to trudge across the filthy, black and slimy sludge. Initially I blessed my flip flops but they became bogged down and I finished the final metres holding them in my one free hand. Local youths, accustomed to this spectacle, helped me up a rudimentary set of steps and then besieged me with propositions for a taxi. One enterprising young man produced a large plastic bottle of clear water to rinse the silt from my feet.

"You have a taxi?" I asked.
"Yes."
 "Then you are my man."
The crowd dispersed, admitting the competition lost. I eliminated the major part of the filth from my feet, cleaned up my flip flops and followed the young man to his taxi. It was a vintage Renault 4, a scrap heap case in Europe, but operational. I climbed into the back seat with relish, pleased to be alive on a sunny day and in a friendly environment.

"Can you take me to Ambatoloaka?"
He nodded with obvious pleasure; it was some miles away. I knew that Ambatoloaka (the last 'a' is not pronounced) was a resort village with a reputed beach and civilized hotels.
"What would be the best hotel there?" I enquired.
"The Palm Beach," he replied without hesitation.
"OK, then take me there, please."

Je m'assis pour admirer le paysage. La route cabossée était bordée d'ylangs-ylangs et de petits groupes de piétons, marchant en file indienne, risquant leur vie en l'absence de toute chaussée, combiné avec le potentiel de freinage douteux de la majeure partie de la circulation. J'avais découvert que mon propre véhicule possédait encore un moteur courageux, mais pas de vitre dans les cadres de fenêtre – rien d'une tragédie par une journée chaude et sèche. J'espérais que nos propres freins ne seraient pas mis à l'épreuve. Le trajet dura une vingtaine de minutes et le taxi me déposa sain et sauf devant un hall d'hôtel quelque peu incongru et luxueux. Il n'y avait aucun problème à trouver une chambre libre et je réservai (sous un nom incroyablement faux) pour trois nuits. Un jeune homme bien habillé, plein de politesse, insista pour porter mon sac léger à ma chambre, qui s'avéra être spacieuse et donnant sur le jardin et la piscine. Ma première tâche fut d'essayer de nettoyer le limon compact, enfoui sous mes ongles. C'était laborieux, puisqu'il n'y avait qu'une douche et je n'avais pas de brosse à ongles. Je plaçai mes pieds alternativement dans le lavabo et j'ai travaillé avec un dispositif sur mon coupe-ongles. Ensuite, après une douche salutaire, je décidai de visiter la plage. Je n'avais pas vu la côte tout au long du trajet et l'entrée de l'hôtel, à l'arrière, n'avait donné aucune idée de la beauté de la baie. Sorti devant l'hôtel, je me trouvais immédiatement sur le sable blanc et la plage s'étendait sur des kilomètres, dans les deux sens.

Je me dirigeais vers ce qui semblait être l'endroit le plus occupé et après quelques centaines de mètres, tombai sur un petit groupe de jeunes femmes proposant déjà des massages. 'Pourquoi pas,' me dis-je. Il n'y a pas de temps fixé pour un massage et j'étais sûrement un cas de stress. La fille n'était pas belle, mais elle n'était pas dénuée de sensualité. J'enlevai ma chemise et je m'allongeai sur le banc, qui servait de table de massage. Elle avait baissé mon pantalon autant que la décence le permettait. Le massage était bon et vigoureux, avec des huiles locales apaisantes et manquant juste de sensualité — et extrêmement peu coûteux. Je laissai un pourboire généreux et fus récompensé par une immense gratitude avant de poursuivre mon chemin sur la plage. Je n'avais pas fait trente mètres quand une femme m'appela.

«Tu veux un massage de la bite?»

Je levai les sourcils, feignant un malentendu.

I sat back to admire the scenery. The pitted road was lined with Ylang-Ylang trees and little groups of pedestrians, Indian file, risking life and limb in the absence of any pavement,combined with the dubious braking potential of the major part of the traffic. I had discovered that my own vehicle still possessed a gutsy engine but no glass in the window frames — no tragedy on a warm, dry day. I hoped our own brakes would not be put to test. The journey took about twenty minutes and the taxi deposited me safe and sound in front of a somewhat incongruous, luxurious hotel foyer. There was no problem about finding a free room and I booked in (under an unbelievably false name) for three nights. A well-dressed young man, oozing politeness, insisted on carrying my lightweight bag to my room, which turned out to be spacious and giving on to the garden and the swimming pool. My first task was to try and clean off the caked silt, embedded beneath my toe nails. This was laborious, since there was only a shower, however large, and I had no nail brush. I placed my feet alternately in the wash basin and worked away with a device on my nail-clipper. Next, after a thorough, healing shower, I decided to visit the beach. I had not seen the coast throughout the drive and the hotel entrance, at the back, had given no inkling of the beauty of the bay. Stepping out of the 'front' of the hotel. I was immediately on the white sand and the beach stretched for miles, either way.

I headed towards what appeared to be the busier end and after a couple of hundred yards came upon a little group of young women already proposing massages. 'Why not' I thought to myself, there is no set time for a massage and I surely qualified as a stress case. The girl was not beautiful, but nor was she devoid of sensuality. I took off my shirt and laid down on the bench, which served as a massage table. She lowered my trousers as far as decency would permit. The massage was good and vigorous, with soothing local oils and just short of sensual — and extremely inexpensive. I left a generous tip, was rewarded with expansive gratitude, and made my way down the beach. I had not gone thirty yards when a woman called out to me.

"You want a dick massage?"
I raised my eyebrows, feigning misunderstanding.

«Tu veux une pipe?»

Le malentendu n'était plus une option — rien ne pouvait être plus clair. Je continuai à marcher au même rythme et la femme se trouva à côté de moi. Elle était d'une certaine maturité; distinctement femelle. Quand elle souriait, il y avait une lueur d'or dans ses dents. Je me retrouvai à regarder sa bouche plus attentivement que nécessaire. Elle annonça le prix de ses services. Il ne pouvait être considéré comme un facteur déterminant. Il n'y avait pas beaucoup de dignité autour, mais il me semblait qu'il serait indigne de marchander de toute façon. Une partie de moi se chauffait mécaniquement à l'idée. Ma femme et son ami fornicateur naviguaient sans doute vers l'île de la Tortue, où les chances de voir une tortue étaient lointaines mais le banc de sable était réputé d'une beauté exceptionnelle.

«Ca se passe où?»

La femme pouvait voir qu'elle avait fait une vente – elle montra un sourire majeur.

«On y est presque.»

Elle me conduisit de la plage dans une propriété avec un jardin sans surveillance. Le bâtiment était en fait inachevé. La porte était ouverte et nous entrâmes. Il n'y avait pas d'électricité, peut-être une bénédiction, et c'était sombre. Il n'y avait pas de meubles non plus; juste un paquet de chiffons dans un coin.

Le processus ne prit que quelques minutes. Sa bouche était douce et accueillante, et j'oubliai ainsi mes soucis pendant quelques précieuses secondes. Nous quittâmes l'endroit ensemble, nous séparant à l'amiable quand nous fûmes de retour sur le sable.

De petits matchs de football spontanés commençaient ici et là, et je réalisai que c'était dimanche, avec les écoles fermées. Je retournai à l'hôtel, conscient que j'étais affamé. J'étais au restaurant du déjeuner, à côté de la piscine, à midi moins cinq, et je commençai avec deux caipirinhas pour apaiser mes pensées. C'était un déjeuner solitaire avec beaucoup de choses à penser, peut-être le premier de beaucoup, mais comme je n'avais pas apporté de livre, je finis en un rien de temps. Je choisis de faire une sieste, puisque j'étais debout depuis l'aube.

Vers quatre heures, je décidai de retourner à la plage. Elle bourdonnait, des gens partout, un kaléidoscope de couleurs. Quelque chose des Champs Elysées un dimanche ensoleillé, mais avec des

"You want a cock massage?"

Misunderstanding was no longer an option — nothing could be clearer. I continued walking at the same pace and the woman fell into step alongside. She was of a certain maturity; distinctly female. When she smiled there was a glint of gold in her teeth. I found myself looking at her mouth more attentively than necessary. She announced the price of her services. It could not be considered a determining factor. There was not much dignity around, but it seemed to me that it would be undignified to haggle anyway. Part of me was 'mechanically' warming to the idea. My wife and her fornicating friend were doubtless sailing to Tortoise Island, where the chances of seeing a turtle were remote but the sand bank was reputedly of outstanding beauty.

"How far away?"

The woman could see that she had made a sale — she flashed a major smile.

"We are nearly there."

She led me off the beach into a property with an unattended garden. The building was in fact unfinished. The door was unlocked and we stepped inside. There was no electricity, perhaps a blessing, and it was gloomy. There was no furniture either; just a bundle of rags in a corner.

The process took no time. Her mouth was soft and welcoming, and so I lost my worries for some precious seconds. We left the place together, separating amicably when we were back on the sand.

Little spontaneous football games were starting up here and there, and I realized it was Sunday, with the schools shut. I returned to the hotel, aware that I was famished. I was at the luncheon restaurant, beside the swimming pool, at five minutes to twelve, and kicked off with two Caipirinhas to settle my thoughts. It was a solitary lunch with lots to think about, perhaps the first of many, but since I had not brought a book, I was finished in no time at all. I elected to take a siesta, since I had been up since dawn.

About four o'clock, I decided to return to the beach. It was buzzing, people everywhere, a kaleidoscope of colour. Something of the Champs-Elysées on a sunny Sunday, but with footballs and footballers

ballons et des footballeurs à esquiver plutôt que des voitures. Les équipes italiennes étaient clairement à la mode, à en juger par les maillots exposés de la Juventus et de l'AC Milan. Des groupes de ce qu'on pourrait appeler des filles de joie se frayaient un chemin à travers les joueurs tolérants. Quelque chose du bonheur collectif déteignait sur moi — je pouvais le sentir dans mon pas.

Je me déplaçais sans but sur une trajectoire diagonale vers la mer, quand je croisai une fille seule. Je la trouvai immédiatement attirante et cela dut se voir sur mon visage.

Nos yeux se croisèrent brièvement et chacun continua son chemin. J'avais dû faire cinq pas quand je me retournai pour la regarder à nouveau. Elle se retourna en même temps et un sourire timide se glissa sur son visage. Nous marchâmes l'un vers l'autre comme si c'était la seule chose logique à faire. Quand nous fûmes proches, je réalisai qu'elle était assez grande, presque ma taille, bien que portant des sandales. Son pantalon en jean était retroussé, laissant ses chevilles nues et au-dessus de la taille, elle portait un tee-shirt jaune fin.

«Bonjour,» me suis-je aventuré, développant un large sourire.

«Bonjour.» Son sourire fut gardé sous contrôle.

«Quel est votre nom?» Cela semblait être un début logique.

«Elysia.» Pour prononcer ce seul mot, elle dut ouvrir ses lèvres et révéler, de manière éphémère, une dent de devant manquante. Elle vit que je l'avais vu.

«Mon frère l'a cassée — avec son pied. Nous nous sommes disputés.» Je secouai la tête avec surprise, pensant que c'était une chance qu'il n'ait pas abîmé ses jolies lèvres brunes.

«Elle peut être remplacée,» dis-je, de façon réconfortante.

Elle semblait encouragée et a réussi un autre sourire contrôlé. Il y eut un long moment de silence, mais pas d'embarras.

«Que faisons-nous?» Demanda-t-elle.

«Nous pourrions prendre un verre ensemble. Peut-être à mon hôtel? C'est juste là.» J'indiquai la direction avec ma main.

«D'accord.»

On s'est mis en route.

«Je m'appelle Xavier.» Il me semblait qu'elle devait savoir avec qui elle allait boire un verre.

Nous semblions seuls, traversant la foule. Nous n'avons rien dit

to side step rather than motor cars. Italian teams were clearly in fashion, judging from the Juventus and AC Milan jerseys on display. Groups of what might be termed glad-eyed girls threaded their way through the tolerant players. Something of the collective happiness was rubbing off on me — I could feel it in my step.

I was moving aimlessly on a diagonal trajectory towards the sea, when I crossed paths with a girl on her own. I recognized instantly that she was attractive and this must have shown on my face.

Our eyes met briefly and we carried on. I must have taken five strides when I turned to look at her again. She turned at the same time and a shy smile flitted across her face. We walked back towards one another as if it was the only logical thing to do. When we were close, I realized that she was quite tall, nearly my own height, although wearing sandals. Her denim jeans were folded up, leaving her ankles bare and above the waist she wore a thin yellow tee-shirt.

"Bonjour," I ventured, developing a wide smile.

"Bonjour." Her smile was kept in check.

"What is your name?" It seemed like a logical start.

"Elysia." To pronounce the single word, she had to part her lips and reveal, fleetingly, a missing front tooth. She saw that I had seen it.

"My brother knocked it out — with his foot. We had a fight."

I shook my head in surprise, thinking how fortunate it was that he had not damaged her lovely brown lips.

"It can be replaced," I said, comfortingly.

She seemed encouraged and managed another controlled smile. There was a long moment of silence, though no embarrassment.

"What do we do?" She asked.

"We could have a drink, together. Perhaps at my hotel? It's just over there." I indicated the direction with my hand.

"All right."

We headed off.

"My name is Xavier." It seemed to me she should know who she was going to have a drink with.

We seemed alone crossing the milling crowd. We said nothing but

mais nous étions heureux. Eh bien, je l'étais, c'est certain. Elle semblait impressionnée par le luxe de l'hôtel, dont clairement elle n'avait jamais passé la porte d'entrée, pas même un regard par curiosité. Le bar, près de la piscine était ouvert et nous nous sommes assis.

«Que voulez-vous boire? Je vais prendre une caipirinha.»

« Un bon-bon anglais,» répondit-elle.

« C'est une boisson?»

«Oui. Comme la limonade.»

Quand les boissons furent apportées, je demandai si je pouvais prendre une gorgée. C'était incroyablement sucré.

«Pas ma tasse de thé,» dis-je. «Voulez-vous essayer cela?» Mes doigts touchèrent les siens en lui passant le verre froid, notre première rencontre physique. Elle grimaçait au goût de la caipirinha — évidemment le bonheur des uns fait le malheur des autres ... Par ailleurs, elle engloutit plus que sa part des canapés offerts.

«Alors, où habitez-vous?» Demandai-je.

«À Hell-Ville. Je suis venu pour la journée.»

«Alors, vous rentrez ce soir?»

«Je dois,» dit-elle en haussant les épaules, «ma grand-mère va s'inquiéter». Elle lut peut-être sur mon visage une certaine déception. «Mais je peux revenir.»

«Alors cela me semble une idée merveilleuse,» déclarai-je, ne faisant aucune tentative pour cacher mon plaisir. «Puis-je vous emmener en taxi et attendre pendant que vous voyez votre grand-mère?» Ma proposition n'était pas strictement altruiste – la vie revenant, je ne voulais pas prendre le risque de la perdre. Elysia hocha la tête avec enthousiasme. Elle semblait être ravie. Était-ce moi, ou l'attrait d'une chambre d'hôtel de luxe qui l'attirait? Quoi qu'il en soit, vu les circonstances, je crus bon de commander les mêmes boissons, en insistant pour que nous ayons d'autres choses à grignoter. Et elle dévora à nouveau la part du lion, avec ma complicité.

Il faisait noir quand je commandai un taxi; un autre véhicule délabré. Nous nous assîmes à l'arrière, en nous penchant ensemble. J'avais décidé de ne pas l'embrasser de peur que ça puisse casser un code de conduite local et gâcher tout le spectacle. Nous ne disions pas grand-chose non plus, pour la même raison. Il me semblait que nous avions traversé la majeure partie de Hell-Ville, finissant non

we were happy. Well, I was, for sure. She appeared awestruck by the luxury of the hotel, so, evidently, she had never been past the front door, not even for a look out of curiosity. The bar, near the poolside was open and we sat down.

"What would you like to drink? I am having a Caipirinha."

"Un bon-bon anglais," she replied.

"That's a drink?"

"Yes. Like lemonade."

When the drinks were duly delivered, I asked if I could take a sip. It was outrageously sweet.

"Not my cup of tea," I said. "Would you like to try this?" Our fingers touched as I passed her the cold glass, our first physical encounter. She grimaced at the taste of the Caipirinha — evidently one man's poison ... On the other hand, she wolfed down more than her share of the canapés on offer.

"So where do you live?" I asked.

"In Hellville. I came for the day."

"So you go back this evening?"

"I must," she shrugged, "my grandmother will worry." She may have read some disappointment on my behalf. "But I can come back."

"Now that sounds a wonderful idea," I stated, making no attempt to hide my pleasure. "Maybe I can take you in a taxi, and wait while you see your grandmother?" My proposition was not strictly altruist — life coming back, I did want to take the risk of losing her. Elysia nodded enthusiastically. She seemed to be delighted. Was it me, or the lure of a luxury hotel bedroom that attracted her? Anyway, in the circumstances I thought it fit to order another round of the same, insisting that we had some more things to nibble. And she duly devoured the lion's share again, with my connivance.

It was falling dark when we ordered a taxi; another ramshackle vehicle. We sat in the back, leaning together. I decided not to kiss her in fear that it might just snap some local code of conduct and spoil the whole show. We did not say much either, for much the same reason. We appeared to cross the major part of Hellville, ending up not far from the port, beside a little stand selling some kind of fried fish — not

loin du port, à côté d'un petit stand vendant une sorte de poisson frit — pas du tout appétissant pour moi. Elysia m'expliqua que le taxi ne pouvait pas aller plus loin puisque nous étions au bout d'une route en ornières. Elle me demanda d'attendre avec le taxi, et disparut dans un labyrinthe de ruelles de boue, plein de bruit – musique, enfants, cuisine … J'avais le temps de réfléchir à ce que je faisais et je ne trouvais aucune raison valable d'avorter et de ruiner nos deux soirées. Environ un quart d'heure plus tard, juste quand je me demandais si elle m'avait abandonné, elle réapparut.

Elle avait troqué son jean pour vraisemblablement sa plus belle robe. C'était une nuance de violet, loin de ma couleur préférée, mais faisant un joli contraste avec sa peau brune. Et j'allais me plaindre? Elle avait un sac à main avec assez d'espace pour une brosse à dents, mais peu d'autres choses. Nous rentrâmes à Ambatloaka et je l'enregistrai à l'hôtel. Elle dut présenter sa carte d'identité et, évidemment, je jetai un œil à la date de naissance. Elle venait d'avoir dix-neuf ans – âge légal (et tellement désirable). Quand nous atteignîmes la chambre, je pus constater qu'elle était impressionnée par le lit queen-size, mais pas par l'activité sous-entendue dessus.

«Je peux prendre une douche?» demanda-t-elle.

«Bien sûr.» J'ouvris la porte de la salle de bains et lui tendis un peignoir blanc plié. «Pour quand vous sortez.»

Assis sur le lit, je pouvais entendre l'eau couler et Elysia semblait prendre un temps fou. Devais-je frapper à la porte et demander 'Puis-je me joindre à vous?'. Cela semblait être la chose à faire en ce moment…J'écartai l'idée et j'attendis.

Quand elle sortit, en peignoir, ce qui était magnifique, c'étaient ses cheveux, qui coulaient en cascades jusqu'à sa taille. Elle avait porté jusque-là ses cheveux attachés et je n'avais tout simplement pas imaginé cette quantité magnifique, sensuelle. Une sirène brune à la peau foncée, prête à sortir de son manteau blanc et à entrer dans mes bras. Je glissai la main à l'intérieur du vêtement au niveau de sa taille et autour du dos à la hauteur de ses fesses, sa peau plus lisse que le satin — aussi lisse que la lame d'une hache de guerrier. Il n'y avait rien de mal dans le corps d'Axelle, mais c'était une autre sorte de magie — une autre ligue. Je ne savais toujours pas si j'étais en présence d'une amatrice ou d'une professionnelle, mais j'étais bien au-delà de la bienveillance, consumé

at all mouth-watering to me. Elysia explained that the taxi could go no further since we had run out of rutted road. She asked me to wait with the taxi, and disappeared into a maze of mud alleys, full of noise — music, children, cooking ... I had sometime to think about what I was doing and found no valid reason to abort and ruin both of our evenings. In about a quarter of an hour, just when I was wondering whether she had abandoned me, she came back into view.

She had changed out of her jeans into presumably her best dress. It was a shade of purple, far from my favourite colour, but making a nice contrast with her brown skin. And was I going to complain? She had a handbag with enough space for a tooth brush, but little else. We hurtled back to Ambatloaka and I checked her formally into the hotel. She had to produce an identity card and obviously I took a squint at the date of birth. She had just turned nineteen — legal (and so desirable). When we reached the bedroom, I could see she was awed by the Queen-size bed, but not by the implied activity upon it.

"Can I take a shower?" She asked.
"Of course." I opened the bathroom door and handed her a folded white bath robe. "For when you come out."
Sitting on the bed, I could hear the water running and she appeared to be taking an age. Should I knock on the door and say 'Do you mind if I join you?'. It seemed to be the 'in' thing to do. I declined the idea and waited.
When she emerged, in the bathrobe, what was stunning was her hair. It tumbled in cascades to her waist. She had worn her hair up and I had just not imagined this gorgeous, sensual, quantity. A dark haired, dark skinned, mermaid, ready to step out of her white cloak and into my arms. I slipped my hand inside the garment at her waistline and round the back to the rise of her buttocks, her skin smoother than satin — as smooth as the blade of a warrior's axe. There was nothing wrong about Axelle's body, but this was another kind of magic — another league. I was still not sure whether I was in the presence of an amateur or a professional, but I was way past caring, consumed by a wave of lust. I steered her onto the bed and the bathrobe fell apart

par une vague de luxure. Je l'amenai sur le lit et le peignoir tomba. Le petit exercice sordide de la matinée me fut bien utile. Je pus l'embrasser lentement et explorer son corps méthodiquement avec ma langue sans précipitation indue, et (espérons-le) lui donner une part de plaisir quelque part pas trop éloigné de la mienne.

«Je suis,» hésita-t-elle, avant de murmurer le mot, «inondée.»

J'adorai la description et ses conséquences. Les prostituées n'ont pas tendance à 'inonder'; elles peuvent même avoir à ajouter une pointe de salive pour lisser les choses. Après, on dormit, emmêlés.

Et plus tard, nous commandâmes un repas au *room service*. Assise en peignoir, elle démolit méthodiquement un immense plateau de crevettes.

Le petit déjeuner était servi dans le restaurant principal, au premier étage, donnant sur la mer. L'accès depuis les couloirs de la chambre se faisait par un large escalier. En montant, je plaçai ma main droite, dans un geste de propriété, sur la hanche gauche d'Elysia, un pouce ou deux au-dessus de ses fesses fermes. La lumière des baies vitrées était contre nous et je ne pus voir, et encore moins identifier, les occupants de la table devant nous jusqu'à ce que nous soyons tout près. Assez près pour observer les mâchoires lâchées de M. et Mme Boulangé, qui vivaient deux étages au-dessus de nous dans notre copropriété à Paris! Il était inutile de retirer ma main droite, alors je composai un petit salut avec la gauche, et dirigeai mon trophée vers le coin le plus éloigné du restaurant. Je conduisis Elysia, qui n'avait pas saisi cette coïncidence scandaleuse et impitoyable, vers un siège dos à la table Boulangé. De cette façon, je pouvais suivre leurs progrès et je voyais que leurs assiettes étaient vides et aussi que les yeux de Mme Boulangé n'étaient pas entièrement rentrés dans leur orbite.

«Peut-être qu'on peut attendre quelques minutes avant d'aller au buffet?» Suggérai-je doucement.

Elysia sourit et acquiesça, avançant sa main vers la mienne.

Les Boulangé, qui avaient toujours insisté sur le 'e' accent aigu plutôt que 'er', n'ayant rien à voir avec la fabrication ou la distribution du pain, prenaient leur temps. Ils parlaient comme des conspirateurs et, évidemment, j'étais leur sujet, comme le confirmaient les regards furtifs lancés dans ma direction. La table du buffet était dangereusement proche, mais nous sommes restés assis, les sourires

in the process. My morning's sordid little exercise served me well. I was able to kiss her slowly and explore her body methodically with my tongue without undue rush, and (hopefully) give her a share of pleasure somewhere within striking distance of my own.

"I am," she hesitated, before murmuring the word, "flooding."

I loved the description and its consequences. Prostitutes do not tend to 'flood'; they might even have to add a dash of spittle to smooth things over. Afterwards we slept, entangled. And later we ordered a meal from room service. She sat in the bathrobe and methodically demolished an immense plateful of prawns.

Breakfast was served in the main restaurant, on the first floor, overlooking the sea. Access from the bedroom wings was by a wide staircase. Going up, I placed my right hand, in a gesture of ownership, on Elysia's left hip, an inch or two above her firm bottom. The light from the bay windows was against us and I did not make out, let alone identify, the occupants of the table in front of us until we were very close. Close enough to observe the dropped jaws of Monsieur and Madame Boulangé, who lived two floors above us in our condominium in Paris! It would have been pointless to withdraw my right hand, so I mustered a little wave with the left one, and steered my prize possession down to the furthest corner of the restaurant. I ushered Elysia, who understandably had not grasped the outrageous and merciless coincidence, into the seat with her back to the Boulangé table. This way I could monitor their progress and I perceived that their plates were empty and also that Madame Boulangé's eyeballs had not fully retracted into their sockets.

"Maybe we can wait a few minutes before going to the buffet?" I suggested softly.

Elysia smiled and acquiesced, advancing her hand towards mine.

The Boulangés, who always insisted on the 'e acute' rather than 'er', having nothing to do with the making or distribution of bread, were taking their time. They were talking as conspirators and obviously I was their subject matter, as underlined by furtive glances in my direction. The rather appealing buffet table was dangerously close; but we sat it out, Elysia's smiles thankfully snookered. I had never spent

d'Elysia heureusement cachés. Je n'avais jamais passé de temps à regarder l'un ou l'autre des Boulangé, peut-être inconsciemment à cause de leur écrasante laideur. Il avait collé ses cheveux ternes et amincissants avec Brylcreem, ou son équivalent, et il portait une petite moustache crayon. Elle avait choisi de colorer ses cheveux courts d'un rouge violent, jurant avec le rouge à lèvres de sa bouche sans lèvres, pincées en une grimace permanente. Ils avaient mutuellement décidé d'abandonner toute prétention de garder la ligne.

Quand ils se levèrent finalement, je n'avais pas peur qu'ils aient le culot pour venir à ma table et j'ai réussi à ne pas remarquer leur sortie impitoyable.

Le petit déjeuner buffet valait le coup d'attendre et nous prîmes notre temps. Elysia mangeait avec abondance et, je ne pouvais m'empêcher de l'observer, négligemment. Je glissais dans un syndrome de Professeur Higgins/Eliza Doolittle potentiel, mais retenant mon tutorat pour le moment — elle avait clairement besoin de se nourrir. Ensuite, nous décidâmes de faire une promenade sur la plage. La marée était haute et la plage était plus petite et, comme c'était un jour de semaine, il n'y avait pas de matchs de football en cours. Nous enlevâmes nos chaussures et fîmes notre chemin, main dans la main, sur le sable mou à l'endroit où nous avions au début croisé nos chemins. Ce n'était guère prémédité, mais il est relié à la nature de l'humanité (sans doute les oiseaux et les bêtes ne possèdent pas ce métabolisme) de générer des souvenirs — de préférence des souvenirs partagés. Nous nous sommes embrassés, à pleine bouche et sans mots, à l'écoute de nos propres émotions. Je sentis un picotement sexuel et suggérai de retourner à l'hôtel; Elysia ne fit pas de contre-proposition. Une fois dans l'enceinte de l'hôtel, je lui donnai la clé de la chambre, l'informant que je voulais vérifier quelque chose à la réception. Le jeune homme au bureau portait une expression aimable.

«J'ai repéré des amis,» mentis-je facilement, «Boulangé est leur nom. Je me demande s'ils vont rester un moment?»

«Je crains qu'ils ne viennent de quitter l'hôtel», répondit-il avec une réelle inquiétude.

Je secouai la tête. «Tant pis. Je les attraperai à Paris.»

Ne pensant qu'à court terme — pas besoin de changer d'hôtel – je retournai avec une virée dans mon pas vers ma chambre et son

time looking at either of the Boulangés, perhaps subconsciously on account of their overwhelming ugliness. He had pasted down his lank and thinning hair with Brylcreem, or its equivalent, and he sported a 'pencil' moustache. She had chosen to colour her cropped hair a violent red, clashing with the lipstick on her lipless mouth, pursed in a permanent scowl. They had mutually decided to give up any pretence of a waistline.

When they finally stood up, I had no qualms about them having the neck to come over to my table and I contrived not to notice their ungainly exit.

The buffet breakfast was worth waiting for and we in turn took our time. Elysia ate ravenously and, I could not fail to observe, sloppily. I was slipping into a potential Professor Higgins/Eliza Doolittle syndrome, but held back my tutorship for the time being — she clearly needed nutrition. Afterwards we decided to take a walk on the beach. The tide was in and so the beach was smaller and, being a week day, there were no football games in progress. We took our shoes off and made our way, hand in hand, on the soft sand to the spot where we had first crossed paths. This was scarcely premeditated, but it is wired into the nature of mankind (presumably birds and beasts do not possess this metabolism) to generate memories — preferably shared memories. We kissed, thoroughly and wordlessly, logging our own emotions. I registered a sexual tingle and suggested we return to the hotel and Elysia made no counter proposal. Once within the hotel compound, I gave her the room key, informing her that I wanted to check something at reception. The young man at the desk wore an amiable expression.

"I spotted some friends," I lied easily, "Boulangé is their name. I wonder if they are staying for a while?"

"I am afraid they have just checked out," he answered with genuine concern.

I shook my head. "Too bad. I will catch them in Paris."

Thinking short term only — no need to change hotels — I returned towards my room and its waiting occupant with an undisguised jaunt

occupante. Elysia était allongée sur le lit, topless, mais avait branché la télévision et je me rendis compte que c'était le 14 juillet — le défilé des Champs-Élysées battant son plein. Nous fîmes à nouveau l'amour, de façon imprévisible, sur fond de musique militaire, de chars d'assaut et de rugissements d'avions de chasse.

Nous réussîmes à attraper la fin du déjeuner. Après mes deux caipirinha (maintenant) habituelles et quelques verres de vin blanc sud-africain tolérables, je lui suggérai qu'elle tienne sa fourchette plus haut et se penche un peu en arrière de l'assiette. Elle ne s'opposa pas à recevoir de tels conseils et s'appliqua en conséquence. Madagascar a peut-être gagné son indépendance, mais il y a encore un profond respect pour l'ancien colonisateur — vazaha — et j'aurais pu être son père et j'allais payer la note... Je serrai mon genou contre le sien sous la table pour l'encourager.

Pendant l'après-midi, nous paressâmes autour de la piscine, que nous avions en grande partie pour nous seuls. Évidemment, cela n'aurait pas été une option avec les Boulangé dans les environs. Pendant l'une de mes longueurs, j'en vins à la conclusion peu heureuse que je ne pouvais pas faire face au tribunal, aux questions, aux silences éloquents, à l'embarras général à l'aéroport. Je pouvais visualiser les visages, ajustés au mieux, au comptoir d'enregistrement. De toute évidence, il y avait un visage, quelle que soit l'expression qu'on y retrouvait, que j'avais volontiers envie de battre. Non, j'allais prendre un avion plus tard et m'expliquerais avec Axelle, juste nous deux. En attendant, je cacherais mon propre visage dans l'aine accueillante d'Elysia.

Cette jeune femme innocente – je m'étais maintenant convaincu de son statut de semi-amatrice– était étalée sur une chaise longue, feuilletant un magazine, sans qu'il y ait de quoi s'inquiéter. Elle semblait avoir signé pour une autre nuit par défaut. Elle n'était certainement pas pressée d'aller ailleurs.

Cette nuit-là, j'étais accroupi devant le réfrigérateur, cherchant à la lumière de la petite porte un ouvre-bouteille pour un Coca Cola. Elysia était assise, elle me regardait.

« Je ne trouve pas le… « J'hésitai une seconde ou deux pour trouver le mot approprié.

«Décapsulateur,» précisa-t-elle, dans cet accent cadencé qui tend à

in my step. Elysia was laying on the bed, topless, but had put on the television and I realized that it was the fourteenth of July — the Champs Elysée march-past was in full swing. We made love again, unforgettably, to a background of military music, grinding tanks and the roar of jet fighters.

We managed to catch the tail end of lunch. After my (now) customary two caipirinhas and some tolerable South African white, I made the suggestion that she held her fork further up from the prongs and leaned back a bit from the plate. She made no objection to being on the receiving end of such advice and applied herself accordingly. Madagascar may have won its independence but there is still an engrained respect for the former colonial — *Vazaha* — and I could have been her father and was paying the bill ... I squeezed her knee encouragingly under the table.

During the afternoon, we lazed around the swimming pool, which we had largely to ourselves. Obviously, it would not have been a runner with the Boulangés in the vicinity. During one of my lengths of the pool, I came to the uncourageous conclusion that I could not face the tribunal, questions, eloquent silences, general embarrassment at the airport. I could visualize the faces, adjusted as best, at the check-in desk. Clearly there was one face, no matter what expression compiled upon it, that I would willingly beat to pulp. No, I would take a later plane and have it out with Axelle, just the two of us. Meantime, I would hide my own face in Elysia's welcoming groin.

This innocent lady — I had now convinced myself of her semi-amateur status — was sprawled on a deck chair, flicking through a magazine, without an apparent worry in the world. She seemed to have signed on for another night by default. She was certainly in no hurry to go anywhere else. During that night, I was crouched at the refrigerator, looking by the light of the small door for a bottle opener for a Coca Cola. Elysia was sitting up, watching me.

"I can't find the ... " I hesitated a second or two to find the appropriate word.

"Décapsulateur" she prompted, in that lilting accent which tends to

terminer le mot sur une note plus élevée. Je me serais satisfait du mot plus simple d'*ouvre-bouteille.*

Je ne réussis pas à trouver l'instrument de toute façon, mais j'étais heureux de cette illustration soudaine d'une certaine érudition et je la pris dans mes bras. Baccalauréat moins un; appris-je le matin en allant à l'aéroport. Elle n'avait pas hésité à se joindre à moi pour le voyage, toujours une aventure compte tenu de l'autonomie de carburant des Renault âgées. Elle n'avait jamais eu l'occasion d'y aller auparavant et n'avait probablement jamais vu d'avion de près. J'avais remarqué, en fermant la porte avant de partir pour le taxi, que sa culotte noire (qui semblait minuscule pour un derrière si généreux) pendait pour sécher sur la cloison de douche en verre. À moins qu'il n'y en ait eu une deuxième dans son petit sac à main – une hypothèse improbable- elle était assise nue sous sa robe violette. Je choisis de ne pas enquêter davantage et peut-être de la mettre dans l'embarras. Je me souviens qu'au cours de ma dernière année à l'école, un camarade de classe avait l'habitude de polir ses chaussures en cuir jusqu' à obtenir un éclat parfait, avec l'objectif de regarder sous les jupes des filles. À Madagascar, ce type de chaussures était rare et sans doute une telle paire aurait été poussiéreuse de toute façon.

Le prochain vol après mon retour prévu était trois jours plus tard. En compagnie d'Elysia cela ne représentait pas de difficultés et je payai donc plus de l'équivalent de deux cents francs pour le changement. Sur le chemin du retour, je lui demandai si nous pouvions dormir chez elle la nuit suivante. Il m'était venu à l'esprit que les occupants du bateau pouvaient passer leur dernière nuit à terre. Sinon, ils avaient au moins toute la journée du départ à terre, car c'était un vol de nuit vers Paris. Quoi qu'il en soit, Ambatoloaka était une probabilité et le Palm Beach le plus probable stop-over et/ou 'abreuvoir'.

Elysia fut quelque peu surprise par ma demande.
« C'est très petit,» dit-elle, et il y a ma grand-mère. »
«Elle ne me mangera pas, n'est-ce pas?»
«Non, elle est très amicale, et elle est presque sourde.»
«Alors ça va? Juste pour une nuit.»
Elle haussa les épaules. Je pense qu'elle aimait vraiment la salle de bains de l'hôtel.

complete the word on a higher note. I would have settled for the more simple *ouvre-bouteille*.

I failed to find the instrument anyway, but I was happy with this sudden illustration of a certain erudition and hugged her accordingly. *Baccalauréat* minus one; I learned in the morning on the way to the airport. She did not hesitate to join me on the trip — always an adventure given the fuel autonomy of the aged Renaults. She had never had occasion to be there before and probably never seen any planes up close. I had noticed, shutting the door before leaving for the taxi, that her black panties (which seemed minute for such a generous bottom) were hanging up to dry on the glass shower partition. Unless there had been a second pair in her tiny hand bag — an unlikely hypothesis — she was sitting naked under her purple dress. I elected not to investigate further and perhaps cause her embarrassment. I remembered in my last year at school, a classmate used to polish his leather shoes to a perfect shine, with the object of looking up the girls' skirts. In Madagascar that kind of shoe was a rarity and doubtless such a pair would be dusty anyway.

The next flight after my scheduled return was three days later. In Elysia's company this did not represent hardship and so I paid over the equivalent of two hundred Francs for the change. On the way back, I asked her if we could move into her place the following night. It had occurred to me that the boat party might be spending their last night on shore. If not, they would at least have the whole day of departure to spend on land, since it was a night-time flight to Paris. Either way, Ambatoloaka was a probability and the Palm Beach the most probable stop-over and/or watering hole. Elysia was somewhat taken aback by my request.

"It's very small," she said, "and there is my grandmother."

"She won't eat me, will she?"

"No, no she's quite friendly, and she is almost deaf."

"So it's OK? Just for one night."

She shrugged her acceptance. I think she really loved the hotel shower facility.

De retour à l'hôtel, j'appelai mon bureau. Ils avalèrent l'histoire d'un cafouillage d'Air Madagascar, qui avait la réputation de ne pas être d'une grande fiabilité. De plus, c'était une période tranquille de l'année pour mon activité principale, écrire sur le football; les championnats étaient terminés et le mercato à peine commencé. Lorsque nous partîmes tôt le lendemain matin, je n'informai pas le concierge que je serais de retour le soir suivant. L'hôtel était presque vide et je n'avais pas l'intention de laisser d'indices, si quelqu'un se renseignait sur mes allées et venues.

Le taxi pataugea jusqu'à un arrêt au même endroit et le poisson frit offert au stand en bois sentait la même chose. Nous empruntâmes la piste de boue séchée, en prenant soin de ne pas marcher sur les poulets errant au hasard. À un moment donné, nous dûmes négocier une forte pente, à peu près de gradient dix, je soupçonne, et je pris la main d'Elysia pour l'aider à monter. Cette galanterie minimale suscita une certaine admiration chez les passants, peu habitués à un *vazaha* (poli) dans ce coin.

Elle avait raison sur les dimensions quand nous sommes finalement arrivés. L'absence de mètres carrés était encore amplifiée par le fouillis d'un excès de meubles en bois. Dans l'obscurité, au fond de la chambre, se tenait la grand-mère d'Elysia, en admiration devant son visiteur inattendu, main dans la main avec sa jolie petite-fille. Elysia s'est lancée dans une longue explication en malgache, qui a semblé convaincre la vieille dame que je ne leur voulais pas de mal — bien au contraire. Je lui serrai la main, qui semblait très fragile, et elle se retira doucement dans le coin sombre de la pièce.

«Est-elle fâchée?» Murmurai-je à Elysia.

«Pas du tout. Tu n'as pas à chuchoter; elle n'entend pas bien,» m'a-t-elle rappelé.

Elle a pris mon sac et l'a placé sur son lit. C'était comme un lit d'enfant en bois et je me rendis compte que nous serions coincés toute la nuit. Il y a pire destin dans le monde… Elle me ramena au soleil et plus profondément au village. Elle me montrait — comme un trophée. Je ne ressentais pas de mauvaises intentions de la part de ses voisins. Dans le même temps, quel que soit son enthousiasme, je refusais intérieurement toute idée de la déraciner et de la transplanter à Paris, où elle se flétrirait dans le froid hivernal et le béton.

Returning to the hotel, I put through a call to my office. They swallowed the story of a bungle by Air Madagascar, whose reputation was not one of huge reliability. Moreover, it was a quiet time of year for my main activity, writing about football; the championships were over and the transfer market scarcely begun. When we checked out early the following morning, I did not inform the clerk at the desk that I would be back next evening. The hotel was nearly empty and I had no intention of leaving clues, should someone enquire of my whereabouts.

The taxi sputtered to a stop at the same place and the fried fish on offer at the wooden stand smelled the same as well. We set off down the dried mud track, taking care not to step on the chickens roaming haphazardly across it. At one point we had to negotiate a sharp incline, roughly gradient ten I would suspect, and I took Elysia's hand to help her up. This minimal gallantry caused some admiration from the goggling bystanders, unaccustomed to a (polite) *vazaha* in this neck of the woods.

She was right about the dimensions when we finally arrived. The lack of basic square metres was further amplified by the clutter of an excess of wooden furniture. In the obscurity, at the back of the room, stood Elysia's grandmother, in awe at her unexpected visitor, hand in hand with her pretty grand-daughter. Elysia launched into a lengthy explanation in Malgache, which did seem to convince the old lady that I meant no harm — quite the contrary. I shook her hand, which felt very fragile, and she retreated softly to the dimmest corner of the room.

"Is she put out?" I whispered to Elysia.

"Not at all. You don't have to whisper; she does not hear well," she reminded me.

She took my bag and placed it on her bed. It was in the form of a wooden cot and I recognized that we would be jammed together all night. There are worse fates in the world. She led me back out into the sunlight and deeper into the village. She was showing me off — like a prize capture. I registered no vibes of ill will on behalf of her neighbours. At the same time, whatever her enthusiasm, I inwardly vetoed any idea of uprooting her and transplanting her to Paris, where she would wither in the winter cold and the concrete. Axiomatically,

Axiomatiquement, même si je venais de signer pour trois jours de plus, j'arrivais à accepter le fait que j'avais besoin de ma vie en ville, et que faire l'amour avec Elysia ne pouvait pas être une perspective pour toute une vie. J'étais en train de démêler l'amour de la luxure, conscient de l'effet de rebond d'avoir perdu Axelle. Cette évolution mentale, et l'épreuve des ablutions à l'étroit, ne nous privèrent pas du sexe dans le petit lit grinçant, avec la grand-mère à huit mètres. Dans ces circonstances, Elysia frissonna jusqu'à un orgasme silencieux, sans gémissements.

*

Le lendemain, quand je sus que la voie était dégagée, avant de retourner dans notre chambre d'hôtel spacieuse, je laissai Elysia dans un magasin de vêtements assez chic de la rue Laval, palindrome parfait mais nom désormais inadmissible pour les rues de France métropolitaine. Quand nous revînmes, nous étions chargés de sacs en plastique et cette fois-ci, elle pouvait changer de culotte deux fois par jour.

in spite of having just signed on for three more days, I was coming to terms with the fact that I needed my city life, and that making love to Elysia could not be a lifetime prospect. I was disentangling love from lust, aware of the spin of the rebound from losing Axelle. This mental evolution, and the trials of the ablutions, did not stop us from sex in the creaky little bed, with the grandmother all of eight yards away. In the circumstances, Elysia shuddered to a silent, moan-less,orgasm.

*

The next day, when I knew the coast was clear, before returning to our spacious and private hotel room, I let Elysia loose in a rather smart clothes' shop in the rue Laval, a perfect palindrome but no longer an acceptable name for streets in Metropolitan France. And so, when we arrived back, we were laden with plastic bags and this time around she could change her panties twice a day.

DE RETOUR À PARIS

Jean-Pierre m'attendait à notre table habituelle. Il aimait être en avance pour le déjeuner. Il avait mécaniquement, mais méthodiquement, placé une serviette sur son siège pour éviter que son pantalon ne colle au simili cuir. Il avait l'habitude d'essuyer ensuite son couteau, sa fourchette et son verre avec sa serviette officielle, avant de lire son journal (et parfois mes articles) avant mon arrivée. Je le vis plier le papier avec une certaine réticence.

«Comment vas-tu, mon vieux?» demanda-t-il en tendant la main.

«Comme tu as dû le comprendre au téléphone, c'est affreux!»

«Nous allons commander,» suggéra-t-il, «puis tu me donnes chapitre et verset.»

«Bonne idée.» Je n'avais pas le choix. Je n'avais pas de famille. C'était la seule personne qui pouvait pleinement comprendre ma situation. Le moment venu, je lui racontai mon histoire — tout, à partir du moment où j'avais entendu Axelle et ce porc dans la douche. Je sautai le détail de mon béguin pour Elysia, mais avouai évidemment l'adultère, *en passant*. Ce n'était pas quelqu'un qui se préoccupait de ce genre de choses et il se débrouillait pas mal sur ce front. Il reconnut que tomber sur les voisins était un sacré coup de malchance. Et que leur 'mission divine' d'informer Axelle le jour de leur retour était tout simplement méprisable.

«Dans un sens,» ai-je observé, «le comportement Boulangé n'était guère surprenant, compte tenu de leurs normes pathétiques. La surprise, c'est qu'Axelle en profite pour me laminer ainsi. Diable, c'est elle qui a commencé,» ai-je soupiré ostensiblement, «et avec un prétendu 'ami'.»

« Elle dira que c'était ton imagination.»

«Pour l'amour de Dieu, tu ne prends pas une douche commune sur le Ramada pour économiser de l'eau!»

«Je te l'accorde. Ecoute, je te crois, Xavier. Il n'est tout simplement pas facile de le prouver – de convaincre un tiers. Par exemple,» poursuivit Jean-Pierre, «Odile n'a jamais rien remarqué entre eux avant ou après ta disparition.»

74

BACK IN PARIS

Jean-Pierre was waiting for me at our usual table. He liked to be early for lunch. He would mechanically but methodically place a napkin on his seat to avoid his trousers sticking to the imitation leather. He would then wipe his knife, fork and glass with his official napkin, before reading his newspaper (and occasionally my articles) prior to my arrival. I saw him fold the paper with a certain reluctance.

"How are you, old chap?" He asked, extending his hand.

"As you must have gathered on the 'phone, bloody awful!"

"We will order," he suggested, "and then you give me chapter and verse."

"Good idea." I had no option anyway. I had no relatives. He was the only person who could fully appreciate my predicament. In due course, I told him my story — everything, from the moment I heard Axelle and that swine in the shower. I skipped the detail of my crush with Elysia, but obviously pleaded guilty to adultery, *en passant*. He was not someone to bother about that and was not whistle clean himself on that front. He agreed that bumping into the next door neighbours was a rotten piece of luck. And that their 'divine mission' to inform Axelle on the day of her return was just despicable.

"In a way," I observed, "the Boulangé behaviour was hardly surprising, given their pathetic standards. The surprise is Axelle pouncing on the opportunity to take me to the cleaners. Christ, she started it," I sighed visibly, "and with an alleged 'friend.'"

"She will say it was your imagination."

"For fuck's sake, you don't take a joint shower on the *Ramada* to save the water supply!"

"I will grant you that. Look, I believe you, Xavier. It's just not easy to prove — to convince a third party. For example," Jean-Pierre pursued, "Odile never noticed a thing between them before or after your disappearing act."

«S'ils n'ont rien comploté, pourquoi voudrait-elle tant divorcer?»

«Je ne sais pas. Mais Axelle était plutôt humiliée que tu abandonnes le navire, et elle aussi. Hé, tout le monde était très gêné sur le bateau, et vos amis 'pâtissiers' ont apporté le point final pour elle.»

«Tu vois, ce qui est vraiment dingue, c'est que je l'aime. Mon escapade à Ambatoloaka était insignifiante en comparaison. Un réflexe de rebond.» Omettant de l'informer que je lui avais envoyé par l'intermédiaire de Wells Fargo assez d'argent pour une nouvelle dent de devant, je donnais à Jean-Pierre une version atténuée de ma relation avec Elysia, mais c'était fondamentalement vrai. J'aurais donné ma main droite pour revenir en arrière – avant Madagascar. J'étais prêt à pardonner Axelle et à recommencer.

«Je peux comprendre. Alors, que fais-tu maintenant?» Jean-Pierre semblait vraiment préoccupé.

«Je ne peux pas prendre de décision. Elle n'est pas ouverte à un débat raisonnable. Elle veut juste que je quitte l'appartement. Je suis déjà sorti de la chambre, bien sûr.»

«Attention à ne pas être sanctionné pour avoir abandonné le domicile conjugal.»

«Tu as tout à fait raison. C'est pourquoi je tolère les abus verbaux et je ne ferme pas la porte. Elle ne veut même pas d'un avocat commun. On croirait que j'ai tué quelqu'un à l'entendre.» Je fis une pause et j'ajoutai, «Cela aurait pu être une stratégie à l'époque.»

Jean-Pierre secoua la tête. « Ce n'est pas ta façon de faire. Tu es un homme de mots, d'arguments; pas de violence physique.»

*

Ma conversation avec Jean-Pierre fut une bonne thérapie, mais il était évident qu'il ne pouvait pas témoigner de quelque chose qu'il n'avait pas vu. Je fus dûment puni par le juge du divorce, identifié comme un mari adultère et une personne peu fiable, capable de comportement irréfléchi, inconséquent. Le règlement de nos actifs et le montant de la pension alimentaire en ont tenu compte. Les sanctions financières ont fait mal, mais j'avais toujours été prêt à m'occuper d'Axelle financièrement. Ce qui faisait le plus mal, c'était l'injustice. Et au fond, en dessous du champ de bataille, j'étais toujours amoureux d'elle.

"If they weren't hatching something, why would she be so intent on divorcing?"

"I don't know. But Axelle was pretty humiliated about you abandoning ship, and her. Hey, there was a lot of embarrassment on the boat, and your baker friends dotted the 'i' for her."

"You see the really nutty thing is that I love her. My escapade at Ambatoloaka was just trivial in comparison. A rebound reflex." Omitting to inform him that I had sent her via Wells Fargo enough money for a new front tooth, I was giving Jean-Pierre a toned-down version of my relationship with Elysia, but it was fundamentally true. I would have given my right hand to turn the clock back — pre-Madagascar. I was ready to find forgiveness for Axelle and start again.

"I can understand that. So what do you do now?" Jean-Pierre came over as genuinely concerned.

*"I can't call the shots. She's not open to a reasonable debate. She just wants me out of the flat. I am already out of the bedroom of course."

"Watch you don't get hit for abandoning the marital home."

"You are quite right. That's why I am putting up with the verbal abuse and not slamming the door. She won't even agree on a joint lawyer. You would think I had murdered someone, to hear her going on." I paused and added, "it could have been a strategy at the time."

Jean-Pierre shook his head. "Not your way of doing things. You are a man of words, arguments; not physical violence."

*

My conversation with Jean-Pierre was good therapy, but quite obviously he could not bear witness to something he had not seen. I was duly done by the divorce judge, identified as an adulterer and also an unreliable kind of person, capable of thoughtless, inconsequential behaviour. The assets settlement and the monthly allowance took this into account. The financial sanctions hurt, but I had always been prepared to look after Axelle financially. What hurt the most was the unfairness of it all. And deep down, below the battlefield, I was still in love with her.

Avant de quitter définitivement la maison, j'eus le douteux privilège de passer à trois reprises devant les Boulangé dans le couloir du rez-de-chaussée. Une fois ensemble, une fois Monsieur, et une fois Madame. Je combattis l'immense désir de leur cracher dessus, en décidant de ne pas m'abaisser à leur niveau — et je ne suis pas un cracheur naturel. À la dernière occasion — Madame seule – je penchai mon visage près du sien, à la Jack Nicholson, et demandai: « Vous sentez-vous DIGNE?» Je n'attendais pas de réponse ni même de réaction.

Je me demandais comment ils s'étaient acquittés de leur devoir. Je peux visualiser leur plus grande joie dans l'avion rentrant en France. Sans doute la chose la plus proche d'un orgasme mutuel depuis un long moment, effaçant toute la tristesse de quitter le soleil de Madagascar. Ils avaient dû être ravis d'observer Axelle revenir seule. Lui avaient-ils même donné le temps de déballer ses affaires avant d'entreprendre leur tâche? Avaient-ils fait un appel préliminaire ou avaient-ils simplement descendu les escaliers et frappé à la porte? Axelle ne m'en avait donné aucune idée. Elle avait dû ouvrir la porte sans pressentiment mais avec un minimum d'enthousiasme, en imaginant une sorte de problème avec la gestion de la copropriété, habituellement une partie de mes attributions.

Un éclaircissement de la gorge. Vraisemblablement Monsieur – je pense que son nom de baptême était Joseph (Judas étant une rareté) – avait très certainement donné le coup d'envoi. 'Il y a quelque chose que nous devons vous dire. Avec le mot 'devons' bénéficiant d'un soulignement et d'un (faux) soupçon de réticence.

'Entrez, s'il vous plaît. Mon mari n'est pas là ce soir.'

J'aurais pu passer sous leur garde, alors Axelle leur avait donné un boulevard. Ils étaient probablement assis côte à côte sur MON canapé, incapables de retenir davantage leur zèle. Avaient-ils pris la peine d'un échange banal avant de donner le coup de pied? Madame Boulangé hochant la tête en encouragement à son mari livrant sa malheureuse nouvelle et observant pour une digestion plus tard sa trop jolie voisine encaissant le coup.

J'aurais aimé savoir s'ils avaient mieux dormi grâce à ça? Quoi qu'il en soit, leur triste jihad accompli, ils ne pouvaient que retomber dans leur médiocrité abyssale.

Before leaving home definitively, it was my doubtful privilege to brush past the Boulangés in the ground floor corridor on three occasions. Once together, once Monsieur, and once Madame alone. I fought back the immense desire to spit at them, ruling that it would be stooping to their level — and I am not a natural spitter. On the last occasion — Madame on her own — I leaned my face close to hers, à la Jack Nicolson, and breathed the question, "are you feeling *worthy*?" I did not wait for a reply or even an expression.

I have wondered how they went about their bounden duty. I can visualize their wildest glee on the 'plane returning to France. Arguably the nearest they had been to a mutual orgasm in a long while, and obliterating any sadness about leaving the Madagascar sunshine. They must have been overjoyed to observe Axelle returning on her own. Did they even give her time to unpack before undertaking their mandate? Did they put through a preliminary call or just go down the stairs and knock on the door? Obviously, Axelle gave me no inkling. She must have opened her door without foreboding, but with minimal enthusiasm, assuming some sort of problem with the management of the condominium, usually part of my attributions.

A clearing of the throat. Almost certainly Monsieur — I think his Christian name was Joseph (Judas being a rarity) — kicking off. 'There is something we have to tell you.' With the word 'have' benefitting from an underlining and a (false) hint of reluctance.

'Please come in. My husband is not in this evening.'
I could have crept in below their guard, so Axelle gave them a boulevard. They would have sat down side by side on MY couch, unable to withhold their zeal anymore. Did they bother with a banal exchange before kicking in? Madame Boulangé nodding encouragement as her husband delivered his unfortunate tidings, and observing for later digestion her too pretty neighbour taking the hit.

I just would like to know whether they slept the better for it? Whatever, their doleful jihad accomplished, they could only sink back into their abysmal mediocrity.

DES ANNÉES PLUS TARD

Assis là, sur la chaise en plastique de l'hôpital, je pouvais sentir le verdict venir. Il était écrit sur le visage du grand homme, qu'il le veuille ou non, avant qu'il ne s'asseye en prémonition à côté de moi. Il avait déjà prononcé ces mots — beaucoup de fois — mais c'était encore un exercice difficile.

«Eh bien,» commença-t-il, pile sur la mauvaise direction, «la situation est relativement claire.» Il gagnait du temps.

Incongrument, je mis la main sur son poignet. «Est-ce un cancer?» demandai-je.

«Il est guérissable,» dit-il, surpris mais en quelque sorte soulagé. Et c'est tout ce que j'avais besoin de savoir.

Beaucoup d'hommes choisissent de subir une endoscopie comme précaution de routine, au-delà d'un certain âge; parfois plus tôt s'il y a des antécédents dans la famille. Mon petit con de généraliste n'avait jamais fait une telle proposition. Je dus lui tordre le bras pour remplir les formulaires du test postal. Il avait laissé entendre que c'était une perte de temps — un autre exemple d'excès administratif. Il n'appréciait pas du tout le gouvernement actuel. Cela ne l'empêcha pas de pousser sa note d'honoraires à travers la table encombrée, avec un supplément de spécialiste, pour quinze minutes de son temps précieux dans son bureau confortable.

Il m'avait 'examiné' (à travers ma chemise) avec son stéthoscope pour justifier sa facture, sachant que je n'étais venu que pour la paperasse. Il prit ses deuxièmes (et derniers) cinquante euros quand je revins pour recueillir les résultats. Je choisis l'hôpital moi-même, n'ayant plus le moindre intérêt pour ses conseils.

Et c'est ainsi qu'on en revint au Perpétuel Secours (rebaptisé Institut Hospitalier Franco-Britannique dans l'intervalle), Les gens là-bas avaient réussi à retirer mon appendice vermiforme des années auparavant, et la probabilité de tomber sur Murdoch Simpson n'était plus sur la table de jeux. L'ensemble du processus avait été

YEARS LATER

Sitting there, on the plastic hospital chair, I could feel the verdict coming. It was written on the large man's face, whether he liked or not, before he sat down in premonition alongside me. He had pronounced these words before — many times — but it was still a difficult exercise.

"Well," he started off, slap down the wrong track, "the situation is relatively clear." Gaining time.

Incongruously, I put my hand on his wrist. "Is it cancer?" I asked.

"It is curable," he said, surprised but in some way relieved. And that was all I needed to know.

Many men elect to have an endoscopy as a routine precaution, beyond a certain age; sometimes earlier if there is a history in the family. My little jerk of a regular doctor never came forward with a proposal. I had to twist his arm to fill up the forms for a postal test. He implied that it was a waste of time — another example of administrative excess. He had no time for the incumbent government. It did not stop him pushing his bill across the cluttered table, with a specialist surcharge, for fifteen minutes of his precious time in his cozy office.

He had 'examined' me (through my shirt) with his stethoscope to justify his fee, aware that I had only come for the paperwork. He picked up his second (and last) fifty Euros when I returned to collect the results. I chose the hospital myself, having no longer any remote interest in his advice.

And so it was back to the Perpetual Secours (re-christened Institut Hospitalier Franco-Britannique in the interim), The people there had successfully removed my vermiform appendix years before, and the likelihood of bumping into Murdoch Simpson was off the betting table. The whole process has been tried and tested and done so often.

mis à l'essai et réalisé si souvent. Seulement cette fois-ci, c'était moi — avec une condamnation avec sursis, et donc impatient. J'avais consciencieusement bu des litres de fluide nauséabond conçu pour obtenir une image claire. Je me demande parfois comment on peut ramener un homme de la Lune et être incapable de produire des médicaments avec un goût tolérable.

L'anesthésie avait été facile et les humiliations supportables, et me voici observant et écoutant ce médecin entrer dans les détails. La bonne nouvelle, qu'il exprima avec un sourire, était que — sous réserve de plus de tests et de scans – je pouvais aller directement en chirurgie, sans chimiothérapie préliminaire et/ou radiothérapie. Par ignorance, j'avais peur de la radiothérapie, imaginant la destruction du mauvais morceau, celui qui était vital pour ma vie d'homme.

«Merci, docteur,» dis-je en prenant les papiers de sa main tendue. Je me levai et lui serrai la main avec une fermeté inutile, traduisant inconsciemment un état de forme physique malgré tout. Il était toujours assis là quand je fermai la porte et je n'avais aucune idée de ce qu'il pensait. S'il s'agissait de moi, son patient en partance chargé de doutes, ou de son déjeuner dans peu de temps.

Encore une fois, bien que cette fois les dates eussent été planifiées des (anxieuses) semaines à l'avance, je choisis de garder mon séjour hospitalier pour moi. Je n'avais pas de femme et d'enfants avec qui partager mes soucis, ou à qui mentir. J'informais mes collègues du journal que j'allais faire une randonnée de deux semaines au Népal, où j'avais été auparavant et je pouvais improviser quelques descriptions, perdre quelques kilos et éviter un bronzage. Je n'avais absolument pas l'intention de mettre le mot de six lettres en circulation. Je pouvais mieux vivre sans pitié, même si elle était parfois sincère, et comme j'étais déterminé à m'en sortir, je ne voyais aucun intérêt à ce que les gens spéculent sur qui prendrait le contrôle de mes colonnes.

J'étais de retour au sixième étage à Levallois, encore une fois, après tant d'années, une zone de rétention pour les patients préopératoires. Je dus avaler encore trois horribles litres et me soumettre à la même expérience de rasage, exécutée par une jeune infirmière tout aussi compréhensive. L'opération elle-même, bien que plus longue (trois heures et demie, me dit-on), n'était pas un événement pour moi, protégé par un anesthésique parfaitement administré. Revenant à

Only this time around it was me — with a suspended sentence, and therefore impatient. I dutifully drank litres of foul-tasting fluid designed for a clear picture. I do sometimes wonder how you can bring a man back from the moon and be unable to produce medicine with a tolerable taste?

The anaesthetic had been a doddle and the humiliations bearable, and here I was observing myself listening to this doctor getting into the detail. The good news, which he expressed with a smile, was that — subject to more tests and scans — I could go straight to surgery, without preliminary chemotherapy and/or radiotherapy. Out of ignorance, I had a dread of radiotherapy, imagining the destruction of the wrong bit, the one that was vital to my life as a man.

"Thank you, Doctor," I said, taking the papers from his outstretched hand. I stood up and shook his hand with unnecessary firmness, subconsciously conveying a state of fitness nevertheless. He was still sitting there as I closed the door and I had no idea what he was thinking. Whether it concerned me, his departing patient loaded with doubt, or his up and coming lunch?

Once again, although this time the dates were planned (anxious) weeks in advance, I opted to keep my hospital séjour to myself. I had no wife and children to share my worries with, or to hoodwink. I informed my newspaper colleagues that I was going on a hiking trip for two weeks to Nepal, where I had been before and could ad lib a few descriptions, lose a few kilos and avoid a sun tan. I had strictly no intention of letting the six-letter word into circulation. I could do without pity, even if sometimes genuine, and since I was determined to get better, I saw no value in having people speculate on who would take over my columns.

I returned to the sixth floor in Levallois, clearly still, after so many years, a holding area for pre-operation patients. I had to swallow another ghastly three litres and submit to the same shaving experience, executed by an equally understanding young nurse. The operation itself, although longer (three and a half hours, I was told), was a non-event for me, protected by perfectly administered anaesthetic. Coming round, in the intensive care unit, was another matter altogether. The

moi-même, dans l'unité de soins intensifs, était une toute autre affaire. L'anesthésiste, très courtoisement, avait demandé s'il pouvait insérer un tube directement dans la zone endommagée, pour transporter un fluide calmant à la source de la douleur. J'avais donné mon consentement avec impatience. Dieu merci, car il y avait beaucoup de bouillonnement là-bas, ressenti à travers mon esprit brumeux – sinon comme une douleur intense, du moins comme un inconfort extrême. De plus, l'équipe dévouée et charmante d'infirmières n'arrêtait pas de prendre mon pouls et de me réveiller pour voir si j'étais en vie.

Je survécus pour raconter cette histoire et je quittai l'hôpital après dix jours — la sentence normale pour mon niveau de cancer. Par précaution, on me prescrivit un protocole de six séances de chimiothérapie. L'oncologue, une femme normande à l'âge indéterminé et aux traits oubliables, m'expliqua soigneusement les procédures et me donna un certain nombre de documents à lire, ainsi qu'un petit *journal* pour consigner mes degrés de douleur et le comportement de mon corps. La première séance fut facile — indolore et ennuyeuse. Lorsque je revins trois semaines plus tard pour la deuxième session, j'appris que le docteur Lefevre avait quitté l'hôpital et que j'étais maintenant entre les mains du docteur Nguyen. J'étais légèrement mécontent, cependant le personnel va et vient dans les hôpitaux et il n'y avait rien de contractuel entre nous et aucune obligation de m'informer à l'avance...

Et je n'avais aucun problème avec les Asiatiques. Docteur Nguyen était en effet asiatique — et féminine – intensément féminine. Elle était légèrement bâtie, avec des cheveux noir corbeau et un sourire fondant. À mes yeux, elle était adorable. J'avais été installé et câblé avant qu'elle ne fasse son apparition. Automatiquement, je me sentis essayer, de façon inadéquate, de me redresser et d'avoir l'air moins pathétique.

Elle se présenta mais il n'y eut pas de poignée de main.

«Vos tests sanguins sont bons,» dit-elle d'une voix rauque qui semblait venir de loin dans sa gorge mince, «ainsi nous pourrons aller de l'avant.»

Je n'avais pas été mis au courant d'un potentiel problème de cette nature, cependant j'accueillis joyeusement la bonne nouvelle.

«Je vous verrai après le traitement.» Elle sourit et elle était partie.

J'eus deux heures et demie, allongé là, avec mes magazines et un livre non lu, pour réfléchir.

anaesthetist, most courteously, had asked whether he could insert a tube straight into the damaged zone, to carry the calming fluid to the source of pain. I had eagerly given my consent. Thank goodness, for there was a lot of churning going on down there, felt through my foggy mind — if not intense pain, at least qualifying as extreme discomfort. Furthermore, the devoted and delightful team of nurses kept taking my pulse and waking me up to see if I was alive.

I survived to tell this tale and left the hospital after ten days — the normal sentence for my level of cancer. 'As a precaution', I was prescribed a protocol of six sessions of chemotherapy. The oncologist, a lady from Normandy of indeterminate age and forgettable features, carefully explained the procedures and gave me a number of documents to read, together with a little *diary* to record my degrees of pain and the behavior of my body. The first session was easy-going — painless and boring. When I returned three weeks later for session two, I learned that Doctor Lefevre had left the hospital and that I was now in the hands of Doctor Nguyen. I was marginally put out; however staff do come and go in hospitals and there was nothing contractual between us and no obligation to inform me in advance ...

And I had no problem with Asians. Doctor Nguyen was indeed Asian — and female. Intensely female. She was slightly built, with raven hair and a melting smile. In my eyes she was lovely. I had been installed and wired up before she made her appearance. Automatically, I felt myself trying, inadequately, to straighten up and look a less pathetic sight.

She introduced herself, but there was no handshake.

"Your blood tests are fine," she said in a husky voice that seemed to come from far down her slender throat, "so we can go ahead."

I had not been aware that there could have been a hitch of this nature, however I cheerfully acknowledged the good news.

"I will see you after the treatment." She smiled and she was gone.

I had two and a half hours, lying there, with my magazines and an unread book, to ponder.

Depuis mes premiers moments en présence d'Axelle, je n'avais pas éprouvé ce sentiment d'être *emporté*. Mais quand j'ai rencontré Axelle pour la première fois, j'avais été à la chasse dans une boîte de nuit, et j'étais à mon meilleur. En outre, comme elle était venue sans escorte masculine au Club Pacha, alors on pourrait considérer qu'elle chassait aussi.

C'était donc délirant — blâmer le médicament. Le docteur Nguyen, se déplaçant quelque part dans le couloir, ne m'avait pas seulement oublié; elle ne m'avait jamais remarqué, sauf en tant que patient de la chambre 221.

Au moment où elle revint, j'avais pris la résolution d'oublier mon fantasme et peut-être même de trouver les défauts dans son apparence. Comme elle était maigre, plus de 30 ans, approchant les 40 ans, etc.

«Comment ça va?» demanda-t-elle, semblant intéressée par ma réponse.

«Bien. Pas de problème», lui assurai-je.

«Et les effets secondaires après votre première séance? Avez-vous rempli votre cahier?»

«Non», mentis-je fermement. Il était dans ma mallette, soigneusement rempli, mais je n'avais pas l'intention de partager la fréquence de mes selles avec une si belle femme. En fait, la merveilleuse idée d'embrasser **son** magnifique cul m'a effleuré l'esprit. J'avais déchiré ma résolution. Heureusement, elle ne demanda pas à regarder ma cicatrice. Nous fixâmes une date pour ma prochaine séance, mon enthousiasme caché. Quand elle me donna la confirmation de rendez-vous, plus une courte liste de médicaments, elle était très proche et je pouvais sentir son parfum, peut-être mélangé avec le parfum naturel de ses cheveux.

«Ce sera encore vous, la prochaine fois?»

«Oui. Pourquoi me demandez-vous cela?»

«Ce serait bien, c'est tout. De ne pas avoir à recommencer à zéro,» ajoutai-je pour dissimuler, mais les dégâts étaient faits.

Compter les jours jusqu'à votre prochaine séance de chimiothérapie est probablement loin d'être normal dans ces circonstances, mais c'était mon humeur. J'avais préparé mes plus beaux vêtements tendance décontractée, dans l'hypothèse faible qu'elle pourrait le remarquer. Le jour du rendez-vous, exactement trois semaines plus tard, j'arrivai tôt et je fus récompensé par sa vue, passant par la salle d'attente à son

Not since my first moments in Axelle's company had I experienced this feeling of being 'swept away'. But when I first met Axelle, I had been on the hunt in a night club, and looking my best. Furthermore, since she had come without a male escort to the Pacha Club, then it could be deemed that she was hunting as well.

This therefore was delirious — blame it on the medicine. Doctor Nguyen, busying herself somewhere down the corridor, had not only forgotten me; she had never noticed me, other than as the patient in room 221.

By the time she did return, I had made my resolution to forget my fantasy and perhaps even pick holes in her appearance. Like she was thin, over thirty, nudging forty etc.

"How was it?" she inquired, appearing interested in my reply.

"Fine. No problems," I assured her.

"And side effects after your first session? Have you filled up your booklet?"

"No," I lied firmly. It was in my briefcase, carefully completed, but I had no intention of sharing the frequencies of my bowel movements with such a beautiful lady. In fact the splendid idea of kissing *her* gorgeous arse fleetingly crossed my mind. I had torn up my resolution. Thankfully she did not ask to look at my scar. We fixed a date for my next séance, my eagerness suppressed. When she handed me my appointment confirmation, plus a short list of medicine she recommended, she was very close and I could smell her perfume, perhaps mixed with the natural fragrance of her hair.

"It will be you again, next time?"

"Yes. Why do you ask?"

"It would be nice, that's all. Not to have to start all over again," I added to cover up, but the damage was done.

Counting the days to your next chemo session is probably not par for the course, however that was my mood. I prepared my very best smart casual clothes, on the long odds that she might notice. On the day, exactly three weeks later, I checked in early and was rewarded by the sight of her, passing the waiting room on her arrival, in her 'city' clothes — a little waistcoat, a neat grey skirt with black stockings. She

arrivée, dans ses vêtements de ville — un petit gilet, une jupe grise soignée avec des bas noirs. Elle ne me vit pas. À ma grande surprise, à cette occasion, elle apparut avant que je ne sois installé sur le lit. J'étais toujours assis sur une chaise, à lire le journal. Je me levai et je lui ai serrai automatiquement la main. Ses doigts étaient minuscules et je les pressai à peine. Comme je l'avais évalué dans mon esprit sa tête montait jusqu'à mon nez — la hauteur parfaite.

«L'infirmière sera avec vous dans un instant,» me dit-elle, «nous avons eu une urgence.»

«Je ne suis pas pressé», la rassurai-je.

«Comment ça va?»

Il y avait un effet secondaire dont j'étais prêt à parler. «Ma réaction aux choses froides était beaucoup plus prononcée. J'ai des problèmes avec le réfrigérateur.»

Elle montra une certaine préoccupation.

«Mais c'est fini maintenant. Ce n'était qu'un léger inconfort.» Je ne voulais pas apparaître autre que courageux. «J'aime mes bourgogne blancs sérieusement frais,» terminai-je sur une note désinvolte.

«C'est mon vin préféré.»

La courte déclaration, un simple fait, entra dans mon système radar comme une percée majeure.

«Je vous verrai plus tard, avant que vous ne partiez.» Elle avait mis fin à la conversation, mais ce n'était pas un rejet.

Après une réflexion considérable pendant mes trois heures de détention, j'avais abandonné l'idée de faire avancer mon premier pion sérieux. J'avais observé une alliance, bien qu'aujourd'hui cela ait moins de signification. Je voulais rester dans le jeu, et un jeu lent avec une particule d'espoir est mieux que rien. Notre échange après ma session ne contenait donc aucun facteur, positif ou négatif, digne de mention. Seulement pour moi une confirmation de mon engouement total. Je réussis à négocier, sans en révéler l'importance, une poignée de main d'adieu.

La quatrième séance fut un désastre; elle n'était pas là. Et elle était ma balise depuis trois semaines. On dit que la motivation peut vous rendre en meilleur santé ou au moins apporter une contribution positive au processus. Ma réaction au froid était devenue beaucoup plus aiguë, s'étendant à mon nez et jusqu'à mes orteils. Je l'avais pris à

did not see me. To my surprise, on this occasion, she appeared before I had been settled on the bed. I was still sitting on a chair, reading the newspaper. I stood up and automatically proffered my hand. Her fingers were tiny and I barely squeezed them. As I had determined in my mind, she came up to my nose — the perfect height.

"The nurse will be with you in a moment or two," she informed me, "we have had an emergency. "

"I am not in a rush," I reassured her.

"How have you been?"

There was one side effect that I was prepared to talk about. "My reaction to cold things was much more pronounced. "I have trouble with the fridge."

She registered concern.

"But it has gone now. It was just a minor discomfort." I did not want to come over as anything but brave. "I like my white Burgundies seriously chilled," I completed on a flippant note.

"It's my favourite wine."

The short statement, a simple fact, entered my radar system as a major break-through.

"I will see you later, before you go." She put an end to the conversation, but it was not a put-down.

After considerable reflection during my three-hour long confinement, I discarded the idea of advancing my first serious pawn. I had observed a wedding ring, although nowadays that has less significance. I wanted to stay in the game, and a slow game with a particle of hope is better than nothing. Our exchange after my session therefore contained no factor, positive or negative, worthy of note. Only for me a confirmation of my total infatuation. I did succeed in negotiating, without revealing its importance, a farewell handshake.

Session four was a disaster; she was not there. And she had been my beacon for three weeks. It is said that motivation can make you better or at least make a positive contribution to the process. My reaction to the cold had become much more acute, extending to my nose and even to my toes. I had taken it in my stride with Doctor Nguyen on my

la légère avec le docteur Nguyen à l'esprit. Je me trouvais à composer de la poésie. Les articles, la littérature jusqu'à un certain point, faisaient partie de mon existence, faisant mon pain quotidien, mais je n'avais pas écrit de poésie depuis des années — pas depuis les premiers jours d'Axelle.

Maintenant il paraissait juste de s'épancher — sur des bouts du papier et à tout moment du jour et la nuit. J'avais réuni les meilleurs efforts avec l'idée folle de les lui donner quand l'occasion serait venue.

Je demandai évidemment pourquoi elle était absente et il s'avéra qu'elle était en congé maladie. Les médecins ont le droit d'être malades, je suppose… C'était paradoxalement, et surtout égoïstement, une bonne nouvelle pour moi. Au moins, elle n'avait pas quitté l'hôpital. La session cinq pouvait encore tenir une promesse, même si elle semblait à des kilomètres.

Un mois plus tard, elle était là. Elle portait un pull col polo couleur framboise foncé, qui dépassait de sa tunique blanche, rehaussant le parfait éclat noir de ses cheveux.

«Je suis désolée d'avoir manqué votre dernière visite», devança-t-elle de façon désarmante.

Elle ne pouvait pas être à moitié aussi désolée que moi, mais je pouvais difficilement étaler cette observation.

«Eh bien, vous êtes ici maintenant,» répondis-je, incapable de supprimer le bonheur dans mon sourire.

«Je vais vous ausculter,» annonça-t-elle, le stéthoscope déjà dans la main. Était-ce une mesure de routine? Elle ne l'avait jamais fait. C'était à travers ma chemise, comme ce petit rat de médecin généraliste, mais est-ce que je me plaignais? Ses cheveux étaient à quelques millimètres et mon cœur dut s'emballer. Elle semblait satisfaite du résultat.

« Nous avons vérifié les résultats de votre analyse de sang, et ils sont en train de préparer le médicament. Je vous verrai avant que vous ne partiez.» Et elle était partie.

Il ne pouvait être question de courir le risque de ne plus jamais la revoir, avec une seule séance restante. Je préférais un rejet à une disparition. J'y avais réfléchi — sans cesse. Après l'échange traditionnel, quand j'avais admis plus de mal avec le froid, je posai ma question soigneusement rédigée.

mind. I had found myself composing poetry. Articles, literature up to a point, were part of my existence, making my daily bread, but I had not written poetry since years — not since the early days of Axelle.

Now it just seemed to pour out — onto scraps of paper and at all times of day and night. I had collected the best efforts with the crazy idea of giving them to her when the occasion came up.

I obviously inquired why she was absent and it transpired she was off sick. Doctors have the right to be ill, I suppose ... This was paradoxically, and most selfishly, good news to me. At least she had not left the hospital. Session five could still hold out a promise, even if it seemed miles away.

I struggled through the miles, and a month later there she was. She was wearing a dark, raspberry coloured polo-neck jumper, which protruded above her white tunic, enhancing the perfect black sheen of her hair.

"I am sorry I missed your last visit," she said, in a disarming pre-empt.

She could not have been half as sorry as me, but I could hardly make this observation.

"Well, you are here now," I responded, incapable of suppressing the happiness in my smile.

"I should sound you," she announced, her stethoscope already in her hand. Was this a routine measure? She had not done it before. It was through my shirt, like that little rat of a General Practitioner, but was I complaining? Her hair was millimetres away and my heart beat must have gone altogether astray. She seemed satisfied with the result.

"We have checked the results of your blood test, and they are making up the medicine. I will see you before you go." And she was gone.

There could be no question of running the risk of never seeing her again, with only one session left. I preferred a rejection to a disappearance. I had thought it through — incessantly. After the traditional exchange, when I had admitted to more serious discomfort with the cold, I produced my carefully drafted question.

«Seriez-vous choqué si je vous offrais un verre de chassagne montrachet?»

Elle me regarda en face. «Pas choquée», répondit-elle. Elle n'avait pas besoin de sonder les profondeurs de l'intuition orientale pour voir que son patient était sérieusement accroché.

«C'est un oui ou un non pour le vin?»

«Ce n'est pas un 'non'.» Il était impossible de déterminer s'il y avait de l'enthousiasme ou simplement de l'indulgence dans cette décision, transmise avec une double négation.

«Choisissez le moment qui vous conviendra. Et je m'adapterai.» J'aurais abandonné PSG-Marseille, si c'était son choix.

«Je suis ici à temps partiel. Je travaille dans deux autres hôpitaux,» termina-t-elle. «A quel endroit pensez-vous?»

La logistique est facile lorsque la décision politique a été prise.

*

Dix jours plus tard, elle franchit le seuil du Lavinia, boulevard de la Madeleine, cinq minutes après l'heure fixée. Nous nous serrâmes la main de façon très formelle et je l'amenai à l'étage et je lui ai présenté sa chaise dos au mur. Elle était piégée, exclusivement, du moins pendant quelques minutes, dans ma toile, méticuleusement tissée.

«Ça va?» Comme un médecin pourrait le demander à son patient.

«Oui, pas de problèmes particuliers. Et vous? Vous étiez vous-même malade.»

«Je vais bien maintenant», répondit-elle. Je ne pouvais pas soupçonner qu'elle mentait.

«Peut-être devrions-nous commander les boissons, avant que je pose d'autres questions?»

Elle hocha la tête et prit la carte de ma main. Étrangement, le choix en bourgogne blanc était limité. Il y avait une bouteille de puligny-montrachet, *Les Pucelles,* à 145 euros. Au verre, la meilleure offre était *Les Bigotes, Domaine de Chassorney* à onze euros. J'aurais volontiers acheté le magasin pour elle.

«Non,» dit-elle, «*Les Bigotes*' seront parfaits.» Quoi qu'il en soit, nous étions tous les deux conscients que le vin était un problème secondaire.

J'ai remarqué qu'elle portait une chemise blanche, simple comme une chemise d'homme, boutonnée, et un gilet gris charbon,

"Would you be shocked if I offered you a glass of Chassagne Montrachet?"

She looked me squarely in the face. "Not shocked," she replied. She had not needed to plumb the depths of Oriental intuition to spot that her patient was seriously hooked.

"Would that be a 'yes' or a 'no' for the wine?"

"It is not a 'no.'" It was impossible to determine whether there was enthusiasm or just indulgence in this decision, conveyed with a double negative.

"Please choose a moment that would suit you. And I will fit in." I would have ditched PSG—Marseilles, if that was her option.

"I am part-time here. I work at two other hospitals," she completed. "Where did you have in mind?"

Logistics are easy when the political decision has been taken.

*

It was ten days later, when she crossed the threshold of the Lavinia, on the boulevard Madeleine, five minutes after the appointed time. We shook hands quite formally and I led her upstairs and ushered her into her chair with her back to the wall. She was trapped, exclusively, at least for some minutes, in my web, painstakingly spun.

"Have you been all right?" As a doctor might ask of her patient.

"Yes, No specific problems. And you? You have been unwell yourself."

"I am fine now," she answered. I could not suspect that she was lying.

"Maybe we should order the drinks, before I ask any more questions?"

She nodded and took the card from my hand. Strangely, the choice in white Burgundies was limited. There was a bottle of Puligny-Montrachet, *Les Pucelles,* at 145 Euros. By the glass, the best offering was *Les Bigotes,* Domaine de Chassorney at eleven Euros. I would have cheerfully purchased the shop for her.

"No," she said, *Les Bigotes* will be perfect." Anyway, we were both aware that the wine was a secondary issue.

I recorded that she was wearing a white shirt, simple like a man's shirt, buttoned up, and a charcoal grey waistcoat, unbuttoned at the

déboutonné en haut. Sa montre, à son poignet fin, était un modèle masculin– sans doute pratique.

Elle ne portait aucun maquillage visible. Dans l'ensemble, ma mémoire et mon imagination furent confirmées, et en corrélation mon désir.

La commande fut négociée rapidement et il n'y avait rien pour arrêter la vraie conversation.

«Je dois vous dire que je suis mariée et que j'ai deux enfants — des filles.»

«Il ne m'était pas venu à l'esprit qu'il en serait autrement. Vous êtes si belle.»

Elle hocha la tête en signe de reconnaissance.

«Je ne suis pas marié. Je suis divorcé et je n'ai pas d'enfants.» Je trouvais normal d'échanger les données de base. Elle montra une lueur de surprise. Positif ou négatif, il n'y avait aucun moyen de le dire.

«Je suppose que vous avez un prénom?» Il y avait des initiales sur les prescriptions médicales.

«Tina.» Elle était proche de rire, détendue pour sûr. «Rien à voir avec la chanteuse. Ni un diminutif. En fait, un nom qui sonne français ou anglais, qui est proche de mon vrai nom, Thien Huong. *Parfum Céleste*, aurait été une bouchée. Vous ne trouvez pas?»

«Certainement. Et vous êtes plutôt petite,» je sentais que je pouvais ajouter une observation, à mes yeux un compliment. J'avais aussi remarqué que ses dents n'étaient pas tout à fait droites; pas un défaut, plutôt une amélioration de la perfection. La conversation était facile. Je lui dis ce que je faisais dans la vie, et elle semblait intéressée.

«J'aime les mots,» expliquai-je, «mais ce n'est guère une vocation, comme votre travail.»

«Mon père était chirurgien à Saigon," dit-elle haussant les épaules gracieusement.

Il devenait évident que nous nous reverrions. Nous avions tellement à nous dire.

Elle semblait même être passionnée de football. Je n'eus pas à me mettre à genoux pour obtenir son numéro de téléphone mobile. Je lui donnai le mien avec plaisir.

Mon premier SMS, après une attente judicieuse mais impatiente de quatre jours, était extrêmement énigmatique. *'Missing you.'* Sa réponse arriva deux (anxieuses) heures plus tard. Bien sûr, me suis-je

top. Her watch, on her thin wrist, was a man-size model — no doubt practical.

She wore no visible make-up. Overall, my memory and my imagination were confirmed, and in correlation my desire.

The drink order was negotiated rapidly and there was nothing to stop the real conversation.

"I should tell you that I am married with two children — girls."

"It had not occurred to me that it would be otherwise. You are so beautiful."

She shook her head in a form of (appreciative) acknowledgement.

"I am not married. I am divorced and have no children." I felt it normal to swap the basic data. She registered a flicker of surprise. Positive or negative, there was no way of telling.

"I assume you have a Christian name?" There were initials on the medical prescriptions.

"Tina." She was close to laughing, relaxed for sure. "Nothing to do with the singer. Nor a shortening. In fact a French or English sounding name, which is close to my real name, Thien Huong. *Parfum Celeste,* or Heavenly Perfume, would have been a mouthful. Don't you think?"

"Definitely. And you are rather small," I felt I could add in an observation, in my eyes a compliment. I had also noticed that her lower teeth were a little squint; not a fault, more of an improvement on perfection. Conversation was easy. I told her what I did for a living, and she appeared interested.

"I like words," I explained, "but it is hardly a calling, like your work."

"My father was a surgeon in Saigon," she shrugged gracefully.

It became obvious that we would be meeting again. There was just so much to talk about.

She even seemed to be keen on football. I did not have to go down on bended knee to obtain her mobile phone number. I gave her mine with pleasure.

My first SMS, after a judicious but impatient four days, was exceedingly cryptic. 'Missing you.' Her reply came back two (anxious) hours later. Of course, I argued, she could be hugely busy with patients,

dit, elle pouvait être extrêmement occupée avec des patients, ou dans une conférence avec l'option silencieuse activée. «Moi aussi.»

Deux petits mots — huit lettres en tout, la magie abrégée, valant des volumes! J'attendis une heure entière avant de toucher le clavier Azerty moi-même. 'Même endroit? Au moment qui vous convient (bientôt).' Elle imposa une peine de cinq jours, qui se sont ecoulés comme cinq ans.

Elle portait son polo framboise, mais avec une petite montre noire. Je lui tins la main plus longtemps qu'il ne fallait, mais elle ne la retira pas. Elle n'avait pas de vernis sur ses ongles, pas même un revêtement transparent. Sans doute n'avait-elle pas le temps, se précipitant d'hôpital en hôpital et s'occupant de ses filles — j'avais inconsciemment laissé son mari en dehors de l'équation. Cela n'avait pas d'importance; ses petites mains étaient comme celles d'un enfant, et je voulais les embrasser comme elles étaient. Après l'arrivée des boissons et lorsque notre conversation battait son plein — au sujet du film 'Amore', que nous avions adoré tous les deux – j'avais pris les doigts de sa main gauche dans la mienne. Ils étaient restés et son index avait croisé le mien. Un geste aussi fort que si elle avait appuyé sa jambe contre la mienne, et un signal sans équivoque que notre relation pouvait un jour devenir érotique.

C'était comme un flirt de retour à l'enfance, et seul Dieu sait que j'ai couché avec plus d'une douzaine de femmes depuis Axelle! Quoi qu'il en soit, je l'accompagnai joyeusement jusqu'à sa voiture, épaule contre épaule. Avant qu'elle ne s'abaisse sur le siège du conducteur, je l'embrassai délicatement sur les deux joues et lui serrai le bras. Nous déjeunâmes la semaine suivante au Quincy, un restaurant à l'ancienne près d'un de ses hôpitaux, où elle avait été auparavant et était connue.

On commanda deux coupes de champagne.

«À nous.» Nous avions trouvé le toast ensemble, simultanément, alors que nous faisions tinter nos verres. Tellement plus galvanisant que le classique et logique, 'à ta santé'. J'appris comment elle était venue à Paris de Saigon, quand elle était petite. Je pouvais facilement imaginer le déracinement, les difficultés, d'une réfugiée si petite et fragile. Et elle était là, un ange souriant, à quelques centimètres de moi. J'étais connu pour avoir une tendance journalistique à monopoliser la conversation, mais pour une fois j'étais un auditeur — un auditeur dévot, accroché à chaque syllabe, livrée avec son haleine parfaite.

or in a conference with the silent option in force. 'Me too.'

Two small words — five letters in all, Abbreviated magic, worth volumes! I gave it a whole hour before touching the Azerty keyboard myself. 'Same place? You choose a time (soon).' She fixed a sentence of five days, which went by like five years.

She was wearing her raspberry polo-neck, but with a small black lady's watch. I held her hand longer than one should, but she did not drag it away. She had no polish on her nails, not even a transparent coating. Probably she had no time, rushing from hospital to hospital and looking after her girls — I subconsciously left her husband out of the equation. It did not matter; her tiny hands were like a child's, and I wanted to kiss them as they were. After the drinks had arrived and when our conversation was in full swing — about the film 'Amore', which we had both adored — I took the fingers of her left hand in mine. They stayed there and her forefinger crossed over mine. A gesture as strong as if she had pressed her leg against mine, and an unambiguous signal that our relationship could one day turn erotic.

This was like a back-to-childhood flirtation, and Heavens I had dated and bedded upwards of a dozen women since Axelle! So be it, I walked her happily to her car, shoulder to shoulder. Before she lowered herself into the driver seat, I kissed her carefully on both cheeks and squeezed her arm. We graduated to lunch the following week at the Quincy, an old-fashioned restaurant near one of her hospitals, where she had been before and was known.

We ordered two glasses of champagne.

"To us." We found the toast together, simultaneously, as we clinked our glasses. So much more galvanizing than the classical and logical, 'good health'. I learned how she had come to Paris from Saigon, when she was a little girl. I could easily picture the uprooting, the difficulties, the hardships of a refugee so small and frail. And there she was, a smiling angel, inches from me. I was known to have a journalistic tendency to hog the conversation, but for once I was a listener — a devout listener, hanging on to every syllable, delivered with her perfect breath.

97

On ne pouvait pas s'attarder. Elle devait traverser la ville pour se rendre à une clinique, où elle travaillait cet après-midi-là. Je choisis de voyager avec elle dans le métro, pour gagner quelques minutes de plus de son temps, et elle accepta l'idée. Il y avait des sièges vides, éparpillés, mais nous avions choisi de rester debout, proches, profitant de la splendide intimité du réseau du métro parisien.

«J'adorerais t'embrasser, Tina.» Son nom était inutile dans les circonstances, mais j'aimais le dire.

J'avais remarqué qu'il se terminait par un 'a' comme Elysia, et plus encore, Axelle commence par un 'a'. Elle était en face de moi. Elle avançait sa bouche, demi- ouverte, l'essentiel six pouces.

La magie opéra douze secondes avant qu'on se retire.

«C'est ce que tu voulais?» Elle avait chuchoté la question.

«Tu es une magicienne,» répondis-je, sachant qu'il y en aurait plus à venir; maintenant c'était inévitable. Je pouvais sentir l'amour à travers les imperméables et les couches de vêtements. Nous fîmes surface main dans la main à la station Pyramides et découvrîmes que lors de notre court voyage souterrain, il y avait eu le temps pour une forte averse et pour que le soleil brille sur les trottoirs humides. Je serrai une enveloppe dans sa main et nous nous embrassâmes brièvement avant de nous quitter.

Je la regardai aller dans le soleil d'hiver, contre un ciel noir de charbon. Elle ne tourna pas la tête. Peu à peu sa silhouette s'estompa, ses jambes s'amincirent jusqu'à devenir indiscernables et je la perdis de vue. Il n'y avait plus de raison pour moi de rester là, comme si j'étais pétrifié, je me dirigeai donc vers l'avenue de l'Opéra plus heureux que je ne l'avais jamais été, l'ombre parallèle de la douleur encore invisible. J'étais conscient des couleurs aiguisées — rien à voir avec la lumière du soleil — des auvents du café et du parfum des châtaignes grillées. La musique d'une flûte dans les couloirs de la station de métro Opéra avait atteint une nouvelle dimension, et spécialement pour moi. Je fus incapable de résister à l'envoi d'un SMS, 'Tu me manques déjà'. Immédiatement, après l'avoir envoyé, je le regrettai, mais il était parti — et déjà arrivé.

Ce n'est qu'à sept heures et demie du soir – j'étais encore au travail – qu'un petit ping dans ma poche annonça le SMS que j'attendais désespérément.

We could not linger. She had to cross town to a clinic, where she worked that afternoon. I elected to travel with her in the metro, to gain a few more minutes of her time, and she went along with the idea. There were empty seats, scattered around, but we chose to remain standing, close together, enjoying the splendid intimacy of the Paris underground network.

"I would love to kiss you, Tina." Her name was unnecessary in the circumstances, but I just liked the sound of it.

I had noticed that it ended with an 'a' like Elysia, and more so, Axelle started with an 'a'. She had been facing me. She moved her half-open mouth the requisite six inches forward.

The magic must have lasted about twelve seconds before we withdrew.

"Was that what you wanted?" She breathed out the question.

"You are a magician," I replied, knowing that there would be more to come; now it was inevitable. I could feel the love through two sets of raincoats and the layers of clothing below. We surfaced hand in hand at Pyramides station and discovered that during our short underground journey there had been time for a heavy shower and for the sun to come out to shine on the wet pavements. I pressed an envelope into her hand and we briefly kissed farewell.

I watched her go in the winter sun, against a coal black sky. She did not turn her head. Gradually her silhouette blurred, her legs thinned until they were indistinguishable and she was lost from my sight. There was no reason for me to stand there, as if transfixed, any more, so I headed up the avenue de l'Opera as happy as I have ever been, the attendant parallel shadow of pain as yet invisible. I was aware of the sharpened colours — nothing to do with the bright sunlight — of the café awnings and the scent of the roasted chestnuts. The music, from a flute in the corridors of Opera metro station, was on a new key, and especially for me. I was unable to resist sending an SMS, 'I miss you already'. Immediately I had sent it, I regretted it, but it was gone — and arrived already.

It was not until half past seven in the evening — I was still at work — when a little ping in my pocket announced the incoming SMS that I was becoming desperate for.

'Je viens de finir ma journée. J'aime ton poème, et tu me manques aussi.'

Des lignes de rime avaient jailli comme d'un puit de pétrole à un rythme accéléré les jours précédents. J'en avais mis un, pas trop sentimental de cinq lignes dans une enveloppe avec l'idée de le lui donner à un moment approprié. Le baiser de métro avait semblé ce moment.

Il coulait ainsi :

«Docteur oriental, dites-moi comment je suis réellement.
Le syndrome 'Je suis amoureux' a été usé jusqu'à la corde.
Il suffit de me prescrire des doses quotidiennes de son haleine magique.
Nous pouvons mettre au rebut le secret médical, vous connaissez déjà son nom, et cette vie pour vous et moi ne sera plus jamais la même.»

La dernière ligne était présomptueuse jusqu'à l'extrême, mais me paraissait maintenant prémonitoire.

Notre prochaine rencontre était prévue depuis un certain temps et était essentiellement de nature professionnelle.

Je me levai tôt, comme si j'allais à une fête. Je plaçai le patch anesthésique soigneusement sur mon cathéter, je m'éclaboussai avec des réservoirs d'eau de Cologne et je fredonnai un air de Springsteen, de l'album de Tom Joad, tout au long du voyage de métro. J'étais installé sur le lit quand elle arriva. Elle ne ferma pas la porte.

«Comment vous sentez-vous aujourd'hui?» Une question paramédicale classique.

«Merveilleusement,» répondis-je, incapable de contrôler un immense sourire.

«Eh bien, c'est bien. Et vos analyses sanguines sont satisfaisantes, alors nous pouvons continuer.»

Je pensais qu'elle allait me laisser tomber avec cette déclaration (au mieux sur la base d'une éthique de travail) et faire sa sortie. Au lieu de ça, elle s'approcha et regarda ma poitrine et mes tubes.

«Ça a l'air bien», dit-elle d'une voix normale. Puis, en chuchotant, «Je pense à toi tout le temps,» me tournant le dos avant que je puisse trouver une réponse adéquate.

À la fin de la séance, elle me prescrivit ce qui, j'espérais, allait être

'Just finished my day. I love your poem, and I miss you too.'

Lines of rhyme had been gushing out like an oil strike at an increased pace in the last few days. I had put one, not too sloppy, five-liner in an envelope with the idea of giving it to her on an appropriate moment. The metro kiss had seemed that moment.

It ran:

'Hey, oriental doctor, tell me how I really am.
The 'I am in love' syndrome has been done to death,
Just prescribe me daily doses of her magic breath.
We can scrap the secret médical, you already know her name,
And that life for you and me will never be the same.'

The last line was presumptuous to an extreme, but now appearing premonitory to me.

Our next encounter had been on the books for some time and was essentially of a professional nature.

I was up early, like I was heading for some kind of party. I placed the adhesive anaesthetic patch carefully on my catheter, splashed on loads of eau de cologne and hummed a Springsteen tune, from the Tom Joad album throughout the metro journey. I was installed on the bed when she came in. She did not close the door.

"How are you feeling today?" A classic paramedical question.

"Wonderful," I replied, unable to control a huge smile.

"Well, that is good. And your blood tests are satisfactory, so we can proceed."

I thought that she was going to dump me with that statement (at best on the basis of a workplace ethic) and make her exit. Instead, she came close and peered at my chest and the tubes.

"That looks good," she said in her normal voice. Then, in a whisper, "I think about you all the time," turning away before I could muster an adequate response.

At the end of the session, she prescribed me what was hopefully

ma dose finale de Xeloda 500 MG. Elle me vit la regarder, pleinement consciente que je pensais à son haleine magique. On se mit d'accord pour dîner ensemble quatre jours plus tard.

En raison de son besoin de rester dans une relation clandestine, nous avions choisi la plus discrète des tables dans un coin à l'étage d'une brasserie du quartier des Halles.

Ce n'était pas encore le moment pour moi de raconter mon propre coup de chance avec les Boulangé à Madagascar. Je ne m'étais pas senti aussi heureux depuis très longtemps, pas depuis Axelle. Tina avait l'air heureuse aussi, alors je décidai de lui dire comment je percevais les choses. Nos assiettes étant servies, je commençai à mettre à nu mon âme.

«Tina, tu as dû comprendre que je suis fou de toi?»

Elle hocha légèrement la tête, attendant que je continue.

«Tu as donné une nouvelle dimension à ma vie. Les couleurs sont toutes différentes. Elles sont vibrantes, et même elles explosent. Le ciel gris apparaît comme dans les peintures fauves… Tu as ressuscité des livres laissés pour morts sur mes étagères. Les disques que je pensais connaître sont différents maintenant, comme s'ils étaient à propos de nous — toi et moi ...» Je m'arrêtai avec un sourire pâle. «Je suis désolé, je dois te gêner.»

Elle secoua la tête avec insistance. «Non. Pas du tout. Je t'aime.»

Avait-t-elle bien compris le poids de ces mots? Si banal, ou si séminal? Tant de choses sont dans le ton et le contexte. Elle avait prononcé chaque mot clairement, sans mettre particulièrement l'accent sur l'un plutôt que l'autre. Les Hongrois regroupent la phrase en un mot assez dur et énigmatique, *'szeretlek'*, plein de consonnes; d'une certaine manière une déclaration plus claire.

«Tu veux vraiment dire cela?» répondis-je avec hésitation.

«Pourquoi te mentirais-je, à toi plus qu'à quiconque? Si je ne t'aimais pas, je serais à la maison en ce moment, à m'occuper de mes filles.»

La chose était incontestable.

«Je suis tellement heureux. Je ne te mérite pas.»

Elle hocha encore la tête. «Ce n'est pas une question de mérite. Appelons cela un heureux hasard.»

«Que dirais-tu simplement d'une gigantesque, monumentale chance?»

going to be my final dose of Xeloda 500 mg. She saw me looking hard at her, fully aware that I was thinking about her magic breath. We agreed to meet for dinner four days later.

Because of her need to remain in a clandestine relationship, we chose the most discreet of corner tables on the upper floor of a brasserie in the *les Halles* district.

It was not yet the moment for me to recount my own slice of luck with the Boulangés in Madagascar. I had not felt so happy in a very long time, not since Axelle. She looked happy too, so I decided to tell her how I perceived things. Our plates served, I started to bare my soul.

"Tina, you must have cottoned on to the fact that I am crazy about you?"

She nodded slightly, waiting for me to go on.

"You have put a new dimension into my life. The colours are all different. They are vibrant, even exploding. Grey skies come over as Fauve paintings ... You have revived books that were left for dead on my bookshelves. The records I thought I knew are different now, as though they are about us— you and me ..." I trailed off with a wan smile. "I am sorry, I may be embarrassing you."

She shook her head emphatically. "No. Not at all. I love you."

Did she fully understand the weight of those words? So banal, or so seminal? So much is in the tone and the context. She had spoken each word clearly, with no special emphasis on one more than another. The Hungarians bundle the phrase into one rather harsh, cryptic word, 'szeretlek', full of consonants; in some ways a clearer statement.

"Do you mean that?" I replied hesitantly.

"Why would I lie to you of all people? If I didn't love you, I would be at home right now, looking after my daughters."

The case was watertight.

"I am just so happy. I don't deserve you."

She shook her head again. "It is not a question of deserving. Call it serendipity."

"How about simply a gigantic, monumental piece of luck?"

«Très bien», acquiesça-t-elle. Nos quatre mains étaient bloquées sous la table, le froid de la chimio dans mes doigts s'était éteint.

Elle était censée participer ce soir-là à une réception avec d'autres médecins de l'hôpital Foch, et elle n'était pas en mesure de renouveler un *rendez-vous* pour dîner très souvent. Nous allions donc retrouver les déjeuners – et la lumière du jour. Elle ne pouvait pas sortir tard non plus. Je n'avais pas de telles contraintes. Je lui proposai de l'accompagner dans sa voiture pour son retour en banlieue. Elle me laisserait à une station de métro le long du chemin. Quand nous nous arrêtâmes non loin de la place d'Italie, nous nous embrassâmes sérieusement pour la première fois. Sa bouche était chaude et douce et nos langues s'exploraient voracement. Je n'avais pas embrassé comme cela dans une voiture depuis ma jeunesse, et dans ma jeunesse, cela avait souvent été une expérience nerveuse, hésitante, ni l'un ni l'autre ne sachant jusqu'où aller. Tina dut rentrer et je traversai la ville dans une triste, lugubre et vide voiture de métro avec mon cœur chantant avec joie. Le niveau de joie que seul l'amour partagé peut atteindre.

Évidemment, la prochaine étape était un lit d'hôtel. Nous l'avions tous les deux reconnu, mais nous n'étions pas aussi sûrs du rythme à adopter. Tout le processus de l'amour est comme le vélo — vous allez trop vite, puis vous tombez, et si vous allez trop lentement, vous tombez aussi (avec peut-être une chute plus douce). On aborda le sujet pendant un déjeuner.

«Je ne veux pas endommager la courbe,» lui dis-je. «Je suis assez vieux pour mesurer la profondeur de mon implication. Ce genre d'émotion ne va pas revenir. Tu comprends cela?»

« Je comprends »

«Lent mais sûr me conviendra aussi.»

«Je ne veux pas ralentir.» Il n'y avait pas un iota d'hésitation dans sa voix.

«La messe est dite. Ça dépendait de toi. Nous choisirons une journée et un hôtel vraiment agréable, rien de sordide.»

Elle souriait lentement, satisfaite, comme un chat. J'étais perplexe, mais ravi — de manière précaire.

Nous avions opté pour une date et choisi un quartier près de l'hôpital, où elle devait laisser sa voiture. J'entrepris de trouver l'hôtel qui correspondrait à notre humeur et à notre engagement — pas si

"All right," she acquiesced. Our four hands were locked under the table, the chemo cold in my fingers extinguished.

I learned that she was allegedly at a function with other doctors from the Foch hospital, and that she would not be able to repeat a dinner *rendez-vous* very often. And, therefore, we would be back to lunches — and daylight. She could not stay out late either. With no such complications to worry about myself, I proposed to accompany her in her car on her return journey to the suburbs. She would leave me at a metro station along the way. When we did stop not far from the Place d'Italie, we kissed each other 'seriously' for the first time. Her mouth was warm and soft and our tongues explored each other ravenously. I had not 'necked' in a car since my youth, and in my youth it had often been a nervous, hesitating experience, neither party very sure how far to go. Tina had to go home and I crossed the town in a sad, dingy and empty metro carriage with my heart singing with joy. The level of joy that only shared love can reach.

Obviously, the next step was going to be a hotel bed. We both recognized this but were not so sure about the pace. The whole process of love is like cycling — you go too fast then you fall off, and if you go too slow you fall off as well (with perhaps a softer fall). We lunched on the subject.

"I don't want to damage the curve," I told her. "I am old enough to measure the depth of my involvement. This kind of emotion is not going to come around again. You understand that?"

"I do."

"That slow but sure will suit me as well."

"I do not want to slow down." There was not an iota of hesitation in her voice."

"*La messe est dite.* It was up to you. We will choose a day that suits and a really nice hotel — nothing sordid."

She smiled slowly, satisfied, cat-like. I was mystified, but precariously delighted.

We opted for a date and an area near the hospital, where she would leave her car. I undertook to find the hotel that would match our mood and our engagement — not so easy when you require access

facile lorsque vous avez besoin d'un accès à midi. Il me restait une semaine et le temps de m'inquiéter de l'escalade. J'avais commencé à écouter du Fado. Je ne parlais pas portugais, mais c'était le ton que je cherchais. Une partie de moi fonctionnait encore normalement et je composai, tôt le matin, une poésie plus érotique, mais encore entachée de la tristesse qui me pénétrait, rongeant mes plaisirs logiquement anticipés. Je ne devais pas voir Tina avant le jour de notre rendez-vous et je l'ai donc placée, dans une enveloppe, sous l'essuie-glace de sa voiture au parking à Foch, sachant qu'elle n'était qu'à quelques mètres.

'Je rêve de ton corps nu, nuit après nuit, te caresser, t'embrasser, te lécher, t'aimer, te serrer. Les yeux bandés, pour trouver et connaître tes secrets d'un autre genre, et les stocker et les chérir dans les couloirs sombres de mon esprit, pour se nourrir, peut-être un jour lointain, quand tu serais loin.'

Le soir, je reçus un SMS laconique : 'A jeudi. Luv, T'. En tout cas, et merveilleusement, elle arriva à l'heure dans le hall de l'hôtel — et marcha droit dans mes bras ouverts. J'avais déjà pris la clé (en fait une carte plastique) et je suggérai donc que nous allions dans notre chambre au quatrième étage. Elle était loin d'être sordide, mais à peine glamour aussi — seulement quelques seize mètres carrés d' anonymat. Plus important encore, le lit était large et les draps semblaient impeccablement propres. Je fermai soigneusement les rideaux et nous fûmes dans l'obscurité. J'étais déterminé à aller étape par étape.

Nous nous enlaçâmes l'un l'autre en nous tenant debout pendant ce qui sembla être plusieurs minutes. C'était notre premier moment d'intimité totale. Quand nous reprîmes notre souffle, je fis une suggestion.

«Veux-tu te déshabiller — au moins jusqu'à ta culotte?»

Tina accepta la suggestion, se retirant aux toilettes. J'arrachai mes propres vêtements, sauf mon caleçon, et allai sous les draps, avec l'intention de les réchauffer un peu. Quand elle glissa finalement dans le lit, la première sensation fut l'odeur de son approche. Et puis mes bras furent autour de son dos mince, nu, la tirant vers moi, de sorte que nos bouches étaient coincées ensemble. Encore une fois nous prîmes notre temps, et il fallut un certain nombre de minutes avant que ma main droite ne descende, confirmant la présence d'un petit vêtement sur son petit derrière. Puis, avec soin, je portai ma main le long de sa cage thoracique jusqu'au niveau de son sein gauche et je

at twelve o'clock. There was a week to go, and time for me to worry about the escalation. I had started listening to Fado. I did not speak Portuguese, but it was the tone that I was looking for. Part of me was still functioning normally and I put together, in the early morning hours, a more erotic piece of poetry, but still tainted with the sadness that was eating into me, gnawing away at my more logical anticipated pleasures. I did not want to see Tina until the day and so I placed it, in an envelope, under the windscreen wiper of her car at the Foch car park, in the knowledge that she was only yards away.

'I dream of your naked body, night after night, to caress you, to kiss you, to lick you, to love you, to crush you tight. Blindfold, to find and know your secrets of another kind, and store them and cherish them in the dark corridors of my mind, to feed on, perhaps some distant day, when you are far away.'

In the evening, I received a laconic SMS: 'See you Thursday. Luv, T'. Anyway, and marvellously, she turned up on time in the hotel lobby — and walked straight into my welcoming arms. I had already taken out the key (actually a plastic card) and so I suggested we went up to our room on the fourth floor. It was far from sordid, but hardly glamour either — just some sixteen square meters of anonymity. More essential, the bed was wide and the sheets looked spotlessly clean. I shut the curtains tight and we were in darkness. I was bent on going step by step.

We hugged each other standing up for what seemed like several minutes. It was our first moment of total privacy. When we drew back for breath, I made a suggestion.

"Would you like to undress — at least down to your panties."

Tina took up the suggestion, retiring to the bathroom. I tore off my own clothes, leaving my boxer shorts, and got under the sheets, with the intention of warming them up a bit. When she finally slipped into the bed herself, the first sensation was the smell of her coming close. And then my arms were round her slim, bare back, pulling her into me, so that our mouths were jammed together. Again we took our time, and it was a while before my right hand descended, confirming the presence of a tiny garment on her small bottom. Then, painstakingly I brought my hand up along her rib cage to the level of her left breast and finally caressed it, feeling the intake of her breath. After another

la caressai enfin, sentant sa prise de souffle haletant. Après une autre longue et agréable pause, mon bras gauche toujours autour de son dos, je déplaçai ma main droite au-dessus de son mamelon vers son cou, pour accentuer, si c'était possible, nos baisers en caressant sa mâchoire. Je sentis quelque chose sous le bord de ma paume. Quelque chose d'inattendu, de dur, comme une pièce de monnaie, une petite pièce épaisse, de la dimension d'une pièce de deux euros. Je n'avais pas vraiment besoin d'examiner avec mon index le petit tube enfoncé qui grimpait à la base de sa gorge. Diable, je portais un cathéter moi-même! Malgré la chaleur de nos corps empêtrés, j'avais l'impression d'entrer dans un congélateur. Dans mon poème, j'avais écrit 'pour trouver et connaître tes secrets d'un autre genre'. Je pensais à des intimités, physiques et mentales — peut-être une tâche de naissance. Mais là encore, certaines femmes n'atteignent pas de kilométrage supplémentaire en se faisant sucer les seins et d'autres ne perçoivent rien de concupiscent dans la zone entre leurs fesses ...

«Pourquoi ne me l'as-tu pas dit?» murmurai-je avec anxiété.

«Je savais que tu le découvrirais tôt ou tard. Je vais beaucoup mieux maintenant. S'il te plaît, fais-moi l'amour.»

Mon érection avait à peine eu le temps de faiblir, alors nous retournâmes sur la bonne voie — tout à fait parfaitement. Inévitablement, j'enlevai doucement sa culotte et baissai mon caleçon. Elle monta sur moi, sans poids, et on finit ainsi.

Allongé sur le dos, la main de Tina dans la mienne, j'eus le temps de revoir ses mots exacts. C'était bon d'apprendre qu'elle était convaincue qu'on finirait au lit. D'autre part, il était possible que si elle n'avait pas contracté le cancer, elle n'aurait pas suivi la voie de l'adultère. Les pulls à col polo n'avaient pas été choisis pour une raison esthétique, mais comme camouflage. Mais quel type de cancer était-ce? Je n'avais touché aucune cicatrice. 'Je vais beaucoup mieux maintenant. ' Un terme pertinent, et 'maintenant' pouvait être temporaire.

*

Nous avions trouvé une routine qui, si elle n'était pas satisfaisante, était tolérable. On se voyait régulièrement; tous les mercredis à l'heure du déjeuner, un dîner à peu près toutes les trois semaines, et un après-midi entier environ une fois par mois. On pourrait soutenir que la

long and pleasurable pause, my left arm still around her back, I moved my hand up over her nipple towards her neck, to accentuate, if that were possible, our kissing by caressing her jaw. I felt something under the edge of my palm. Something unexpected, hard, like a coin, a small thick coin, about the dimension of a two Euro piece. I had no real need to verify with my forefinger the little sunken tube climbing to the base of her throat. Jesus Christ, I was 'wearing' a catheter myself! Notwithstanding the warmth of our entangled bodies, I felt like I was stepping into a deep-freeze. In my poem, I had written 'to find and know your secrets of another kind'. I had been thinking of intimacies, physical and mental — maybe a birthmark. Then again, some women achieve no extra mileage from having their breasts sucked and others perceive nothing concupiscent in the zone between their buttocks ...

"Why did you not tell me?" I whispered anxiously.

"I knew you would find out this way, sooner or later. I am much better now. Please make love to me."

My erection had barely had time to flag, so we got back on track — quite perfectly. Inevitably, I eased her out of her pants and shrugged off my shorts. She climbed astride of me, weightlessly, and we first finished that way.

Lying on my back, with Tina's hand in mine, I had time to go over her exact words. It was good to learn that she had been convinced that we would end up in bed. On the other hand, it was possible that if she had not contracted cancer, she would not have gone down the adultery road. The polo-neck pullovers had not been chosen from an aesthetic stance, but as camouflage. But what sort of cancer was it? I had touched no scar. 'I am much better now.' A relevant term, and 'now' could be temporary.

*

We found a routine, which, if not satisfactory, was tolerable. We saw each other regularly; every Wednesday at lunchtime, a dinner roughly every three weeks, and a whole afternoon about once a month. It could be argued that the formula, enforced by circumstance, kept our love

formule, impliquée par les circonstances, gardait notre amour et notre désir à un certain sommet. Après la première fois en territoire neutre, on faisait l'amour chez moi. Tina y laissa des choses, du moins pendant un certain temps. Je la couvrais de cadeaux et elle devait les distiller pour éviter tout soupçon.

Elle pouvait écouter les CD que je lui avais donnés dans sa voiture et l'évolution douce de ses goûts musicaux était passée inaperçue. Nous avions choisi les mêmes films à voir séparément, afin que nous puissions en discuter ensemble. J'avais le sentiment que j'étais avec elle au cinéma. Dans le noir, elle pouvait être assise à côté de moi. Mais tout de même je n'étais pas allé jusqu' à son cinéma local dans la banlieue. Cela pouvait être appelé une vie entre parenthèses — mais tellement mieux qu'une vie sans l'autre.

Ma mission au journal était de rédiger des faits, essentiellement sur le football et essayer de les rendre intéressants. J'avais découvert que j'étais doté d'un savoir-faire à la John Le Carré jusqu'ici inconnu pour la communication du monde de l'espionnage. L'idée générale était de rendre mes SMS indéchiffrables pour le mari de Tina, s'il en remarquait un. Tout d'abord, j'avais abonné Tina (au prix d'un euro par mois) au site d'information des supporters du Paris Saint Germain. Par conséquent, elle était bombardée de détails presque tous les jours : où l'équipe s'entraînait, qui était suspendu, quels joueurs de l'Académie avaient été sélectionnés pour la France des moins de 18 ans, si Pascal Avilio arbitrait Auxerre/PSG ... Ensuite, je suis apparu sur son écran de téléphone en PSG. Si Tina avait besoin de me contacter d'urgence de chez elle, elle devait aller dans la salle de bain et texter DSB, pour 'dans la salle de bain', plus cinq ou sept pour les minutes qui étaient ouvertes pour la communication. Elle pouvait noyer tout échange verbal avec le robinet ou la chasse d'eau des toilettes.

Enfin, et j'aimais bien cela, je déplaçais les lettres comme jadis les bouchers français, Louchebem en est le meilleur exemple, qui ne voulaient pas que leurs clients comprennent leur conversation dans la boutique. Pour le plaisir, et pour laisser Tina deviner, je déplaçais les lettres en arrière ou en avant sur un coup de tête. ILYM comme acronyme pour *I love you madly* pouvait être HKXL ou JMZN. Je pense que KBUUDESENZ&UFKBMGEU pouvait être décrypté; 'J'aimerais tenir ton corps de rêve dans mes bras et t'embrasser jusqu'à la fin des temps'. Cependant, la personne qui peut déchiffrer IY A W AST, PSDYP ALMIYPDL, non mélangé, devait connaître mon état

and desire at a certain peak. After the first time in neutral territory, we made love at my place. Tina left things there, at least for a period of time. I covered her in presents and she had to distill them to avoid suspicion.

The CDs that I gave her, she could listen to in her car and the gentle evolution in her musical tastes went unobserved. We chose the same films to see separately, so that we could discuss them together. I felt I was with her in the cinema. In the dark she could be sitting beside me. But I drew the line at turning up at her local cinema in the suburbs. It could be termed a life in brackets — but so much better than a life without each other.

My mandate at the newspaper was to write up facts, mostly about football, and try to make them interesting. I discovered that I was endowed with a hitherto unknown John Le Carré expertise for cloak and dagger communication. The overall idea was to render my text messages indecipherable for Tina's husband, should he pick one up. Firstly, I subscribed her (at the cost of one Euro per month) to the Paris Saint Germain supporters' information site. Accordingly, she was bombarded with detail nearly every day; where the team was training, who was suspended, which players from the Academy had been selected for France under-eighteens, Pascal Avilio would be refereeing Auxerre/PSG ... Next, I appeared on her telephone screen as PSG. If Tina needed an urgent contact from home, she was to go to the bathroom and text ITB, for 'in the bathroom', plus 5 or 7 for the minutes that were open for communication. She could drown any verbal exchange with the tap running or the flush of the toilet.

Finally, and I enjoyed this bit, I moved the letters around like the French butchers, Louchebem is the prime example, who did not want their customers to understand their conversation in the shop. For fun, and to keep Tina guessing, I moved the letters back or forward on a whim. ILYM as an acronym for 'I love you madly' could be HKXL or JMZN. I think MUIZHCJNB,BLZUVFPU could be broken through to 'love to hold your gorgeous body in my arms and kiss you till the end of time'. However the person who can crack IY A W AST, PSDYP ALMIYPDL, unjumbled, either knows my mind set or is mildly perverted , or both. (As a clue the second 'I' is for inhale.)

d'esprit ou être légèrement perverti — ou les deux. (à titre d'indice le second 'I' est pour inhaler.)

Dans notre histoire d'amour, il n'y eut qu'une seule querelle, pas une divergence d'opinion, plutôt un malentendu — et entièrement ma faute. On était à un cocktail autour d'une dédicace. Nous étions, comme d'habitude, séparément/ensemble. Il avait fallu un bon moment pour arriver jusqu'à la table de signature et je ne pouvais que penser au temps de qualité que je perdais — Tina dans mes bras au lieu de trois mètres devant. Je connaissais l'auteur, mais elle connaissait quelques médecins présents. Elle discutait avec eux et ne semblait pas pressée d'accélérer la sortie. Elle avait pris un autre verre de champagne.

Pour la première fois dans ma vie relativement mature, je fus soumis au sort de la démence précoce. Une partie de moi, au-delà ou hors de mon contrôle, était entrée dans une bouderie massive et j'avais transmis à Tina que je m'en allais MAINTENANT, quelles que soient les conséquences. J'avais vu et enregistré sa consternation, mais encore mécaniquement — on pourrait dire dans des conditions de responsabilité diminuée – je sortis de la salle. Dans la rue, il faisait froid et ça m'avais aidé à me débarrasser de ma schizophrénie et m'avait plongé dans un profond regret. Quand elle sortit vingt minutes plus tard (avec un livre), elle était seule, mais clairement secouée.

« Pardonne-moi, pardonne-moi. J'étais fou. Je pense que c'est parce que je t'aime à la folie.»

On s'était embrassés, et elle n'avait pas résisté, mais elle n'avait rien dit.

«Je sais que je suis un idiot», avais-je poursuivi, «je veux seulement que tu sois heureuse», avais-je terminé de façon inadéquate.

«On devait être ensemble demain, au déjeuner.»

«Je sais, mais pas dans le noir.»

«Est-ce que tu penses qu'on devrait toujours se voir demain?»

«Bien sûr,» avais-je répondu, «plus que jamais.»

«Si tu veux», avait-elle acquiescé.

Nous avions atteint sa voiture, et j'étais monté dedans et l'avais tenue pendant un moment, mais elle avait dû rentrer chez elle. Je l'avais regardée partir, avec le sentiment que j'avais détruit, seul, notre amour magique.

Souvent, elle m'envoyait un SMS crypté pour signaler qu'elle était bien rentrée chez elle. Ce soir-là, il n'y avait rien eu. Pas en soi un coup fatal, mais une autre couche d'anxiété pour moi. Je ne

In our entire romance, there was only one quarrel— not a difference of opinion, more of a misunderstanding — and all my fault. We were at a cocktail party on the back of a book-signing. We were, as usual, separately/together. It took an age for us to work our ways through to the signature table and I could only think of the quality time I was losing — Tina yards in front, instead of in my arms. I knew the author, but she knew some medical people at the function. She was chatting with them and seemed in no hurry to accelerate an exit. She took another glass of Champagne.

For the first time in my quite mature life, I was subject to the spell of 'dementia praecox'. Part of me, beyond or out-with my control, went into a massive sulk and I conveyed to Tina that I was going NOW, whatever the consequences. I saw and registered her dismay, but still mechanically — one could say in conditions of diminished responsibility — walked out of the room. In the street it was cold and that helped shake off my schizophrenic streak and plunge me into intense regret. When she emerged twenty minutes later (with a book), she was alone, but clearly shaken.

"Forgive me, please forgive me. I was crazy. I think it is because I love you so madly."
We kissed, and she made no resistance, but she said nothing.
"I know I am an idiot," I went on, "I only want you to be happy," I finished inadequately.
"We were going to be together tomorrow, at lunch."
"I know, but not in the dark."
"Do you think we should still meet tomorrow?"
"Of course," I blurted out, "more than ever."
"If you want," she acquiesced.
We reached her car and I got in and held her for a moment, but she had to get home. I watched her drive away, with the sinking feeling that I had destroyed, single-handed, our magic love.
Often, she would send a cryptic SMS to signal that she was safely home. On this occasion, there was nothing. Not in itself a killer blow, but another layer of anxiety for me. I did not sleep that night — a real

dormis pas cette nuit – une vraie rareté pour quelqu'un qui a besoin (et obtient normalement) de huit heures par nuit. Je me retournais physiquement et ressassais les événements de la soirée mentalement aussi. Il ne peut y avoir rien de plus frustrant que de nuire à votre propre relation d'amour, choisie de façon si déterminée, presque au niveau d'une dévotion. C'est comme prendre une hache contre son arbre préféré. Le matin, j'ai joué avec mon article au journal, priant à ma façon que mon téléphone ne sonnerait pas pour annoncer un SMS entrant, qui dans mon état d'esprit ne pouvait être que pour annuler notre déjeuner. Une fois ensemble, j'étais convaincu que je pouvais faire valoir mon point de vue et réparer des choses. Après deux fausses alertes, vers onze heures, je commençai à respirer. Tina, même furieuse, était beaucoup trop polie pour me poser un lapin avec seulement une heure de préavis.

Je l'attendais à l'endroit habituel, sous un pont ferroviaire (désaffecté). Un abri pratique sous la pluie, et offrant une protection en plein soleil. Elle ne pouvait pas toujours être pile à l'heure, surtout un jour de consultations, mais j'avais commencé à regarder dans la rue cinq minutes avant le rendez-vous. A cent cinquante mètres, toutes les silhouettes féminines sont identiques, je ressentais donc un certain nombre de déceptions quand des femmes, pas du tout comme elle, entraient dans mon champ de vision. Cinq minutes plus tard, quelqu'un commença à correspondre à la description. A soixante-dix mètres, c'était clairement Tina, marchant à son rythme habituel. A trente mètres, je la voyais sourire! Elle entra dans mes bras, ma tête enfouie dans ses cheveux parfumés. Mon cœur bondissait de joie.

«Je t'aime», l'entendis-je dire.

Il y avait des larmes dans mes yeux alors que mon bonheur revenait. «Je t'ai récupérée», lui soufflai-je dans l'oreille.

Il y a la comparaison bien connue du vase brisé; même bien réparé, il restera imparfait. Dans notre cas, exceptionnellement, je maintiens que notre amour était plus fort; nous avions aperçu le précipice.

Évidemment, nous avons attendu, presque douloureusement, pour une nuit complète ensemble — l'idée élémentaire de somnoler après le sexe et de se réveiller le lendemain sans bousculade. Hélas, dans notre cas, ce n'était pas une chose facile à organiser. L'occasion vint enfin dans le cadre d'une conférence médicale à Barcelone. Pour les participants

rarity for someone who needs and normally gets eight hours a night. I tossed and turned physically, and over the events of the evening, mentally. There can be nothing more frustrating than damaging your own chosen, close on devout, relationship. Akin to taking an axe to your favourite tree. In the morning I toyed with my article at the paper, praying in my fashion that my phone would not announce an incoming SMS, which in my mindset could only be to put off our lunch. Once together, I was convinced I could make my case and repair things. After two false alerts, at around eleven, I started to breathe. Tina, even furious, was much too polite to drop me with only one hour's notice.

I waited for her at the usual spot, under a (disused) railway bridge. Practical shelter in the rain, and giving protection in strong sunlight. She could not always be bang on time, particularly on a consultation day, but I started looking down the street five minutes before the scheduled appointment. At one hundred and fifty yards, all female silhouettes are identical, so I experienced a number of disappointments as women, not remotely like her, walked into focus. Five minutes later, someone started to fit the description. At seventy yards it was clearly Tina, walking at her usual pace. At thirty yards, I could see her smile! She walked into my arms, my head burying in her perfumed hair. My heart was leaping.

"Je t'aime," I heard her say.
There were tears welling in my eyes as my happiness came flooding back. "I have got you back," I breathed into her ear.
There is a well-known analogy of the broken vase; however well repaired it will remain imperfect. In our case, exceptionally, I maintain our love was stronger; we had glimpsed the precipice.
Obviously, we longed, almost painfully, for a full night together — the elementary idea of dozing off after sex and waking up the next day without a scramble. Alas, in our circumstances, in no way an easy thing to organize. The occasion finally came up on the back of a medical conference in Barcelona. For the participants in the congress,

au congrès, deux nuits étaient un minimum. Il était considéré comme pratique courante de profiter des frais de déplacement, payés par n'importe quel hôpital ou laboratoire pour faire avancer la recherche médicale, et d'integrer du temps loisir. Tina et son mari avaient réfléchi à cette opportunité, avec Tina clairement encourageante pour éliminer tout danger de sembler vouloir aller toute seule. L'examen scolaire de sa fille aînée avait finalement (et parfaitement) fait pencher la balance. Puisque certains de ses collègues et leurs épouses sur le voyage connaissaient son mari, notre propre relation devait rester entièrement sous le tapis, mais nous étions habitués à cela.

Dans l'avion, la chance du tirage m'avait fait asseoir deux rangées derrière elle et nous arrachâmes un furtif, baiser adolescent dans la zone des toilettes pendant le vol de deux heures et demie. Ma chambre dans l'hôtel était à un étage différent et c'est là que nous avons fait l'amour — magie, volé — toute la nuit. Si je veux vraiment me faire du mal maintenant, je dois juste penser à ces jours dans la capitale catalane.

Le séminaire ne comprenait pas de match au Nou Camp, mais incluait quelques activités culturelles et notamment l'incontournable tournée Antoni Gaudi. J'étais plus que familier avec les principaux sites de Gaudi, mais j'étais heureux d'y participer. À l'exception peut-être du parc Güell, je pouvais les admirer toute la journée. Nous avons traversé vite fait le Caza Mila, son chef-d'œuvre achevé, puis nous nous étions dirigés vers l'œuvre de sa vie, construite seulement en partie à sa mort et toujours en construction à ce jour. Il était facile de suivre le groupe, incognito, autour de la Sagrada Familia, qui était remplie de touristes. Il y eut un moment spécial où les médecins étaient réunis devant la façade originale (est), écoutant le guide.

Tina, le plus petit membre du groupe, était logiquement devant. Ils regardaient tous vers les flèches psychédéliques, avec divers degrés d'admiration ou d'étonnement. Le soleil illuminait leur visage. J'étais debout dans la foule, le dos tourné vers l'édifice, les observant, et je me préparais à prendre une photo avec mon appareil — discrètement. Tina dut sentir la lentille sur son visage, parce qu'elle regarda dans ma direction et lança un sourire vraiment merveilleux pas pour le bénéfice de toute la foule, mais pour moi, caché là, en particulier. Je ne crois pas en Dieu, mais à cet instant quelque chose de spirituel eut

two nights were a minimum. It was considered standard practice to take advantage of the travel expenses, paid by whatever hospital or laboratory to further medical research, and build in some leisure time. Tina and her husband went through this thinking process? With Tina clearly encouraging, to eliminate any danger of appearing to want to go on her own. Her elder daughter's school examination finally (and perfectly) tipped the scale. Since some of her colleagues and their wives on the trip knew her husband, our own relationship had to remain very much under wraps, but we were used to this.

In the plane, the luck of the draw had me sitting two rows behind her and we snatched a furtive, teenager kiss in the toilet area during the two-and-a-half-hour flight. My room in the hotel was on a different floor and it was there that we made love — magic, stolen love all night. If I really want to hurt myself now, I just have to think back to those days in the Catalonian capital.

The seminar did not embrace a game at the Nou Camp, but included some cultural activities and notably the inescapable Antoni Gaudi tour. I was more than familiar with the principal Gaudi sites, but happy to tag on. With the possible exception of Parc Güell, I could admire them all day. We whisked through the Caza Mila, his completed masterpiece, and then headed down to his life's work, only very partially built at his death and still under construction to this day. It was easy to follow the group, incognito, around the Sagrada Familia, which was heaving with tourists. There was a special moment when the doctors were gathered in front of the original (east) façade, listening to the guide.

Tina, as the smallest member of the party, was logically in front. They were all looking up towards the psychedelic spires, in various degrees of admiration or amazement. The sunshine lit up their faces. I was standing in the crowd with my back to the edifice, observing them, and I prepared to take a photograph with my compact camera — unobtrusively. Tina must have felt the lens on her face, because she looked across in my direction and unleashed a truly wonderful smile for the benefit of the entire throng, but for me, hidden there, in particular. I have no belief in God, but at that instant something

lieu, mélangeant la foi et la vision de l'architecte du modernisme avec notre amour incommensurable.

*

J'en étais venu à redouter l'arrivée de l'été, apportant sa lumière brillante, si peu propice aux affaires secrètes d'amour et contenant les vacances obligatoires. La famille Nguyen avait choisi de faire une croisière dans la Méditerranée — l'Italie, la Grèce et ses îles — une initiation pour leurs enfants. Et donc j'avais logiquement choisi la même quinzaine pour rester avec des amis à Antibes sur la Riviera. Nous n'étions pas trop sûrs de la qualité technique des communications téléphoniques lorsque son navire était en mer, et inévitablement son mari et ses filles ne seraient jamais loin. Il fut convenu qu'elle devait prendre l'initiative. J'attendis aussi patiemment que possible pendant cinq jours. J'ai fait valoir que les conditions étaient particulièrement difficiles... Cependant, une personne amoureuse devait être en mesure de trouver deux minutes pour expédier trois mots ou même trois lettres (JTA), qui allaient susciter mon soleil intérieur sur la plage ou dans la nuit. J'avais écrit dans le silence le pire scénario possible : la proximité, voire la promiscuité, d'une minuscule cabane avait agi comme un catalyseur, avec le palais des Doges et l'Acropole pour mettre une nouvelle dose dans une relation conjugale s'épuisant. Elle avait décidé de revenir à son mari légitime et de clore le chapitre de l'adultère. C'était très sensé — pour tout le monde sauf moi.

J'avais du mal à ne rien faire (sauf m'inquiéter) et j'envoyai le message le plus cryptique de notre code – '*Otis*'. Rien à voir avec les manufactures d'ascenseur, mais une référence à la chanson emblématique d'Otis Redding 'These arms of mine', où ses bras '*brûlent de la désirer*'. Aucune réponse. Deux jours de plus d'anxiété et je ne pouvais pas résister à un autre message 'Davantage *Otis*'. J'ai pesé toutes les permutations possibles, et la meilleure à laquelle s'accrocher était que son téléphone ne fonctionnait pas à l'étranger, peut-être en raison d'une erreur dans le choix de la formule. Mais il n'y avait aucun message le jour où elle devait rentrer en France...

Je téléphonai à l'hôpital le lundi suivant pour demander si elle était là.

«Oh oui. Voulez-vous lui parler?»

«Non merci, je téléphonerai plus tard,» répondis-je à la réceptionniste, pas prêt pour la prochaine étape.

spiritual took place, mixing the faith and vision of the *modernismo* architect with our immeasurable love.

*

I had come to dread the advent of summer, bringing its bright light, so little conducive to secret love affairs and containing the obligatory 'holiday'. The Nguyen family had elected to go on a cruise of the Mediterranean — Italy, Greece and its islands — an initiation for their children. And so I logically chose the same fortnight to stay with friends in Antibes on the Riviera. We were not too sure about the technical quality of telephone communication whilst her ship was at sea, and inevitably her husband and daughters would never be far away. It was agreed that she should take the initiatives. I waited as patiently as possible for five days. I argued that the conditions were particularly difficult... However, someone in love should be able to winkle out two minutes to expedite three words or even three letters (ILY), which were going to make my inner sunshine on the beach or in the night. I wrote into the silence the worst scenario possible: the proximity, indeed promiscuity, of a tiny cabin had acted as a catalyst, with the Doges' Palace and the Acropolis putting a couple of jags into a flagging marital relationship. She had decided to 'return' to her lawful husband and close the chapter on adultery. It would make huge sense — for everyone else but me.

I had trouble doing nothing (but worrying) and so I sent the most cryptic message in our code — Otis. Nothing to do with lift manufacturers, but a reference to Otis Redding's iconic song 'These arms of mine', where his arms are *burning for wanting you*. No response. Two days more of anxiety and I could not resist another message: 'More Otis'. I weighed up all the permutations possible, and the best one to hang onto was that her phone was not operating abroad, perhaps due to an error in the choice of tariff. But there were no messages the day she was due back in France...

I phoned the hospital on the following Monday and asked if she was there.

"Oh yes. Would you like to speak to her?"

"No thank you, I will phone later," I replied to the receptionist, not ready for the next step.

Elle était en sécurité, et c'était un premier pas énorme. Après une heure de conjectures, j'ai pensé au diable avec ma fierté, autant me sortir de la misère. J'appelai son portable. 'Bonjour, Orange vous informe que le numéro que vous avez composé n'est pas disponible'. Quelle merveilleuse nouvelle! Elle avait dû perdre son téléphone, L'hypothèse la meilleure mais si bizarre que j'avais à peine osé la nourrir tous ces jours. Je téléphonai de nouveau à l'hôpital et demandai à parler à l'un de ses collègues, Bernard Videau, qui était au courant de notre relation. Il nous avait repérés tôt dans un restaurant, mais il était l'ami le plus proche de Tina à l'hôpital et, à bien des égards, un confident. C'était une personne calme et réfléchie, assumant son homosexualité choisie avec un confort discret. Je l'aimais bien et nous avions l'habitude de parler de vin ensemble, un sujet sur lequel il était bien informé.

Il était là.

«Bonjour. Je vous dérange? C'est Xavier.»

«Non. Elle a perdu son téléphone et votre numéro,» m'informa-t-il avant même que je puisse formuler ma question. Bouillonnant de bonheur, je lui donnai mon numéro, et je réussis à poser une question sur ses propres plans de vacances d'été avant de raccrocher. Il fut rapide. Moins de cinq minutes plus tard, mon téléphone sonna.

«Je suis tellement désolée,» jeta-t-elle directement, «J'ai perdu mon téléphone et je n'avais pas noté ton numéro sur un papier quelque part. Pardonne-moi. Je voulais désespérément te parler.»

«Tu sais, je te pardonnerais tout mon amour, mais je pense que mon désespoir était le double du tien. J'ai été comme un ours mal léché ces derniers jours. Maintenant, je suis un ours qui danse. Tu devrais me voir. Je t'aime follement — je sais ce que c'est de penser qu'on est perdu.» On a continué comme ça quelques minutes et elle dut retourner à son travail.

Le lendemain, c'était mon dernier jour sur la Riviera et j'allai courir autour du cap d'Antibes le cœur plein de joie. Mes amis savaient à propos de moi et Tina, mais je n'avais pas partagé mon angoisse avec eux et donc ils ne pouvaient pas avoir remarqué ma démarche désinvolte et ce malgré un matin étonnamment pluvieux. À mi-chemin du circuit, sur une route secondaire tranquille, j'envoyai une photo à Tina et je déclarai que je voulais entendre sa voix si c'était possible. Quelques minutes plus tard, alors qu'une averse commençait, elle téléphona.

She was safe, and that was a massive first step. After an hour of conjecture, I thought to hell with pride, I might as well put myself out of misery. I called her cell phone. 'Good day, Orange informs you that the number you have dialled is not available'. What wonderful news!! She must have lost her phone, the best but most outlandish hypothesis that I had hardly dare nourish all those days. Spirits shooting up, I phoned and asked to speak to one of her colleagues, Bernard Videau, who was aware of our relationship. He had spotted us together in a restaurant early on, but he was the closest friend of Tina within the hospital and in many ways a confidant. He was a quiet, reflective person, assuming his chosen homosexuality with discrete comfort. I liked him and we used to talk about wine together, a subject about which he was well informed.

He was in.

"Good morning. Am I disturbing you? It's Xavier."

"No. She lost her phone and your number," he informed me before I could even formulate my question. Bubbling with happiness, I gave him my number, and managed to put in a question on his own summer plans before hanging up. He was quick. Less than five minutes later my phone rang.

"I'm just so sorry," she plunged right in, "I lost my phone and I hadn't written your number on paper somewhere. Please forgive me. I have been desperate to talk to you."

"You know I would forgive you anything, my love, but I think my desperation was double yours. I have been like a bear with a sore head for the last days. Now, I am a dancing bear. You should see me. I love you madly — I know what it's like to think you're lost." We went on like this for a few minutes and then she had to return to her work.

The next day was my last on the Riviera and I went out for a run round the Cap d'Antibes with my heart full of cheer. My friends knew about me and Tina, but I had not shared my anguish with them and therefore they could not have observed my jaunty step as I set out, and this in spite of a surprisingly rainy morning. Halfway round the circuit, on a quiet side road, I sent Tina a photo and stated that I would love to hear her voice if it was feasible. Minutes later, just as a downpour began, she phoned.

«Est-ce que ça va?» Commençai-je de façon inhabituelle, avec peut-être un pressentiment.

«Quelque chose de grave est arrivé.»

«Ta mère est-elle tombée malade?» Elle n'était pas jeune. Si cela avait été ses enfants, elle n'aurait pas choisi une telle phrase.

«Non. Mais elle sait tout.»

«Ta mère?»

«Elle a engagé un détective. Ils savent tout de nous.»

«Bon Dieu!» A ce moment-là, dans le symbolisme Macbeth, les cieux s'ouvrirent vraiment et une pluie torrentielle se mit à tomber comme seulement cela est possible sur la côte d'Azur. «Donne-moi une seconde, s'il te plaît, j'ai besoin d'un abri.» Je trouvai une haie qui isolait des gouttes dans une certaine mesure.

«Je n'arrive pas à y croire.»

«Non, mais c'est vrai.»

«Il faut faire attention. Peut-être que nous avons poussé notre chance un peu loin. Ne t'inquiète pas, je peux m'adapter,» ajoutai-je pour la rassurer.

«Oui, mais elle ne veut plus que je te revoie.»

J'étais abasourdi dans le silence.

«Je t'aime. Je t'aime,» murmura-t-elle et je pouvais à peine l'entendre avec la pluie.

«Moi aussi, je t'aime,» murmurai-je avant que le téléphone ne s'éteigne.

Eh bien, c'était un virage qui ne pouvait pas être prévu. Si son mari avait mis un détective sur elle, alors cela aurait suivi une certaine logique. Mais sa propre mère, de laquelle elle semblait particulièrement proche?

Quelque chose dans la tradition vietnamienne m'avait peut-être échappé ... Quoi qu'il en soit, nous sommes rentrés dans un mode clandestin, niveau terroriste ...

*

Il y a une certaine attractivité à atteindre un haut niveau du mode clandestin. Une autre couche d'excitation, une impulsion pour plus d'imagination... Cependant, c'est essentiellement une entrave.

Ma première étape fut de rendre visite à un détective moi-même,

"Are you all right?" I started out unusually, perhaps some sixth sense operating.

"Something grave has happened."

"Has your mother fallen ill?" She was not young. Had it been her children, she would not have chosen such a sentence.

"No. But she knows everything."

"Your mother?"

"She hired a detective. They know everything about us."

"Good God!" At that very second, in Macbethian symbolism, the heavens really opened and torrential rain came down as only it can on the Côte d'Azur. "Give me a second, please, I need some shelter. It's bucketing here." I found a hedge which split up the drops to some extent.

"I can't believe it."

"No, but it's true."

"We must be careful. Maybe we were pushing our luck a bit. Don't worry, I can adapt," I added to reassure her.

"Yes, but she doesn't want me to see you ever again."

I was stunned into silence.

"I love you. I love you," she whispered and I could barely hear her against the rainfall.

"I love you too," I murmured back, before the telephone went dead.

Well, this was a turn up that just could not be foreseen. Had her husband put a sleuth on her, then that would have followed some logic. But her own mother, with whom she seemed particularly close?

There might be something in Vietnam tradition that escaped me ...

Anyway, we moved into first degree, terrorist level, clandestine mode ...

*

There are certain attractions to high level clandestine mode. Another layer of excitement, a spur for more imagination... However, it is basically a drag.

My first step was to visit a detective myself, to get an idea on the

123

pour avoir une idée des limites de son mandat et des coûts potentiels. Les pages jaunes de Google donnaient un grand choix de candidats. Les noms anglo-saxons étaient majoritaires, ce qui est sans doute attribuable à Agatha Christie et à Arthur Conan Doyle. Je cherchais quelqu'un de facilement accessible et je choisis un nom français avec une modeste publicité, contenant une information intrigante — 'ancien commissaire de police'. Prenez un voleur pour attraper un voleur... Le bâtiment était haussmannien traditionnel, un mélange de bureaux et d'appartements, et le gentleman quelque peu corpulent en velours côtelé, qui a ouvert la porte, était sans doute le détective. Il me serra la main, me fit entrer dans son bureau et m'indiqua une chaise confortable, devant un impressionnant bureau antique. Il s'assis en face. J'eus le temps d'absorber l'atmosphère confortable, débordante de souvenirs. Je ne pouvais pas manquer la grande photo encadrée sur le bureau de ce qui semblait être un chat dodu. Le cadre était incliné de telle sorte que lui et son visiteur pouvaient en bénéficier.

«Hélas décédé,» regretta-t-il, «mon compagnon le plus fidèle».

Je supposai qu'il incluait la race humaine féminine, ce qui nous ramena à l'objet de ma visite.

«Suis-je par hasard une personne que vous suivez en ce moment?»

Je pouvais le voir essayer de dissimuler l'apparence d'une bonne compréhension, comme l'aurait fait un enfant retardé.

«Je ne vous ai jamais vu ni entendu parler de vous,» dit-il avec conviction, au-delà de la lecture de vos articles dans la presse.

«Eh bien,» souris-je, «j'ai connu quelques coïncidences malheureuses dans le passé, et il y a une agence qui s'intéresse fortement à moi en ce moment même.»

«Ah! Je comprends. S'il vous plaît, dites-moi davantage.»

«Je ne suis pas marié mais j'ai une liaison, une liaison sérieuse, avec une femme mariée, une femme médecin que j'ai rencontrée dans un hôpital après une opération.»

Le détective ne put pas réprimer un sourire. «Il m'est arrivé, il y a quelque temps, d'avoir une liaison après une intervention chirurgicale. Peut-être que le cœur est particulièrement vulnérable à ce moment là? Pardonnez mon interruption, continuez, s'il vous plaît.»

limits of their mandate and the potential cost. The Google yellow pages yielded a large choice of candidate. Anglo-Saxon names were in a majority, presumably a credit to Agatha Christie and Arthur Conan Doyle. I looked for someone easily accessible and selected a French name with a modest advert, containing an intriguing piece of information — 'former Commissaire de Police'. Set a thief to catch a thief ... The building was traditional Haussmann, a mix of offices and flats, and the somewhat portly gentleman, in corduroys, who opened the door was presumably the detective. He shook my hand, ushered me into his office and gestured me towards a comfortable chair, one side of an impressive antique desk. He sat down opposite. I had time to take in the cozy atmosphere, brim full of memorabilia. I could not miss the large framed photo on the desk of what appeared to be a plump cat. The picture frame was angled in such a way that both he and his visitor could benefit from it.

"Alas, deceased," he observed sadly, "most certainly my most faithful companion."

I assumed he was including the female human race, which brought us back to matters in hand.

"Am I by any chance a person you are, eh, keeping track of at this moment?"

I could see him trying to conceal the look of kindly understanding, normally extended to a retarded child.

"I have never seen you or heard of you before," he stated with conviction, " beyond reading your articles in the press."

"Well," I smiled, "I have known some unfortunate coincidences in the past, and there is an agency taking a considerable interest in me as we speak."

"Ah, I understand. Please tell me more."

"I am not married but I have a liaison, a strong liaison, with a married woman, a doctor I met in a hospital after surgery."

The detective could not suppress a smile himself. "I once, a while ago, had a liaison after surgery —perhaps the heart is particularly vulnerable at such a time? Forgive my interruption, please go on."

«Contre toute attente, sa mère, qui est très hostile à notre relation, a engagé un détective, d'abord pour établir la vérité et maintenant pour s'assurer que nous ne nous revoyons plus.»

Le détective, qui s'appelait Guiramand, permit à ses sourcils de reconnaître l'originalité du scénario.

«Et que puis-je faire pour vous?» Demanda-t-il.

«Tout d'abord,» répondis-je, «je voudrais avoir quelques informations. Je suis prêt à payer pour une consultation.»

Il refusa la proposition avec le dos de la main. «Je ne fonctionne pas de cette façon. Quelles informations avez-vous besoin de connaître?»

«Merci. Je m'intéresse essentiellement à deux choses. Premièrement, combien coûte un détective; je veux dire quelqu'un comme vous, pour suivre quelqu'un?»

«Il y a toutes sortes de tarifs. Quatre-vingt-dix à cent trente euros l'heure. Huit cent cinquante par jour. Que diriez-vous de quatre mille euros par semaine?»

«Eh bien, c'est une aide. La dame n'est pas pauvre, mais elle pourrait avoir du mal à financer ce genre de somme pendant des semaines.»

«Et l'autre question?»

«C'est une question d'écoute téléphonique. C'est facile, ou non? C'est légal?»

«Facile, mais seulement si vous avez accès au téléphone en question.» Il fit une pause, peut-être pour l'effet. «Légal, absolument pas,» et il mit ses deux mains en avant, en touchant les poignets dans une simulation de menottes, «cinq ans de prison pour le détective.»

« En effet!»

«Cependant, une solution peut être trouvée — offshore. Les Suisses, un peuple perfide, sont accommodants pour ce genre de choses.»

Je haussai les épaules pour compatir. Je n'ai jamais été fan des Suisses.

«Je me demandais si vous pouviez vérifier si mon amie est suivie à l'heure du déjeuner ou après son travail. Je pourrais vous donner les heures précises et les adresses.»

«Si vous vous inquiétez du coût,» dit-il, «ne vous en faites pas. Pour l'instant, mes affaires sont calmes, les gens ne sont pas revenus de vacances et votre cas m'intrigue, et je suppose que les adresses sont en ville.»

"Against all odds, her mother, who is very hostile to our relationship, has hired a detective, firstly to establish the truth and now to make sure we do not see each other again."

The detective, his name was Guiramand, allowed his eyebrows to acknowledge an original scenario.

"And what can I do for you?" He asked.

"First of all," I replied, "I would like some information. I am prepared to pay for a consultation."

He waived the proposition with the back of his hand. "I don't operate that way. What information do you need to know?"

"Thank you. I am interested in two things basically. Firstly, how much does a detective cost; I mean someone like yourself, to follow someone?"

"There are all sorts of rates. Ninety to a hundred and thirty an hour. Eight hundred and fifty a day. How about four thousand Euros a week?"

"Well, that is a help. The lady is not poor, but she might have trouble funding that sort of money for weeks on end."

"And the other question?"

"It's about telephone tapping. Is it easy? Is it legal?"

"Easy, but only if you have access to the phone itself." He paused, perhaps for effect. "Legal, absolutely not," he put his two hands forward, touching at the wrists in a simulation of handcuffing, "five years in jail for the detective."

"Indeed!"

"However, a solution can be found — offshore. The Swiss, a perfidious people, are accommodating for helping out on this kind of thing."

I shrugged my shoulders in understanding. I have never been a fan of the Swiss myself.

"I was wondering if you could verify whether my friend is being trailed at the lunch hour and/or after her work? I could give you the precise times and the addresses."

"If you are worrying about the cost?" He said, "Don't. My business is slack at the moment, people aren't back from holidays and your case intrigues me, and I am assuming the addresses are in town."

«Vous êtes très gentil», je commençai à le remercier, mais il m'interrompit.

«En gros, vous pourriez le faire vous-même, alors il n'y a pas de grande valeur ajoutée. Avez-vous une photo?»

J'en avais des centaines. Je récupérai deux qui étaient restées dans ma poche. Et je notai pour lui les horaires et les adresses de chaque hôpital.

*

Il me téléphona trois jours plus tard.

«La réponse est oui», commença-t-il. «Je dois admettre que l'homme assigné à l'affaire pourrait être repéré à deux cents mètres — comme un perroquet dans un parlement de corbeaux.»

Je l'entendais rire en faisant la description. «Un grand homme avec une chemise à carreaux, à la canadienne, avec un chapeau de paille et des lunettes noires. Sur la promenade des Anglais à Nice, il pourrait s'intégrer ... Il a clairement l'emploi du temps de votre amie, donc déjeuner avec elle en ce moment ne serait pas une bonne idée. Puis-je dire que vous avez bon goût; c'est une belle femme.»

«Merci,» dis-je, à la fois pour le compliment et l'information.

«Dois-je vérifier de nouveau dans une semaine?» Demanda-t-il.

«Vous êtes si gentil.» C'est ce que j'aurais demandé.

«Pas vraiment. Je travaille pour le plaisir plus que pour l'argent. Je ne fais qu'arrondir ma pension de police, et garder la main, rencontrer des gens. Je m'amuse avec l'idée d'écrire un livre; je ne suis pas à court d'ingrédients.» Il fit une pause, développant, un sourire, «ne vous inquiétez pas, je vais changer les noms.»

Ma prochaine démarche (sur les conseils d'un de mes amis qui avait été un espion de carrière) fut d'acheter au bureau de poste un nouveau téléphone anonyme et une carte SIM pour Tina. Cet exercice s'avéra très amusant. Le jeune homme qui me servit fut clairement surpris de ma démarche d'acquisition. Je voulais quelque chose de petit (discret pour le sac à main d'une dame) et n'étais pas préoccupé par la myriade d'options techniques, cet appareil étant exclusivement limité à la téléphonie – vers un seul numéro.

Pour les documents nécessaires, je lui dis de remplir les documents comme si c'était son propre achat. Son nom s'avéra être 'Freddy'.

"You are very kind," I started to thank him, but he interrupted.

"Basically, you could do it yourself, so there is no great added value. Do you have a photo?"

I had hundreds. I fished out a couple that stayed in my pocket. And I wrote down the times and addresses for each hospital.

*

He phoned me three days later.

"The answer is 'yes'," he started out. "I must admit the man assigned to the case could be spotted at two hundred yards — like a Parrot in a parliament of Rooks."

I could hear him chuckling as he made the description. "A large man with a checked shirt, Canadian style, with a straw hat and dark glasses. On the Promenade des Anglais in Nice, he might fit in ... He clearly has your friend's schedule, so lunch right now would not be a good idea. May I say that you have good taste; she is a beautiful woman."

"Thank you," I said, both for the compliment and the information.

"Shall I check again in a week's time?" He asked.

"You are so kind." It was just what I would have requested.

"Not really. I work for pleasure more than money. I am only rounding up my police pension, and keeping my hand in, meeting people. I am toying with the idea of writing a book; I am not short of ingredients." He paused, a smile developing, "don't worry, I will change the names."

My next move (on the advice of one of my friends who had been a career spy) was to purchase at the Post Office a new, anonymous telephone and SIM card for Tina. This particular exercise turned out to be quite jovial. The young man who served me was clearly surprised at my approach to the acquisition. I wanted something small (unobtrusive for a lady's hand bag) and was unconcerned about the myriad of technical options, this device being exclusively limited to telephoning — one number.

For the necessary paperwork I told him to fill up the documents as if it was his own purchase. His name turned out to be 'Freddy'. During

Pendant cette transaction, directement sur un écran d'ordinateur, un employé plus âgé arriva pour aider. Il repéra une épinglette du Barcelona Football Club sur ma veste et commença à me reconnaître. J'avais participé à des émissions de '*chat*' consacrées au football à la télévision. Il était fou de football et nous avons parlé. Quand j'admis être au fond un fan invétéré du PSG, à mon grand étonnement, il a dit à son subordonné de transformer le coût de la carte SIM en cadeau promotionnel! Le seul problème avec le téléphone, que j'ai découvert en le configurant pour Tina, était qu'il avait un clavier réduit, nécessitant deux ou trois pressions pour trouver une certaine lettre et, pire encore, il avait été programmé pour prédéterminer le texte. Et les textes qui apparaissaient pouvaient seulement faire gagner du temps à un intellectuel lunatique. L'origine du programmeur devait être un mystère.

Il n'est pas recommandable de tuer des vieilles dames, même si elles essaient d'empoisonner votre existence, et je n'étais pas reconnu pour être violent. Cependant, cela me traversa l'esprit d'encourager l'avènement d'une crise cardiaque en envoyant un SMS extrêmement *hot* sur le téléphone sur écoute. Quelque chose comme : 'J'ai hâte de glisser votre culotte de votre cul pulpeux et de prendre votre clitoris humide dans ma bouche ...' Naturellement, je me retins — la dame était la mère de Tina.

Notre première rencontre en vertu des nouvelles 'règles', que j'avais mises en place par lettre, eut lieu dans le rayon sous-vêtements féminins d'un magasin de l'avenue de Choisy, près de la place d'Italie, plus ou moins sur son trajet de la maison à l'hôpital, un jour de congé. J'ai argumenté qu'aucun détective ne pouvait la suivre de chez elle en banlieue au milieu de la matinée. Elle fit le tour de la place d'Italie plus d'une fois et fit semblant de rentrer chez elle, avant de glisser dans le parking sous le magasin. Je résistai à l'envie de lui acheter des sous-vêtements et de la rejoindre derrière le rideau dans la cabine. Au lieu de cela, nous retournâmes à sa voiture et après une session de rattrapage de vingt minutes, nous entrâmes dans le parking de la place Saint Michel et déjeunâmes à l'étage de la Casa Bini, un restaurant italien de qualité, caché dans la rue Grégoire de Tours. Curieusement, nous étions assis en face d'un ancien premier ministre qui manifestement cherchait également à protéger sa vie privée.

Bien que j'eusse résisté à la tentation de louer une ambulance, l'organisation de notre premier rendez-vous galant fut du John

this transaction, straight on to a computer screen, a more senior employee moved in to help. He spotted a Barcelona Football Club pin on my jacket and then began to recognize me. I have appeared on dedicated football chat programs on television. He was wild about football and we talked. When I admitted to being deep down a dyed in the wool PSG fan, to my astonishment he told his subordinate to turn the SIM card cost into a promotional gift! The only problem with the phone, which I discovered when setting it up for Tina, was that it had a reduced keyboard, requiring two or three punches to find a certain letter and, worst of all, it was programmed to predetermine the text. And the texts which came up could only gain time for an intellectual lunatic. Just where the programmer was coming from has to be a mystery.

One does not go around bumping off old ladies, even if they are endeavouring to poison your existence, and I was not renowned for violence. However, it did cross my mind to encourage the advent of a heart attack by compiling an extremely 'hot' SMS on the tapped phone. Something like: 'I can't wait to slide your panties off your luscious bum and take your damp clitoris in my mouth ...' Naturally I refrained — the lady was Tina's mother.

However, our first encounter under the new 'rules', which I set up by letter, was in the ladies' underwear department of a store in the avenue de Choisy, near the place d'Italie, more or less on her route from home to the hospital, on a day she had the morning off. I argued that no detective could trail her from home in the suburbs in the middle of the morning. She also drove around the place d'Italie more than once and would have appeared to be heading back home, before slipping into the parking under the store. I resisted the urge to buy her some underwear and join her behind the curtain in the changing booth. Instead, we returned to her car and after a twenty minute catch up kissing session we proceeded to the place Saint Michel car park and lunch upstairs in the Casa Bini, a quality Italian restaurant hidden away in the rue Gregoire de Tours. Oddly enough, we sat opposite a former Prime Minister, who was patently also seeking total privacy.

Although I stopped short of hiring an ambulance, the organization of our first, full scale tryst was undiluted John Le Carré. I did not have to

le Carré, non-dilué. Je n'avais pas eu besoin de transmettre le plan précis par la poste, avec une double enveloppe, puisqu'elle avait alors le téléphone hors d'écoute du bureau de poste. Évidemment, mon appartement était hors limites et donc retour à une chambre d'hôtel. J'avais choisi le Novotel juste au nord de la gare de Lyon. J'avais réservé au nom de Jonathan Fleming, laissant un numéro de carte de crédit pour sécuriser la chambre. J'avais choisi Fleming en référence au docteur Fleming, vénéré par les amateurs de tauromachie pour avoir découvert la pénicilline, et le nom 'Poirot' aurait pu me mettre dans le pétrin. J'aimais bien le nom de Jonathan.

Le jour, je pris un petit sac de voyage et me dirigeai vers la gare de Lyon en métro. J'étais assez certain que je n'allais pas être suivi, le coût étant exorbitant, mais dans le métro de Saint-Lazare, je passai en mode espion. La ligne 14 n'a pas de conducteur et les portes sont automatiques et impitoyables. Je montais dans la dernière voiture près de la dernière porte. Quand le buzzer avertit que les portes se fermaient, je suis revenu sur le quai. Il était vide, sauf deux personnes qui couraient désespérément et futilement devant les portes fermées. Je pris un itinéraire alternatif, la ligne 13 changeant à Champs-Elysées Clémenceau pour la ligne 1, qui m'amena au cœur de la gare de Lyon, agréablement remplie de voyageurs. Je me dirigeai vers le tronçon des grandes lignes du côté nord de la station, probablement ajouté de nombreuses années auparavant. Je validais un billet de train usagé dans l'une des machines appropriées et je m'assis tranquillement à lire mon journal jusqu'à ce qu'un départ de train ne soit annoncé sur le quai 21. Au milieu de l'agitation des gens qui se dirigeaient vers cette voie, je me glissai dans l'escalier, traversant la place piétonne Henri Frenay — un résistant clé pendant la Seconde Guerre Mondiale — et rentrant par la porte arrière du Novotel. Je récupérai la clé/carte pour la chambre 304, réservée au nom de Fleming, et réglai la facture en espèces. Dans la chambre, doucement anonyme avec des accessoires oubliables, je fermai les rideaux. J'envoyai un SMS au nouveau téléphone : '304', puis je m'assis sur le lit pour attendre.

D'après les comparatifs des gares de chemin de fer, la gare de Lyon abrite l'un des meilleurs restaurants gastronomiques au monde. Il s'étend sur le premier étage sur toute la largeur de la station d'origine et est un parfait exemple d'art déco français de 1900, de fait inauguré en avril 1901 par le président de la République, Emile Loubet. L'entrée

convey the precise plan by post, with a double envelope, since by then she had the untapped Post Office phone. Obviously, my flat was out of bounds and so it was back to a hotel room. I chose the Novotel just north of the Gare de Lyon. I booked in the name of Jonathan Fleming, leaving a credit card number to secure the room. I chose Fleming with reference to Doctor Fleming, revered by bull-fighting aficionados for discovering penicillin, and the name 'Poirot' might have got me into trouble. I just happened to like the name Jonathan.

On the day, I took a small overnight bag and headed for the Gare de Lyon by metro. I was fairly certain that I was not going to be followed, the cost being exorbitant, but at the Saint Lazare metro I moved into spy mode. Line fourteen has no human driver and the doors are automatic and unforgiving. I boarded the last carriage by the last door. When the buzzer warned that the doors would shut, I stepped back on to the platform. It was empty, except for two persons running desperately and futilely in front of the closed doors. I took an alternative route, line thirteen changing at Champs-Elysées Clémenceau to line one, which brought me into the heart of the Gare de Lyon, agreeably crawling with travelers. I headed for the main line section on the northern side of the station, presumably an add-on many years ago. I punched a used ticket in one of the appropriate machines and sat quietly reading my newspaper until a train departure was announced for platform 21. Amidst the bustle of people heading for that platform, I slipped away down the stairway, crossing the pedestrian place Henri Frenay — named for a key resistance figure during the second world war — and through the back door of the Novotel. I retrieved the key card for room 304, booked in the name of Fleming, and settled the bill in cash. In the room, sweetly anonymous with forgettable fittings, I closed the curtains. I sent an SMS to the new phone: 304, and then sat down on the bed to wait.

By railway station standards, the Gare de Lyon hosts one of the finest gastronomic restaurants in the world. It spans the entire first floor across the breadth of the original station and is a perfect example of nineteen hundreds French *art deco*, in fact inaugurated in April 1901 by the President of the Republic, Emile Loubet. The main

principale, en face des quais, est un escalier double, sans doute inspiré du château de Fontainebleau. Tina monta cet escalier à 12h40 et demanda monsieur Galopin (vrai nom) à la réception. On l'amena à la table 31, où un de mes jeunes collègues du journal l'attendait. Il l'installa avec courtoisie et ils eurent une conversation badine pendant dix minutes. La table 31 n'avait pas été choisie au hasard; je l'avais réservée après un examen minutieux de la géographie du restaurant. C'est à l'extrémité (nord) de la grande salle, offrant une belle vue sur une fresque représentant le port de Marseille à l'époque. Plus important encore, il est proche d'une sortie alternative. Si Tina avait été suivie, le détective l'aurait peut-être vue avec son jeune ami, mais aurait eu du mal à trouver une table libre permettant une visibilité, même s'il était prêt à payer le prix un peu exorbitant d'un repas. L'alternative aurait pu être de s'asseoir à l'autre bout de la salle, à environ quatre-vingt-cinq mètres et six candélabres plus loin, dans le bar Big Ben avec les fauteuils bordeaux chesterfield, où le café à cinq euros et soixante-dix centimes est peut-être le plus cher en ville. La logique aurait pu être de se contenter d'une collation abordable dans la brasserie en dessous, avec un œil sur l'escalier. C'était une conjecture… Tina quitta mon collègue, très heureux de déjeuner avec son livre dans un environnement si luxueux, et sortit derrière l'ancienne caisse, descendant un triste escalier donnant sur l'*extérieur* de la gare. Elle traversa l'esplanade, descendit un autre escalier et entra dans le Novotel par la rue Chalon. Elle passa par les ascenseurs via la piscine (vide) et   frappa doucement à la porte de la chambre 304.

Puisque mon histoire n'est pas destinée au secteur pornographique, rien d'explicite n'est nécessaire.

Autant dire que c'était le paradis, d'autant plus que nous nous étions à peine enlacés pendant six longues semaines. Cependant je peux dire quelque chose au sujet de la chambre. Bien que seulement marginalement intéressé par le décor, je remarquai que le décorateur d'intérieur était sérieusement tourné vers la modernité. Le lit était plein de fonctionnalités ergonomiques : une batterie d'interrupteurs, des tables de chevet attachées… Les murs étaient peints en blanc et sans aucune copie (à sept euros) encadrée des Coquelicots de Renoir ni de photo de Notre-Dame. Nous pouvions être dans n'importe quel

entrance, opposite the platforms, is by way of a curved, ornate,double staircase doubtless inspired by Fontainbleau Chateau. Tina walked up this staircase at 12.40 and at the reception asked for Monsieur Galopin (real name). She was led to table number 31, where one of my younger colleagues from the paper was waiting. He installed her with courtesy and they made light conversation for ten minutes. The choice of table 31 was no lucky dip; I had booked it after careful examination of the geography of the restaurant. It is at the far (northern) end of the long room, affording a nice view of a fresco depicting the port of Marseilles in its day. More importantly, it is close by an alternative exit. Should Tina have been followed, the sleuth might have seen her with her young friend but would have had trouble finding a free table within sight, even if he had been prepared to stump up the somewhat outrageous price for a meal. The alternative could have been to sit at the other end of the room, some eighty-five yards and six candelabras away, in the Big Ben bar with the burgundy chesterfield armchairs, where the coffee at five Euros and seventy Cents is perhaps the most expensive in town. The logic might have been to settle for an affordable snack in the brasserie underneath, with an eye on the staircase. This is conjecture… Tina left my colleague, quite happy to lunch with his book in such luxurious surroundings, and exited behind the former cash desk, descending a sad flight of stairs giving on to the *outside* of the station. She crossed the esplanade, went down another set of stairs and entered the Novotel by the rue Chalon. She made for the lifts via the (empty) swimming pool and knocked softly on the door of room 304.

Since my story is not destined for the pornographic sector, nothing explicit need be forthcoming. Suffice to say that it was paradise, the more so since we had barely hugged each other for six long weeks. But I can say something about the room. Although I was only marginally interested in the décor, I did notice that the interior designer was heavily into modernity. The bedstead was full of ergonomic fittings: a battery of light switches, attached bedside tables… The walls were painted white with no framed copies (at seven Euros) of Renoir's Poppies or photos of Notre Dame. We could have been in any country. The one outstanding feature was a seriously large television screen, ideal for watching football. We did not switch it on.

pays. L'élément principal était un immense écran de télévision, parfait pour regarder un match de football. Nous ne l'avons pas allumé.

J'étais toujours déprimé quand ces moments passionnés devaient prendre fin. Après une dernière étreinte, je la laissai partir en premier et je me mis à m'inquiéter pendant une autre demi-heure avant de bouger moi-même. En traversant le hall, mes pensées ailleurs, j'entendis quelqu'un crier très distinctement.

«Monsieur Fleming.»

Je continuai à marcher plusieurs pas, l'idée que je pouvais être ce 'Monsieur Fleming' prenant un certain temps pour prendre corps. Je n'avais pas eu le temps de m'identifier sérieusement à mon personnage. Je regardai vers la réception et reconnus le réceptionniste auprès de qui je m'étais enregistré. Et il s'adressait effectivement à moi.

«Je crois que vous devriez être au courant de quelque chose,» me dit-il quand j'arrivais au comptoir.

«Ah oui?»

«Quelqu'un vous cherchait.»

«Cherchait Monsieur Fleming?»

«Il m'a montré une photo de vous,» Le jeune homme appréciait la divulgation.

J'étais horrifié et je sentis un frisson couler le long de ma colonne vertébrale.

«Ne vous inquiétez pas. J'ai dit que je ne vous avais jamais vu.»

Je ne pouvais pas dissimuler mon soulagement. «C'était gentil de votre part. Vous a-t-il offert de l'argent?» Ajoutai-je.

«Cent euros. Cependant, notre hôtel a une réputation à garder — pour la discrétion.»

«Toujours très aimable à vous. Et cet homme vous a-t-il montré la photo d'une femme?»

«Il l'a fait, mais je n'ai pas vu cette femme traverser le hall, donc je n'ai pas eu à mentir.»

«Les règles de votre hôtel vous permettent-elles d'accepter un pourboire?» Demandai-je.

«Oui,» répondit-il, l'anticipation à peine cachée.

J'ai mis deux billets de cinquante euros dans sa main.

«Merci», avons-nous dit à l'unisson.

I was always depressed when these passionate moments had to come to an end. After a final embrace, I let her leave first and sat worrying for a further half hour before making a move myself. Crossing the lobby, my thoughts elsewhere, I heard someone call out quite distinctly.

"Monsieur Fleming."

I continued walking several strides, the idea that I could be the 'Monsieur Fleming' taking some time to sink in. I had not had time to identify seriously with my *personnage*. I looked towards the reception desk and recognized the clerk with whom I had checked in. And he was indeed addressing me.

"I think you should be aware of something," he said to me, as I arrived at the counter.

"Oh yes?"

"Somebody was looking for you."

"For Monsieur Fleming?"

"He showed me a photograph of you," the young man was enjoying the disclosure.

I was horrified and felt a chill running down my spine.

"Do not worry. I said I had never seen you."

I could not suppress my relief. "That was kind of you. Did he offer you money?" I added.

"A hundred Euros. However, our hotel has a reputation to keep — for discretion."

"Still very kind of you. And did the man show you a photo of a lady?"

"He did, but I didn't see the lady cross the lobby, so I did not have to lie."

"Do your hotel rules allow you to accept a tip?" I questioned.

"They do," he replied, anticipation barely hidden.

I put two fifty Euro notes in his hand.

"Thank you," we said in near perfect unison.

*

Plus tard dans la soirée, vers dix heures, je finissais un article au bureau, lorsqu'un SMS est arrivé.

'Une affaire extrêmement délicate, Monsieur Fleming. Guiramand'

«Jésus Christ», dis-je à haute voix, suffisamment haut pour attirer l'attention d'un collègue, puisque nos locaux avaient été 'modernisés' en *open space*. Je souris de façon contrite, descendis à la porte et j'appuyai sur l'option de réponse verbale.

«Guiramand.»

«Monsieur, que se passe-t-il?»

«Ne vous inquiétez pas,» dit-il d'un ton rassurant, « j'ai été un peu pernicieux. Vous voulez le détail?»

«Absolument, de toute urgence.»

«Que diriez-vous d'un verre? Désignez votre bar.»

Je n'avais pas besoin de réfléchir. «Le Zinc peut convenir? J'ai juste besoin d'une demi-heure pour conclure mon article.»

«Parfait.» L'entendis-je dire avec satisfaction, avant de décrocher.

Je n'ai aucun problème à travailler sous pression, les délais font partie du métier. Bizarrement, ils m'ont mis dans le bon train; je crois que j'écris mieux. Quand j'arrivai au bar, je trouvai Guiramand fourré dans un coin, les deux tiers d'un whisky consommé. Je m'assis en face de lui. Le serveur apparut lorsque nous nous serrions la main. Je regardai le choix de Guiramand.

«Dalwhinnie. Tout à fait doux. Je n'aime pas les whiskies tourbés.»

«S'il vous plaît,» dis-je au serveur. Je me fichais du choix de la boisson. Je n'aurais pas refusé un jus de tomate.

«Un autre, Commissaire?» Interrogea le serveur, et Guiramand émit un 'oui'. J'avais choisi le bar, mais il était manifestement un habitué.

«C'est comme les anciens présidents,» dit-il en souriant, «vous gardez le titre pour la vie. Il sait que je suis à la retraite. Vous mourez d'envie d'en savoir plus sur M. Fleming, je présume?» La question était rhétorique; il n'avait besoin d'aucun encouragement officiel pour continuer. «Je vérifiais si votre amie était toujours sous surveillance. Je l'ai vue entrer dans le Train Bleu et je l'ai suivie peu après, sous

*

Later in the evening, around ten o'clock, I was finishing an article in the office, when a text message came through.

'A near run thing, Monsieur Fleming. Guiramand.'

"Jesus Christ," I said aloud; aloud enough to catch the attention of a colleague, since our premises had been 'modernized' into open space. I smiled apologetically and walked down to the doorway and pressed on the verbal reply option.

"Guiramand."

"Monsieur, what is happening?"

"Don't worry," he said in a reassuring tone, "I was being a little mischievous. You want the detail?"

"Definitely, urgently."

"How about a night-cap? Name your bar."

I did not have to think hard. "How about the Zinc? I just need another half hour here to wrap up my text."

"Perfect;" I heard him say with satisfaction, before putting down the receiver.

I have no problem working/writing under pressure, deadlines are part of the trade. Oddly enough, they put me into the right gear; I believe I write better. When I arrived at the bar, I found him ensconced in a corner, two thirds through a whisky. I sat down opposite him. The waiter appeared as we shook hands. I looked down at Guiramand's choice.

"Dalwhinnie. Quite mellow; I don't go in for those peaty whiskies."

"Please," I said to the waiter. I could not care less about the choice of drink. I would have nodded through a tomato juice.

"Another one, Commissaire?" inquired the waiter, and Guiramand signaled a 'yes'. I had chosen the bar, but he was manifestly a regular.

"It's like past presidents" he smiled, "you keep the title for life. He knows I am retired. You are dying to know more about Monsieur Fleming, I presume?" The question was rhetorical; he needed no official encouragement to continue. "I happened to be checking out whether your friend was still under supervision. I saw her go into the Train Bleu and I followed shortly, looking for a 'friend'. I perceived

prétexte de rechercher un ami. J'ai noté le choix de la table (collé à côté d'une sortie alternative) et son compagnon improbable – sûrement financé par vous-même.

J'ai descendu l'escalier de l'entrée arrière et je me suis dirigé vers le Novotel, la destination évidente. Le réceptionniste n'a pas pu dissimuler qu'il vous reconnaissait d'après votre photo, que j'avais prise discrètement sur mon téléphone. Je lui ai dit de se détendre, lui montrant rapidement mon badge de police (expiré). Il vous a identifié comme étant M. Fleming. Je lui ai aussi montré une photo de votre amie et je lui ai demandé de ne pas vous reconnaître si quelqu'un d'autre devait poser la même question.

Je me suis installé dans un canapé très confortable dans le hall, ultramoderne, et j'ai attendu. Votre amie est arrivée quelques minutes plus tard et s'est dirigée vers les ascenseurs via la piscine (vide). Notre homme est arrivé une heure après. Il était habillé de manière moins excentrique que la première fois, mais il n'était pas un individu heureux. Il a montré ses photos et le jeune homme a nié la reconnaissance. En fait, il n'avait pas à mentir sur votre amie. J'ai suivi mon confrère et évidemment il n'a pas fait mieux au Mercure et au Holiday Inn.»

«Qu'aurais-je fait sans vous?» demandai-je sincèrement, goûtant à peine le whisky qui coulait dans ma gorge.

«Eh bien,» dit-il en souriant avec nostalgie, «j'ai bénéficié d'un frisson au deuxième degré. Un autre whisky?» Son verre était vide. Je commandai la même chose au serveur, qui était tout près.

«Vous ne conduisez pas?» Sa main s'est déplacée vers un képi imaginaire — le geste respectueux juste avant un alcootest. «D'autre part,» continua-t-il, «vous êtes seul maintenant. J'ai une affaire très importante qui commence.» Après une petite pause et un sourire, «Je me méfierais du service de chambre.»

Bien sûr, je payai les whiskies. Quand nous nous sommes serrés la main à la porte, pour nous séparer, je ne pensais pas que je le reverrais un jour.

the choice of table (slap next to an alternative exit) and her unlikely companion — surely financed by your good self.

I went down the stairs of the back entrance and headed for the Novotel, the obvious destination. The clerk at the desk could not dissimulate recognition of your photograph, which I had taken discretely on my phone. I told him to relax, showing him (rapidly) my expired Police badge. He identified you as Monsieur Fleming. I also showed him one of your pictures of your friend and instructed him not to recognize either of you if someone else should ask the same question.

I settled into a seriously comfortable couch in that modern lobby and waited. Your lady friend arrived minutes later and slipped through to the lifts via the (empty) swimming pool. Our man/your man turned up about an hour later. He was dressed in a less outlandish manner, but he was not a happy individual. He produced his photos and the young man denied recognition. In fact, he did not have to lie about your friend. I followed my confrere and logically he drew a blank at the Mercure and the Holiday Inn."

"What would I have done without you?" I asked genuinely, barely tasting the whisky running down my throat.

"Well," he smiled wistfully, "I benefitted from a second-degree thrill. Another whisky?" His glass was empty. I signalled a repeat order to the waiter, who was nearby.

"You are not driving anywhere?" His hand moved towards an imaginary kepi — the respectful gesture just prior to a breathalyzer. "On the other hand," he continued, "you are on your own now. I have a major case starting up." After a tiny pause and with a smile, "I would be beware of room service."

Naturally, I paid for the whiskies. When we shook hands at the door, to go our separate ways, I did not think I would ever see him again.

SON HISTOIRE

'Corps et esprit, parfaitement liés.'
'Gravé profondément dans mon cœur.'
M&G

Je suis née le 21 mai 1964 à Saigon. Mes parents étaient descendus de Hanoi dix ans plus tôt, fuyant le régime communiste. Mon père avait alors vingt-cinq ans, au milieu de ses études de médecine. Plus tard, j'ai appris que mon grand-père avait été arrêté simplement parce qu'il était considéré comme un fonctionnaire à la poste. Mon père a terminé ses études à Saigon en 1957 et a épousé ma mère. Ils ne se voyaient pas beaucoup cependant, car il avait été enrôlé comme médecin dans l'armée et passait son temps sur le front, principalement dans les collines de la région de Balat. Mais ils ont été suffisamment ensemble pour avoir mon frère en 1960 puis moi. J'ai vécu mes premiers jours dans les casernes de Cho Lon, dans le quartier chinois à la lisière de Saigon, et renommé pour son immense marché.

Mes premiers souvenirs marquants datent de 1968, l'année où la France a connu sa mini-révolution. Il y avait du bruit, un bruit énorme, des bombes. Un bruit de gémissement, qui augmentait en volume pendant ce qui semblait être des minutes, bien que quelques secondes seulement, avant la détonation – quelque part. J'étais beaucoup trop jeune pour comprendre les principes de la loterie, encore moins pour connaître le mot 'philosophie'. La sensation écrasante était la PEUR. Le niveau de peur déchirant qui se propage comme une peste. Une infection tourbillonnaire qui ne peut être déguisée ou cachée — elle est dans les yeux. Et ils doivent être gardés grands ouverts pour courir pour survivre.

Il y avait des espaces de soulagement quand collectivement nous réalisions que ce n'était pas notre tour — jusqu'à ce que le bombardement suivant commence — indescriptible, terrifiant,

HER STORY

'Body and mind, perfectly entwined.'
'Deeply etched in my heart.'
M&G

I was born on the 21st of May, 1964, in Saigon.

My parents had come down from Hanoi ten years earlier, fleeing the communist regime. My father had been twenty-five years old at the time, in the middle of his medical studies. I learned later that my grandfather had been arrested simply because, working for the post office, he was considered a civil servant. My father completed his studies in Saigon in 1957 and married my mother. They did not see much of each other however, because he was enrolled as a doctor in the army and spent his time on the front, mostly in the hills in the region of Balat. But they got together enough to produce my brother in 1960 and then me. I lived my early days in the barracks at Cho lon in the Chinese quarter on the edge of Saigon, and renowned for its immense market place.

My first striking memories are from 1968, the year France enjoyed its mini-revolution. They were of noise, the huge noise, of bombs. The wailing noise, growing in volume for what seemed like minutes, although only seconds, before the detonation — somewhere else. I was much too young to understand the principles of lottery, let alone to know the word 'philosophy'. The overwhelming sensation was FEAR. The gut-wrenching level of fear that spreads like a plague. A whirlwind infection which cannot be disguised or hidden — it is in the eyes. And they must be kept wide open to run for survival.

There were spaces of relief when collectively we realized that it was not our turn — until the next indescribable, terrifying, whining, wailing began. Once we (there were six or seven adults) tried to build

hurlant, gémissant. Une fois nous (il y avait six ou sept adultes) avions essayé de construire un abri souterrain, mais sans les compétences en ingénierie, il s'était effondré et nous avions flirté avec la suffocation sur place. Avec le recul, c'était mon premier coup de chance — je n'ai pas fini comme une petite éclaboussure de sang, comme un moustique écrasé.

Mon école maternelle était au couvent des Oiseaux, un établissement catholique, où ils ont essayé de me faire droitière en frappant ma main gauche avec une règle. Ils ont obtenu un succès relatif; je suis devenue ambidextre et rebelle.

A six ans, j'ai passé un examen pour entrer à l'École République, Jean-Jacques Rousseau, (payante). Ma mère m'a entraîné à passer les examens et a eu recours à trois ou quatre coups de fouet pour me garder concentrée. Je ne pouvais pas mettre ma main pour me protéger, mais cela ne m'a pas empêché d'aimer ma mère — toujours. On portait l'uniforme; une jupe bleu marine et une chemise blanche. Plus tard, j'ai eu le droit de porter un badge avec la devise 'Le Quy Don' juste au-dessus de la naissance de mon sein gauche. La scolarisation était normale puisque la guerre au napalm, lourde et meurtrière, se déroulait au milieu du pays, les Américains gardant les combats au nord de Saigon. Le bruit des hélicoptères et des sirènes d'horloge de dix heures est devenu la routine, en fond de mon éducation. Plus tard, nous avons suivi l'attaque majeure vietcong à la radio et en quelque sorte cela m'a fait étudier plus dur, principalement pour être digne de mes parents, qui avaient tendance à me gâter. J'étais gênée de porter mon uniforme en si bon état, puisque la plupart de mes amis devaient se contenter de vêtements usés, presque transparents avec l'âge et le lavage constant.

J'ai refusé de nouveaux vêtements au moment où les Américains commençaient à se retirer et alors que les prix augmentaient de façon spectaculaire. Notre famille a trouvé de nouvelles choses à manger — les rognons et toutes sortes d'abats ainsi que la soupe de vermicelles – le bout le moins cher de la chaîne alimentaire.

Cependant, nous avions encore la lumière et l'obscurité dans notre vie. Je me souviendrai toujours de notre dernier week-end à la mer, au cap Saint-Jacques, à une centaine de kilomètres au sud de Saigon. Avec mon frère, on a couru dans les dunes et nagé dans l'océan. Nous avons grillé de l'épi de maïs juste devant l'ancienne résidence du premier

a shelter underground, but without the engineering skills it collapsed and we flirted with suffocation instead. Looking back, this was my first piece of luck — I did not end up as a small splatter of blood, like a swatted mosquito.

My nursery schooling was at the Couvent des Oiseaux, a Roman Catholic establishment, where they tried to make me right-handed by hitting my left hand with a ruler. They achieved relative success; I became ambidextrous and rebellious.

When I was six, I took an exam to get into the (fee-paying) Ecole République, Jean-Jacques Rousseau. My mother coached me to pass the exams and resorted to three or four strokes of the whip to keep me concentrated. I could not put my hand in the way to protect myself, but it did not stop me loving my mother — always. We wore uniform; a navy-blue skirt and a white shirt. Later, I was entitled to wear a badge with the motto 'Le Quy Don' just above where my left breast would become. Schooling was normal since the heavy, deadly, napalm warfare was in the middle of the country, the Americans keeping the battle north of Saigon. Sounds of helicopters and ten o'clock sirens became routine, a background to getting educated. Later we followed the major Viet Cong attack on the news and somehow it made me study harder, mainly to be worthy of my parents, who tended to spoil me. I became embarrassed about wearing my uniform in such good condition, since most of my friends had to make do with worn-out clothing, almost transparent with age and constant washing.

I refused new clothes just as the Americans started to withdraw and the prices moved up dramatically. Our family found new things to eat — kidneys and all sorts of inner parts and vermicelli soup — the cheaper end of the food chain.

However, we still had light and shade in our life. I will always remember our last weekend on the seashore, at Cap Saint Jacques, a hundred kilometres south of Saigon. With my brother, we ran up and down the dunes and swam in the ocean. We grilled corn on the cob right in front of the former residence of the first Emperor Bao Dai, and

empereur Bao Dai, et l'ambiance fut momentanément insouciante, alors que la plupart de nos compatriotes luttaient pour survivre. Je me souviens aussi que nous nous sommes accrochés au *Tambourine Man* de Dylan, une évasion inconsciente et rêveuse, et en aucun cas liée à la drogue.

Le Cambodge et le Laos sont tombés presque immédiatement. Le président Nguyen Van Thieu a démissionné et égoïstement a trouvé l'exil en Angleterre. Que pouvions-nous faire? Mes parents ont discuté, argumenté, hésité, sans solution facile et pratiquement nulle part où aller. Notre miracle est arrivé le 25 avril 1975, alors que le monde entier regardait l'ambassade américaine plier bagages; les Yankees rentraient chez eux. Pendant que mon père lavait incongrument la voiture, au milieu du bruit de bombes, le téléphone a sonné. C'était l'ambassade de Corée du Sud. Ma mère, une avocate, avait été consultante à l'ambassade pendant plusieurs années et ceci était l'ultime récompense. Ils étaient prêts à offrir à notre famille une conduite en sécurité depuis leur ambassade jusqu'à un navire militaire. Évidemment, nous avons dû tout laisser derrière nous. Pour mes parents, cela a dû être traumatisant, leurs affaires étaient pleines de souvenirs, indépendamment de leur valeur. Ma plus grande préoccupation était notre chien, Kinouch, un mélange de berger allemand et d'épagneul. Il n'y avait pas de place pour lui dans un tel exode et il en a payé le prix. Par la suite, j'ai appris d'un oncle, qui était resté, qu'il avait été mangé. Les banques étaient hermétiquement fermées, avec nos économies à l'intérieur, mais heureusement, mon père avait caché quelques éclats d'or, qui s'avérèrent inestimables par la suite.

Nous nous sommes rendus à l'ambassade de Corée du Sud à onze heures le 26 et étions sur le navire de guerre dans le port de Saigon le soir. Il avait été conçu pour transporter jusqu'à trois cents passagers en termes de poids. Nous étions plus de sept cents. Deux navires, bondés, se sont dirigés vers le sud dans l'estuaire, contournant l'île de Phu Quoc, réputée pour sa saumure de poisson. Alors que la ville de Saigon tombait aux mains de l'ennemi, nous nous traînions laborieusement vers l'est, en direction de la mer de Chine. Nous avons été mitraillés depuis le rivage et des négociations ont eu lieu avec des pirates, qui ont marchandé des vies de réfugiés comme du bétail.

Une fois dans les eaux internationales, nous étions à l'abri des mitrailleuses, mais nous avons dû faire face à une mer haute et

the mood was momentarily *insouciant,* whilst most of our compatriots were struggling to survive. I remember too that we latched on to Dylan's *'Tambourine Man'*, an unconscious, dreamy escapism, and in no way drug related.

Cambodia and Laos fell almost immediately. President Nguyen Van Thieu resigned and selfishly choppered off to exile in England. What could we do? My parents debated, argued, hesitated, with no easy solution and virtually nowhere to go. Our 'miracle' came on the 25th of April 1975, as the world watched the American Embassy pulling up the stumps; the Yankees going home. While my father incongruously washed the car, amidst the sound of bursting bombs, the phone rang. It was the South Korean Embassy. My mother, a lawyer, had been a consultant to the Embassy for several years and here was the ultimate pay back. They were prepared to offer our family safe conduct from their Embassy to a military vessel. Obviously, we had to leave everything behind. For my parents it must have been traumatic; their possessions were full of purpose and memories, apart from value. My biggest concern was our dog, a mixture of German shepherd and Spaniel, with the given name of Kinouch. There was no space for him in such an exodus and he paid the price. Afterwards, I learned from an uncle, who stayed on, that he had been eaten. Banks were hermetically shut, with our savings inside, but thankfully my father had hidden away some slivers of gold, which were to prove invaluable.

We made it to the South Korean Embassy at eleven on the 26th and were on the warship in the port of Saigon by the evening. It was designed to carry up to three hundred 'passengers' in terms of weight. We were upwards of seven hundred. Two ships, crammed full, headed south down the estuary, rounding the island of Phu Quoc, renowned gastronomically for its fish brine. As the city of Saigon fell to the enemy, we trailed laboriously eastwards, heading for the China Sea. We were machine-gunned from the shore and negotiations took place with pirates, who bargained refugee lives like cattle.

Once into International waters, we were safe from machine guns, but had to contend with a high and unforgiving sea. A heavy storm

impitoyable. Une forte tempête menaçait de faire couler notre bateau, qui n'était plus navigable. La décision a été prise, sûrement après beaucoup de conjecture, de nous transférer sur l'autre vaisseau. Je peux encore voir, et frissonner à cette pensée, les planches étroites qui ont servi de pont au-dessus de l'océan gonflant et la mort certaine. Nous étions maintenant près de seize cents, blottis dans une hygiène épouvantable. Mon père, le seul médecin à bord, était devenu le médecin du navire et avait paradoxalement contracté une conjonctivite aiguë, que toute la famille a finalement attrapée. Il a fallu vingt et un jours et nuits pour atteindre le port de Pusan en Corée du Sud. Nous débarquâmes dans un vent de soulagement, ignorant encore que quelque cinq cent mille de nos compatriotes avaient rencontré la mort et le viol, voir les deux, dans la mer de Chine.

Nous nous sommes laissés enfermer dans un camp militaire, notre famille encore à moitié aveuglée par la conjonctivite, ce qui nous a fait ressembler davantage aux Sud-Coréens, mais surtout toujours ensemble. Il y avait beaucoup de solidarité dans le camp et nous n'étions pas du genre à nous plaindre. Ma mère a réussi à envoyer un télégramme à sa sœur cadette, qui vivait à Paris. Elle a renvoyé un certificat d'hébergement pour nous quatre, ainsi que des billets d'avion aller simple. Les billets ont été 'perdus' et mon père a dépensé sa dernière tranche d'or pour en acquérir de nouveaux.

Le 18 juin – date importante dans les livres d'histoire pour Napoléon et de Gaulle – nous avons atterri à l'aéroport d'Orly à sept heures du matin, sans un sou, mais dans un monde nouveau et pacifique.

Notre famille est restée le premier mois avec ma tante Binh, la sœur de ma mère, dans un appartement près de la place d'Italie, en fait pas loin de l'aéroport d'Orly. Ma tante avait déménagé en France beaucoup plus tôt, au milieu des années cinquante, peu après la bataille décisive de Diên Biên Phu. Son mariage avait été rompu et elle vivait seule. Son petit appartement semblait luxueux après notre séjour dans les camps de réfugiés et je n'étais pas trop nostalgique de notre ancien statut à Saigon. Nous avons déménagé à Chatillon-sous-Bagneux, une banlieue plutôt terne au sud de Paris, mais pas perçue comme une banlieue 'difficile'.

J'avais été inscrite sans problème à l'école locale en sixième. Tout naturellement, j'étais la cible de la cruauté inhérente des enfants,

threatened to sink our boat and rendered it no longer navigable. The decision was taken, surely after much conjecture, to transfer us to the other ship. I can still see, and shiver at the thought of, the narrow planks which served as a bridge above the swelling ocean and certain death. We were now nearly sixteen hundred, huddled in dreadful hygiene. My father, as the only doctor on board, had become the ship's doctor and paradoxically contracted acute conjunctivitis,which all the family caught in due course. It took twenty-one days and nights to reach the port of Pusan in Southern Korea. We disembarked in waves of relief, still unaware that some five hundred thousand of our compatriots had met death and rape, or both, in the China Sea.

We let ourselves be herded into a military camp, our family still all semi-blinded by conjunctivitis,which made us look more like the South Koreans, but essentially still together. There was considerable solidarity in the camp and we were not of the complaining sort. My mother managed to send a telegram to her younger sister, who lived in Paris. She sent back a *certificat d'hébergement* for the four of us, together with one-way air tickets. The tickets were 'lost' and my father spent the last of his gold to acquire new ones.

On the 18th of June — a significant date in the history books for both Napoleon and de Gaulle— we landed at Qrly airport at seven in the morning, penniless, but in a new and peaceful world.

Our family stayed the first month with my aunt Binh, my mother's sister, in an apartment near the Place d'Italie, in fact not that far from Orly airport. My aunt had moved to France much earlier, in the mid-fifties not long after the decisive Diên Biên Phu battle. Her marriage had broken down and she lived alone. Her small flat seemed luxurious after our stay in refugee camps and I was not unduly nostalgic about our former standing in Saigon. We moved on to Chatillon-sous-Bagneux, a rather dull suburb south of Paris, but not perceived as a 'difficult' suburb.

I was enrolled without trouble in the local school in the sixth class. Quite naturally, I was the butt of inherent child cruelty, as somebody

comme quelqu'un de « différent», et j'ai été étiquetée « Chintok». Je n'ai fait aucun effort pour souligner les distinctions considérables entre les Vietnamiens et les Chinois, et après les difficultés et la peur viscérale de mon évasion, j'ai pu considérer ces taquineries comme triviales. Très vite, j'ai été assimilée par mes camarades de classe et je suis même devenue leur déléguée.

Mes études au lycée se sont déroulées à Clamart, où j'ai eu la chance de trouver de bons professeurs et ils ont fait de moi une bonne élève, toujours en lice pour être première de la classe. Quand j'avais quatorze ans, et pendant les vacances d'été à Antibes, mon père, peut-être peu habitué à la lumière du soleil aigu, marcha droit dans une porte fenêtre et ne récupéra jamais complètement. A cet instant, j'ai décidé de devenir médecin moi-même. Ma vocation était indiscutable et irrévocable. La plupart de mes études de médecine se sont déroulées dans le prestigieux hôpital universitaire de la Pitié Salpetrière, presque une ville en soi, s'étendant sur une partie importante du treizième arrondissement, et par coïncidence très proche de la place d'Italie, où j'avais passé ma première nuit en France.

En plus de mes études de médecine, j'ai fait tout ce qu'une jeune Vietnamienne doit faire à Paris. J'ai courtisé un jeune Vietnamien de famille convenable qui poursuivait également des études sérieuses. En temps voulu, nous avons été mariés avec tous les attributs traditionnels et nous avons commencé à fonder une famille, deux filles. Je peux dire que je n'ai jamais eu d'expérience sexuelle avant mon mariage et, en fait, je n'ai jamais ressenti la tentation de m'écarter de la ligne droite. Jusqu'au jour où ...

*

C'était une journée ordinaire et je m'étais habillée un peu mécaniquement en vêtements ordinaires pour une journée à l'hôpital. Je n'ai pas choisi spécifiquement un pantalon plutôt qu'une jupe. À mon arrivée, j'ai mis ma blouse blanche, j'ai serré la main à certains membres du personnel et j'ai parcouru la liste des patients en chimiothérapie. Il y en avait à-peu-près le nombre habituel, la plupart des hommes.

L'homme dans la chambre numéro 221 m'a regardée quand je suis entrée à la porte et j'ai remarqué instantanément la marque d'estime dans ses yeux, et en corrélation son évident embarras en raison de

'different', and I was labelled the 'Chintok'. I made no effort to point out the considerable distinctions between the Vietnamese and the Chinese, and after the hardship and visceral fear of my escape, I was able to consider such teasing as trivial. Before very long, I was assimilated by my classmates and indeed became their delegate.

My lycée education was in Clamart, where I was fortunate to find good teachers and they made me into a good student, always vying to be top of the class. When I was fourteen, and on summer holiday in Antibes, my father, perhaps unused to the sharp sunlight, walked straight into a French window and never fully recovered. At that instant, I decided to become a doctor myself. My calling was unquestionable and irrevocable. Most of my medical studies were at the prestigious university hospital la Pitié Salpetrière, almost a town in itself, sprawling across a significant part of the thirteenth arrondissement, and by coincidence very close to the place d'Italie, where I had spent my first night in France.

In addition to my successful medical studies, I did everything else a young Vietnamese girl should do in Paris. I courted a young Vietnamese man of suitable family and also pursuing serious studies. In due course we were married with all the traditional trappings and set about having a family, of two girls. I can say that I never had any sexual experience before my marriage and indeed never felt the temptation to stray from the straight line. Until one day ...

*

It was just an ordinary day and I dressed somewhat mechanically in ordinary clothes for a day at the hospital. I did not specifically choose trousers rather than a skirt. On arrival, I put on my white coat, shook hands with some of the staff, and ran an eye down the list of patients in for chemo. There were around the usual number, mostly men.

The man in room number 221 looked up at me as I came through the door and I caught the instant mark of appreciation in his eyes, and in correlation his patent embarrassment on account of his own

sa propre apparence — couché sur le lit, sans ses chaussures, ses chaussettes exposées et son corps attaché aux tubes. J'ai fait ma routine. Ses tests sanguins étaient valides et j'avais autorisé que sa séance puisse avoir lieu. Il ne pensait pas qu'il pouvait en être autrement. Pendant les deux heures et demie qui suivirent, mon subconscient revenait vers lui. Avant d'ouvrir à nouveau la porte de sa chambre, j'avais appliqué une couche fraîche de rouge à lèvres et tamponné une petite tache sur chaque joue pour me donner un peu de couleur. Il était là, le même homme à qui j'avais pensé toute la matinée — tout aussi gentil. Il a demandé si ce serait encore moi la prochaine fois. J'ai dit que ce serait moi, et lui ai demandé malicieusement pourquoi il voulait savoir.

Évidemment, je connaissais la date bien à l'avance, et cette fois-ci j'ai délibérément choisi une jupe courte grise et un petit gilet gris — pas très sexy, mais résolument féminins. Il a signalé sa réaction au froid, ce qui était normal. Quand il a parlé de son goût pour le bourgogne blanc, mon pieux mensonge a été instantané. En fait, j'ai toujours eu une préférence pour le rouge, et pour la région de Bordeaux.

A la fin de sa séance, nous nous sommes serré la main pour nous dire au revoir et j'ai aimé la texture de sa peau, et j'avais déjà observé que ses ongles étaient propres et soigneusement coupés.

Il m'était impossible de m'occuper de sa prochaine séance, qui coïncidait avec mon propre rendez-vous de chimiothérapie, m'infligeant une sorte de double peine, endurée silencieusement dans le corps et l'esprit. Quand je l'ai vu la fois suivante, je portais mon polo framboise et il n'a pas pu dissimuler son plaisir de me revoir.

Naturellement, j'ai accepté, le plus prudemment possible, sa proposition de partager un verre de chassagne. Je n'aurais pas refusé un jus de tomate.

Je suis arrivée à temps pour notre rendez-vous au Lavinia, une Mecque du vin, et j'ai tout de suite vu qu'il n'y avait pas d'erreur. Hors de l'enceinte de l'hôpital, il était aussi attirant que je l'avais imaginé et clairement son enthousiasme n'avait pas diminué. Je me sentais si bien, coincée contre le mur et bénéficiant de cent pour cent de son attention. Il a envisagé de choisir une bouteille de bourgogne de qualité, qu'il connaissait, mais nous nous étions contentés d'une plus humble variété d'un vin au verre. Nous n'aurions peut-être pas eu de difficulté à finir soixante-quinze centilitres, mais tous les deux

appearance — lying on the bed, with his shoes off, his socks displayed and his body attached to the tubes. I went through my routine. His blood tests were valid and I had authorized that his session could go ahead. He had not thought it could be otherwise. During the next two and a half hours my subconscious strayed back to him. Before pushing open the door of his room again, I had applied a fresh layer of lipstick to my lips and dabbed a little spot on each cheek to give myself some colour. He was there, the same man who I had been thinking about all morning — just as nice. He enquired whether it would be me again next time. I said it would be me, and mischievously asked him why he wanted to know.

Obviously, I knew the date well in advance, and this time around I purposely chose a short grey skirt and a little grey waistcoat — not hugely sexy, but determinedly feminine. He reported his reaction to cold, which was par for the course. When he mentioned his liking for white Burgundy, my white lie was instantaneous. In fact, I have always had a preference for red, and from the Bordeaux region.

After his session was over, we shook hands in farewell and I liked the texture of his skin, and I had already observed that his nails were clean and neatly trimmed.

I just could not make his next session, which coincided with my own chemo appointment, inflicting on me a sort of *double peine*, endured silently in body and mind. When I saw him the next time, I was wearing my raspberry polo and he just could not dissimulate his pleasure in seeing me again.

Naturally, I accepted, as demurely as possible, his proposition to share a glass of Chassagne. I would not have refused a tomato juice.

I arrived on time for our appointment at the Lavinia, a wine Mecca, and I saw right away that there was no mistake. Out of the hospital precincts, he was as attractive as I had been imagining and clearly his enthusiasm had not waned. I felt so snug, wedged against the wall and benefitting from a hundred per cent of his attention. He contemplated going for a bottle of quality Burgundy, which he recognized, but we settled for a more humble variety by the glass. We might not have had trouble finishing seventy-five centilitres but certainly both of us would have encountered problems touching and pouring an ice-cold bottle.

nous aurions certainement eu de la difficulté à toucher et à verser une bouteille glacée.

Nous avions échangé des curriculum vitae de nos vies jusqu'alors et, au moment de l'adieu, nous avons identifié un puits d'intérêts communs. L'échange des numéros de portable était inévitable. Il a mis quatre jours avant de mettre l'information à profit. J'avais attendu/espéré quelque chose. Ce n'était pas à moi de le faire. Il était au courant de ma situation familiale. J'ai reçu le message après une réunion du personnel et il m'a rempli de joie. 'Moi aussi' était un euphémisme. Lors du rendez-vous suivant au Lavinia, j'ai commencé à vraiment apprécier le bourgogne blanc et mon mensonge initial a été dépassé, en fait absous. Il a pris mes doigts dans sa main et je n'ai fait aucune tentative de retrait. J'étais parfaitement consciente que j'ouvrais une porte, une porte séminale vers des possibilités exponentielles, potentiellement conséquentes. J'avais beaucoup réfléchi à cette perspective. Je savais que je m'engageais dans une trajectoire qui pouvait être digne d'être lapidée dans certaines 'civilisations', mais ce n'était pas ma principale préoccupation. Je ne voulais pas blesser mon mari. Il n'avait jamais été mauvais envers moi et il était un père bienveillant envers nos enfants. A un certain moment la chimie physique de notre relation s'était désintégrée, sans aggravation. Je n'avais jamais été à la recherche de solutions sexuelles alternatives. Pour la première fois, ma santé, ou plutôt mon manque de santé, avait suggéré qu'il y avait une limite à ma durée de vie, qui avait jusqu'ici semblé ouverte. J'ai fait valoir que je n'enlevais rien à mon mariage — tant qu'il ne le savait pas. Et donc nos doigts sont restés joyeusement enlacés et j'ai signé pour le déjeuner la semaine suivante. Et j'ai pris plaisir au baiser soigneux sur chaque joue, quand il a courtoisement ouvert la porte de ma voiture.

Le restaurant était de mon choix, près d'un des hôpitaux où je travaillais. J'étais à l'aise et de manière palpable heureuse et il m'a fait parler de mon enfance, comment j'étais venue de Saigon à Paris — et à lui. Nous n'avons pas eu beaucoup de temps, certainement pas assez, puisque j'ai dû traverser la ville en métro. Il a choisi de m'accompagner et nous avons mutuellement convenu de ne pas prendre les sièges vides et de nous tenir ensemble, nos imperméables se frottant l'un contre l'autre. Soudain, comme des ados à nouveau, nous nous sommes embrassés; baiser érotique, humide et plein d'envergure, ignorant des

We swapped whistle-stop résumés of our lives to date and in the by-going identified a well of common interests. The exchange of mobile 'phone numbers was inevitable.

He took four days before putting the information to good use. I had been waiting/hoping for some move. It was not for me to pre-empt. He was fully aware of my family status. I picked up the message after a staff meeting and it filled me with joy. 'Me too' was an understatement. At the next Lavinia meeting, I began to really appreciate white Burgundy and my initial falsehood was overtaken, indeed absolved. He took my fingers in his hand and I made no attempt to withdraw. I was perfectly conscious that I was opening a gate, a seminal gate towards exponential possibilities, potentially consequential. I had been thinking a great deal about this turn of events. I knew that I was embarking on a trajectory which could be worthy of stoning in some 'civilizations', but that was not my prime concern. I did not want to hurt my husband. He had never been a bad man towards me and he was a caring father to our children. Somewhere along the line, the physical chemistry of our relationship had disintegrated, without aggravation. Nevertheless, I had never been actively looking for alternative sexual solutions. For the first time, my health, or rather my lack of health, suggested that there was a limit to my life span, which had hitherto appeared open ended. I argued that I was not taking anything away from my marriage just as long as he did not know. And so my fingers stayed happily entwined and I signed on for lunch the following week. And I took pleasure from the careful kiss on each cheek, when he courteously opened the door of my car.

The restaurant was my choice, near one of my hospitals. I was comfortable and palpably happy and he got me to tell him about my childhood and how I came from Saigon to Paris — and him We did not have much time, certainly not enough, since I had to cross town in the Metro. He elected to accompany me and we mutually agreed to shun the empty seats and stand together, our raincoats brushing one another. Suddenly, like teenagers again, we were kissing; full scale, wet, erotic kissing, oblivious to our fellow passengers. Obviously, we had crossed a fresh threshold. I tore myself away from him outside

autres passagers. Évidemment, nous avions franchi un nouveau seuil. Je me suis arraché à lui à la station de métro Pyramides et je me suis armée pour ne pas regarder en arrière alors que je me dirigeais vers la clinique. Il avait glissé une enveloppe dans ma poche, mais j'avais décidé de ne pas la regarder avant que mon travail ne soit terminé. J'étais déjà en retard pour mes consultations, et j'étais comme une enfant, gardant pour plus tard la cerise sur le gâteau. Je n'avais pas non plus regardé le message SMS, qui est arrivé lorsque j'ai écouté mon premier patient, mais j'ai deviné de qui il venait et je me suis sentie heureuse comme je ne l'avais pas été depuis des années. Le soir, j'ai eu le temps de lire et de relire son petit poème et je pouvais répondre sans hésitation qu'il m'avait manqué tout l'après-midi.

Nous nous sommes ensuite rencontrés sur une base professionnelle lorsque Xavier a eu une autre séance de chimiothérapie. De façon folle, bien que pleinement consciente qu'il n'était pas doté d'une vision à rayons X, j'avais mis mes sous-vêtements les plus sexy. Nous avons gardé nos sentiments sous contrôle, mais fixé une date pour le dîner quelques (longs) jours plus tard. J'ai monté un alibi convaincant avec des collègues de l'hôpital sans le moindre soupçon de culpabilité. Nous ne mangions pas beaucoup, car nous n'avions pas beaucoup de temps et nous étions tellement occupés à nous déclarer notre amour. Nous avons confirmé nos sentiments physiquement dans ma voiture, garée quelque part près de la place d'Italie sur le chemin du retour.

La progression, ou le déclin, au nirvana du confort d'une chambre était devenu inévitable, même si j'avais peur de briser le charme. Des royaumes nouveaux et insondables de désir physique étaient apparus à la surface. Deux jours avant notre rendez-vous dans un hôtel convenable, j'ai trouvé une enveloppe sur le pare-brise de ma voiture et ma première pensée, reçue comme un coup de poing à l'estomac, était qu'il arrêtait. Je l'ai puni, légèrement, pour mes cinq secondes de souffrance, en lui envoyant un message texte aussi bref que possible.

Le lit s'est avéré fabuleux. Dans la petite salle de bain, je me suis accroupie dans la baignoire et, pour la deuxième fois de la journée, je me suis assurée d'être parfaitement propre. J'ai laissé la lumière allumée dans la salle de bain et elle n'a permis qu'un éclairage indirect de la pièce lorsque j'ai émergé dans ma culotte et rapidement glissé sous les couvertures et dans ses bras. Je n'avais jamais senti des mains

Pyramides Metro station and I steeled myself not to look back as I headed for the clinic. He had slipped an envelope into my pocket, but I decided not to look at it until after my work was finished. I was already running late for my consultations, and was like a child, hoarding the icing on the cake. Nor did I look at the SMS message, which came in as I listened to my first patient, but I guessed who it was from and felt as happy as I had felt in years. In the evening, I had time to read and reread his small poem and could reply without hesitation that I had missed him all afternoon.

We next met on a professional basis when Xavier had a further chemo session. Crazily, although fully aware that he was not endowed with x-ray vision, I put on my most sexy underwear. We kept our feelings in check, but fixed a date for dinner a few (long) days later. I put together a convincing alibi with hospital colleagues without the slightest brush of guilt. We did not eat very much, since we did not have masses of time and we were so busy declaring our love for each other — verbally. We confirmed our feelings physically in my car, parked somewhere near the place d'Italie on my way home.

Graduation, or decline, to the nirvana comfort of a bedroom became inevitable, even if I was scared of breaking the spell. New, unfathomed realms of physical hunger had come to the surface. Two days before our appointment in a suitable hotel, I found an envelope on the windscreen of my car and my first thought, which sent my stomach to my ankles, was that he was calling off. I punished him, lightly, for my five seconds of suffering by sending him as sententiously brief a text message as I could muster.

'Bed' turned out to be fabulous. In the small bathroom, I squatted in the bath tub and for the second time in the day made sure I was pristine clean. I left the light on in the bathroom and it afforded only indirect lighting to the room as I emerged in my panties and quickly slipped under the covers and into his arms. I had never felt hands caressing me like this before — thorough, soft, firm, sure, caring the

me caresser comme ça auparavant — minutieux, doux, ferme, sûr, attentionné de la meilleure manière que j'aurais pu imaginer. En fait, même si je connaissais la puissance de mon désir, je n'avais pas rêvé que cela puisse être si bon.

Il convient également de noter que, s'efforçant de sortir la chambre de l'anonymat total, le décorateur de l'hôtel avait accroché au-dessus du lit une copie de l'un des gribouillis les plus connus de Joan Miro. Plus tard, j'ai identifié l'œuvre (*Le Poisson chantant*) et par la suite n'ai eu aucune difficulté à obtenir moi-même une reproduction, que j'avais encadrée et accrochée dans ma propre chambre. J'avais aussi acheté un livre au cas où mon mari m'aurait interrogé sur mon intérêt soudain pour le peintre catalan. J'ai choisi de ne pas le dire à Xavier à ce moment-là, de peur qu'il n'ait pu conclure que mon esprit était ailleurs alors que je le chevauchais.

Par la suite, nous avons choisi d'aller à son appartement et nous nous sommes embarqués sur un chemin magique d'amour secret, que j'espérais aveuglément ne jamais voir finir.

*

Pendant plus d'un an j'ai vécu une histoire d'amour presque ininterrompue, clandestine et passionnée.

Nous avons réussi à nous voir très souvent, aussi souvent que notre charge de travail et notre secret le permettaient, mais pas assez pour émousser notre désir de nous voir davantage. Les redoutables vacances d'été sont à nouveau arrivées avec la séparation infligée, heureusement légèrement compensée par le plaisir potentiel de montrer à mes enfants les joyaux de la Méditerranée. La veille de notre départ, quatre- vingt dix pour cent des bagages étaient emballés et j'ai perdu mon portable. Je m'étais fait voler mon téléphone une fois avec mon sac à main, arraché de la voiture, mais je n'avais jamais perdu mon téléphone en quinze ans. Et je vivais de ça professionnellement, et, plus important, c'était mon lien permanent avec Xavier. Bêtement, je n'avais pas écrit son numéro et dans l'espace minuscule de temps avant de partir ne pouvait même pas l'avertir de la perte. J'ai essayé le bureau d'un de nos amis communs, mais on m'a informé qu'il était en vacances et évidemment son numéro de téléphone mobile avait aussi été perdu.

Le temps était parfait comme il aurait dû être pour la saison et Venise aussi magique que je l'avais connue, mais ... Mais tout le temps,

best way I could have imagined. In fact, although I knew the strength of my desire, I had not dreamed that it could be so good.

It should also be noted that, endeavouring to shift the place one inch from total anonymity, the hotel decorator had hung above the bedstead a copy of one of the better known Joan Miro squiggles. I later identified the piece (*Le poisson chantant* or The singing fish) and subsequently had no difficulty in acquiring a print myself, which I had framed and hung in my own bedroom. I purchased a book as well in case my husband questioned me on my sudden interest in the Catalan painter. I elected not to tell Xavier at the time, in fear that he might have concluded that my mind was elsewhere as I straddled his face.

Thereafter, we chose to go to his apartment and embarked on a magical path of secret love, which I blindly hoped would never end.

*

I experienced more than a year of an almost uninterrupted, clandestine and passionate love affair.

We managed to see each other very often, as often as our work load and secrecy would permit, but not enough to blunt our longing for more of each other. The dreaded summer holidays rolled up again with the inflicted separation, sadly only mildly compensated by the potential pleasure of showing my children the jewels of the Mediterranean. The day before our departure, bags ninety percent packed, I lost my cell phone. I have had my phone stolen once with my hand bag, snatched from the car, but I had never lost my phone in fifteen years. And I lived off it professionally, and, more importantly, it was my permanent link to Xavier. Idiotically, I had not written down his number and in the tiny space of time before setting off could not even warn him of the loss, I tried the office of one of our mutual friends, but was informed that he was on holiday and obviously his mobile number was lost as well.

The weather was perfection as it should have been for the season and Venice as magical as I had known it, but ... But all the time, walking

marchant dans ses rues étroites, derrière mes sourires, partageant avec mes filles, j'étais rongée par son absence et l'imaginait envoyer des messages énigmatiques vers nulle part et grimpant aux rideaux dans une angoisse infondée. Sur le bateau, le temps a traîné pendant que je travaillais mon bronzage, surtout pour ses yeux et son approbation. Nous sommes revenus un jeudi et j'avais hâte de retourner à l'hôpital, où je savais qu'il appellerait, et tout pourrait revenir à la 'normale', si notre relation pouvait être ainsi appelée.

Notre joie mutuelle fut de courte durée. Le samedi, je suis allée voir ma mère veuve — pratique normale. Son accueil a été froid.

«Nous avons quelque chose à nous dire. Quelque chose de grave.»

Ma première pensée était que cela avait à voir avec sa santé, même si ses paroles et son ton ne correspondaient pas tout à fait à ce scénario. Nous nous sommes assises, moi sur le canapé et ma mère dans une chaise droite pour son dos. J'ai attendu.

«Tu as un amant.» Pas une question — une affirmation. Avant que je puisse formuler une observation, elle a poursuivi. «N'essaye pas de le nier. J'ai tous les faits, tous les détails, malheureusement. J'ai engagé un détective.»

J'ai réalisé en parlant que mon téléphone n'avait pas été perdu, mais volé. Je me sentais à bout de souffle, luttant entre la peur et l'indignation. Je n'avais pas vu le visage de ma mère comme cela, avec un froncement de sourcil si dur, pendant de nombreuses années, pas depuis avant mon mariage. Il est clair qu'il n'y avait pas la moindre lueur d'espoir quant à la possibilité d'une quelconque entente entre deux femmes adultes. J'ai attendu, en silence. Le déni aurait été inutile.

«Tu n'as rien à dire?»

J'ai regardé son regard implacable et accusateur. Je ne me suis pas excusé. «Je ne le pense pas.»

«Il faut que cela cesse. Maintenant. Tu ne dois plus jamais revoir cet homme.»

«N'est-ce pas ma responsabilité de prendre cette décision?» Ai-je demandé.

«Non! Ta responsabilité est envers ta famille.»

«Je n'ai pas abandonné ma famille. Je suis une bonne mère. Mais je ne suis plus amoureuse de mon mari.»

its narrow streets, behind my smiles, sharing with my girls, I was eaten up with missing him and imagining him sending enigmatic messages to nowhere and climbing the wall with unfounded angst. On the ship, the time dragged by as I worked on my tan, especially for his eyes and approval. We returned on a Thursday and I could not wait to get back to the hospital, where I knew he would phone, and everything could revert to 'normal', if our relationship could be so termed.

Our mutual joy was short-lived. On the Saturday, I went to see my widowed mother — standard practice. Her welcome was cold.
"We have something to talk about. Something grave."
My first thought was that it had to do with her health, even if her words and tone did not quite fit that scenario. We sat down, me on the sofa and my mother in an upright chair for her back. I waited.

"You have a lover." Not a question — a statement. Before I could come up with any observation, she continued. "Don't try and deny it. I have all the facts, the details, sadly. I hired a detective."

I realized as she spoke that my telephone had not been lost, but stolen. I felt short of breath, battling between fear and indignation. I had not seen my mother's face like that, with so hard a frown, for many years, not since before my marriage. There was clearly not the slightest chink of hope in the direction of any understanding whatsoever between two adult women. I waited, in silence. Denial would have been pointless.
"You have nothing to say?"
I looked at her unrelenting, accusatory stare. It did not cross my mind to apologize. "I don't think so."
"It must stop. Now. You must never see that man again."

"Is it not my responsibility to make that decision?" I ventured the question.
"No! Your responsibility is to your family."
"I have not abandoned my family. I am a good mother. I am just not in love with my husband anymore."

«Cela n'a aucune importance. Tu es mariée. Point final!» Ma mère, la colère sur tout son visage, s'arrêta pour porter son dernier coup. «Tu dois me promettre de ne plus jamais le revoir.»

«Je dois avoir le temps d'y penser.» Comment pouvais-je faire une promesse qu'une partie de moi ne pouvait pas tenir? J'avais aussi besoin de temps pour réfléchir aux stratégies possibles et à leurs conséquences. Mais ma mère n'allait pas abandonner.

«Je veux ta promesse maintenant. J'ai vu les photos», a-t-elle ajouté.

Sur mon téléphone, il y avait des photos accablantes : Xavier et moi collés ensemble dans un restaurant, pris par un serveur, et deux photos de moi sans vêtements, qui ont dû être prises par une tierce partie!

Ma mère pouvait-elle envisager de les donner à son gendre? Pouvais-je la bluffer et faire valoir mes propres droits en tant que femme mûre et médecin respecté — au début du vingt-et-unième siècle? Il ne m'est pas venu à l'esprit de révéler mon cancer, que j'avais caché à tout le monde sauf, paradoxalement, à mon mari, bien qu'il ne m'ait pas vu complètement nue depuis longtemps.

«Je promets,» ai-je dit, sans conviction avec l'intention de gagner du temps, et pour la première fois de ma vie, j'ai senti une vague de haine envers ma mère.

*

J'ai rompu ma promesse après seulement quelques jours. Après tout, nous pouvions difficilement nous arrêter entre ciel et terre; nous avons dû organiser un atterrissage... Ma mère a soulagé ma conscience en gardant les détectives sur mon dos dans une démonstration claire de son manque de confiance en moi. Appelez ça une histoire de poule et d'œuf si vous voulez. Xavier s'est adapté au subterfuge comme un poisson dans l'eau, inventant des codes et des courriers espions comme une taupe de la guerre froide, soudainement activée. Je me suis demandé à un moment donné si cela lui avait apporté une valeur ajoutée.

Après notre échappée belle au Novotel, nous sommes passés à un niveau de secret encore plus élevé (ou plus bas), nous rencontrant dans des lieux entièrement nouveaux et à des moments différents. J'ai négocié un changement d'horaire avec mon hôpital principal et j'ai échangé mes gardes de nuit avec mon collègue, qui était au courant de notre relation. On ne marchait jamais ensemble dans les rues les plus

"That is of no consequence. You are married. Full stop." My mother, anger all over her face, paused to deliver her final blow. "You must promise to me never to see him again."

"I must have time to think about that." How could I make a promise which part of me could not keep? I also needed time to work out the possible moves and their consequences. But my mother was not going to give up.

"I want your promise now. I have seen the photographs;" she added.

On my phone, there were some damning shots: Xavier and I jammed together in a restaurant, taken by a waiter, and two photos of me with no clothes on, which had to have been taken by a third party! Could my mother contemplate giving those to her son-in-law? Could I call her bluff and assert my own rights as a mature woman, and a respected doctor of medicine — in the early years of the twenty-first century? It did not cross my mind to reveal my cancer, which I had concealed from everyone except, paradoxically, my husband, although he had not seen me completely naked for a long time.

"I promise," I said, without conviction and with the intent of gaining time, and for the first time in my life I felt a wave of hatred towards my mother.

*

I broke my promise after only a few days. After all, we could hardly stop in mid-air; we had to organize a landing ... My mother eased my conscience by keeping the detectives on my back in a clear demonstration of her lack of trust in me. Call it a chicken-and-egg situation, if you like. Xavier took to increased subterfuge like a duck to water, inventing codes and mail drops like a cold war mole, suddenly activated. I wondered at one point whether it created added value for him.

After the near shave at the Novotel, we moved into an even higher (or would it be 'lower') level of secrecy, meeting in entirely new places and at different times. I negotiated a change of schedule with my main hospital and swapped night duty with my colleague, who was aware of our relationship. We never walked the remotest street together. Xavier, with my full encouragement, trailed me (unawares) on several

reculées. Xavier, avec ma bénédiction m'avait suivie (à l'improviste) à plusieurs reprises et avait conclu que le grand homme avait été retiré de l'affaire à coup sûr et qu'il avait été incapable d'identifier un remplaçant — homme ou femme. Cependant, nous étions encore espionnés. Mon ordinateur avait été piraté. J'avais reçu des textos sur mon téléphone, faisant des observations sur nos rendez-vous. Ils étaient ambivalents et je ne savais pas si ma mère était complètement au courant. C'était très inquiétant pour moi et nous forçait à réduire drastiquement la fréquence de nos rencontres — la dernière chose que je voulais vraiment faire. Nous sommes arrivés à la conclusion que la prochaine étape serait le chantage, avec la menace de contourner ma mère et d'aller directement à mon mari.

Xavier a demandé l'aide d'un ami, officiellement en marge de l'Agence de Renseignement Française. Sur ses conseils, il a acquis un nouveau téléphone cellulaire pour moi au bureau de poste et dédié à un seul numéro — son téléphone. Sans pollution par un autre numéro apparaissant sur nos téléphones officiels, aucun logiciel, aussi sophistiqué soit-il, ne pouvait percer cette connexion. L'ami avait également signalé que le numéro de téléphone derrière les messages menaçants était également une carte SIM de bureau de poste et enregistrée au nom de Monsieur Nobody, 100 Champs Elysées, et achetée trois semaines plus tôt dans le huitième arrondissement.

Nous pensions que la meilleure façon de dégonfler le maître-chanteur était d'anticiper son prochain mouvement, qui serait probablement de prévenir ma mère, comme une première étape — avant d'aller vers la jugulaire. Évidemment, c'était à moi d'aborder la question à l'heure de mon choix. J'avais un atout à jouer, que Xavier ignorait, même s'il avait ses soupçons et ses inquiétudes. Il s'inquiétait de tout, alors je l'avais dissimulé.

J'ai déjeuné régulièrement avec ma mère, lui donnant un double plaisir : ma présence et la certitude que je n'étais plus avec 'cet homme', duquel elle (à juste titre) soupçonnait que j'étais encore amoureuse. Nous étions assises, prêts à commencer notre déjeuner.

«Mère.»

Elle leva les yeux, son visage exprimant clairement qu'elle avait deviné d'une minuscule intonation de ce seul mot ordinaire, que ce qui allait suivre allait être fondamental.

occasions and concluded that the large man had been taken off the case for sure and that he had been unable to identify a substitute — man or women. However, we were still spied upon. My computer had been hacked into for certain. I received text messages on my phone, making observations about our continuing rendezvous. They were ambivalent and I had no idea whether my mother was being kept fully in the picture. It was most disquieting for me and forced us to reduce drastically the frequency of our encounters — the last thing I really wanted to do. We reached the conclusion that the next step would be blackmail, with the threat of by-passing my mother and going straight to my husband.

Xavier sought the help of a friend, officially on the edge of the French Intelligence Agency. On his advice, he acquired a new substitute cell phone for me at the post office and dedicated to only one number — his phone. With no pollution via any other number appearing on our mainstream phones, no software, however sophisticated, could break into this connection. The friend also duly reported that the telephone number behind the menacing text messages was also a post office SIM card and registered 'teasingly' in the name of Monsieur Nobody, 100 les Champs Elysees, and purchased three weeks before in the eighth arrondissement.

We argued that the best way to deflate a blackmailer would be to pre-empt his/her next move, which would probably be to tip off my mother, as a first step — before going for the jugular. Obviously, it would be up to me to tackle the question at my chosen time. I had an Ace card to play, which Xavier was unaware of, even if he had his suspicions and his worries. He worried about everything, so I had been dissembling.

I lunched regularly with my mother, giving her a double pleasure: my presence and the certainty that I was not with 'that man', with whom she (rightly) suspected I was still in love. We were sitting down, poised to start our lunch.

"Mother."

She looked up, her face clearly conveying that she had guessed from some tiny intonation of that single, ordinary word, that what would follow was going to be fundamental.

«J'avais remis ceci à plus tard, pour éviter de te donner des soucis supplémentaires.»

«Que se passe-t-il?» A-t-elle interrompu, anxieusement. Elle aurait pu s'imaginer que je lui dirais que j'étais enceinte — du mauvais père. Je n'étais pas au-delà de l'âge de procréation.

«J'ai un cancer; cancer du poumon. Pour la deuxième fois.» J'ai continué, regardant son visage se décomposer, et elle se préparait à se lever. «Je ne t'en ai pas parlé la première fois. Cela t'aurait donné des soucis supplémentaires et tu en avais assez avec la santé de mon père. Et parfois, même le cancer du poumon peut disparaitre. J'ai été en rémission, mais c'est fini maintenant et je sais que cette fois sera fatale.»

Ma mère était derrière moi, serrant mes épaules et je pouvais sentir l'humidité chaude de ses larmes sur mon cou.

«Je suis désolée», a-t-elle murmuré dans mes cheveux.

Évidemment, ce fut un coup dévastateur. N'importe quelle mère serait abasourdie et le cœur brisé. Nos émotions étaient à leur plus haut niveau, mais, regardant aveuglément ma salade intacte, j'avais encore un coin de mon esprit assez lucide pour me demander à quel point, éventuellement, le 'désolé' était aussi pour avoir fait tout son possible pour saboter ma relation avec Xavier.

«Combien de temps?» L'ai-je entendu demander à travers son chagrin.

«Reste à courir? Tu sais que c'est ma spécialité, mais il n'y a pas d'heure fixée. Six mois? Deux ans? Tout dépend de la façon dont les médicaments et la radiothérapie fonctionnent sur moi. Je peux encore travailler pour le moment.» J'étais plus à l'aise sur le plan technique. Je n'avais pas l'intention en cette première occasion d'évoquer ma principale raison de vivre. Je comptais laisser ma mère y réfléchir et peut-être arriver à la conclusion que je voulais vraiment.

« Mon Dieu!» Je ne savais pas si c'était simplement une expression de sa confusion ou un appel au Tout-Puissant — ma mère était une catholique avec un certain degré de foi. C'était à mon tour de la réconforter. C'était elle qui était écrasée par la surprise. Elle semblait soudainement plus petite — son autorité naturelle s'était évaporée dans l'instant. Pendant les minutes qui ont suivi, j'ai failli abandonner Xavier pour apaiser son chagrin, mais je me suis ravisée. Les problèmes n'étaient pas du même ordre, j'avais besoin de lui pour mon propre 'salut' et il me faisait confiance au-delà de toute mesure.

"I have been putting this off, to avoid giving you extra worries."

"What has happened?" She interjected, anxiously. She might have been anticipating that I would tell her that I was pregnant — with the wrong father. I was not beyond the age of procreation.

"I have cancer; lung cancer. For the second time." I pushed on, watching her face decompose, and her preparing to stand up. "I did not tell you about it the first time. It would only have caused you extra worry and you had enough with my father's health. And sometimes, even lung cancer has been known to go away. I have been in remission, but it's over now and I know this time will be fatal."

My mother was behind me, hugging my shoulders and I could feel the hot dampness of her tears on my neck.

"I'm so sorry," she mumbled into my hair.

Obviously, it was a devastating blow. Any mother would be stunned and heart-broken. Our emotions were at their highest pitch, but, staring blindly at my untouched salad, I still had a corner of my mind lucid enough to wonder how much, if any, of the 'sorry' was for having done her utmost to sabotage my friendship with Xavier.

"How long?" I heard her ask through her grief.

"To go? You know it is my specialty, but there is no set time. Six months? Two years? Depends on how the medicines and the radiotherapy work on me. I can still work for the moment." I was more at ease on technical ground. I had no intention on this first occasion of bringing up my main reason for living. I would let my mother think that through and perhaps come to the conclusion I dearly wanted.

"My God!" It was not clear whether this was simply an expression of her being confounded or an appeal to the Almighty — my mother was a catholic with a degree of believing. Anyway, it was my turn to comfort her. She was the one that was crushed by the surprise of it. She seemed suddenly smaller — her natural authority evaporated in the instant. During the ensuing minutes, I came quite close to abandoning Xavier to compensate for her grief, but I came round. The problems were not on the same wavelength, and I needed him for my own 'salvation' and he trusted me beyond measure.

J'ai suggéré qu'on mange quelque chose, et pendant qu'on jouait avec la nourriture, on éliminait la carafe de vin blanc.

J'ai par la suite dit à Xavier que j'étais sur le point de neutraliser ma mère, sans lui expliquer comment j'avais procédé. On aurait le temps de lui dire, et je voulais qu'il reste heureux le plus longtemps possible. En fait, elle n'en a plus jamais parlé. Dans ces circonstances, elle s'est résignée et il y avait une entente implicite selon laquelle elle n'interviendrait plus; qu'elle me laisserait seule pour déterminer ce qui était bien ou mal — ou nécessaire — pour moi dans ce qui serait mes dernières années de vie.

Cependant, nous voulions toujours déterrer le maître-chanteur potentiel. Xavier avait bien voulu tendre un piège, un piège très spécifique, en ce sens que vous n'installez pas le même genre de piège pour une souris et un tigre. Les 'commentaires', qui atterrissaient sur mon ordinateur, indiquaient (intentionnellement) que la personne était très au courant de ma localisation et de mes rendez-vous, mais aussi révélaient (peut-être involontairement) une certaine érudition.

Xavier était persuadé que ce n'était pas un employé de l'agence 'égaré', mais quelqu'un de plus proche, peut-être de l'hôpital. Être arrivé à ce stade dans notre affaire pouvait être une énorme coïncidence, ou suggérer que la personne savait que j'avais été suivie de près par une agence de détectives. Il y avait un médecin, Jérémie Patry, qui avait toujours à peine déguisé un béguin pour moi, mais qui, au fil des ans, avait encaissé le fait qu'il n'y avait pas de réciprocité. Il avait sûrement vu Xavier suffisamment souvent pour conclure que nous étions plus que de bons amis, mais je ne lui avais jamais avoué qu'on m'avait suivie. Cependant, Bernard Videau pouvait juste avoir laissé ce fait lui échapper pendant un de leurs déjeuners réguliers — les deux s'entendaient très bien. Et Jérémie était hyper fort en informatique... Mais quel pouvait être son objectif fondamental? Xavier soutenait que personne ne pouvait aller si loin sans forte motivation. Il avait défini quatre possibilités :

Pour me faire du mal gratuitement,

pour m'empêcher de l'aimer,

pour chercher un avantage financier,

pour me 'conquérir'.

Selon Xavier, le premier motif, intrinsèquement lié au second, représentait le réel danger.

I suggested we ate something, and whilst we only toyed with the food, we did eliminate the carafe of white wine.

I subsequently told Xavier that I was on the way to neutralizing my mother, without explaining to him how I had gone about it. There would be time to tell him, and I wanted him to stay happy for as long as it was possible. In fact, she never mentioned the subject. In the circumstances, she became resigned to it and there was an implicit agreement that she would no longer interfere; that she would leave me alone to determine what was right or wrong — or necessary — for me in what would be my last years of life.

However, we still wanted to unearth the potential blackmailer. Xavier duly contrived to set a trap, a very specific trap, in that you don't set the same kind of trap for a mouse and a tiger. The 'comments', which landed on my computer, indicated (intentionally) that the person was very much aware of my whereabouts and my rendezvous, but also disclosed (perhaps unintentionally) a certain erudition.

Xavier became convinced that it was not an employee of the agency gone 'astray', but someone closer, arguably in the hospital. To have come into the picture at this stage could have been a massive coincidence, or suggest that the person knew that I had been under the closest scrutiny of a detective agency. There was a doctor, Jeremy Patry, who had always thinly disguised a crush on me, but who, over the years, had absorbed the fact that there was no reciprocity. He had surely seen Xavier on enough 'random' occasions to conclude that we were more than good friends, but I had never confessed to him that I was being trailed. However, Bertrand Videau just might have let this fact slip out over one of their regular lunches — the two got on very well. And Jeremy was red hot on computer science... But what could be his fundamental purpose? Xavier maintained that nobody would go to these lengths without strong motivation. He defined four possibilities:

To bring me harm, gratuitously,
To stop me from loving him,
To seek financial benefit,
To 'conquer' me.
In Xavier's opinion, the first motive, intrinsically linked to the second, represented the real danger.

S'il s'agissait d'un chantage financier, il croyait que la personne aurait déjà dû commencer à tendre sa main. Et si l'objectif était un jour de me 'conquérir', le candidat n'appuierait pas sur la gâchette et n'informerait pas mon mari. Se pourrait-il que Jérémie, pour la première fois, ait su que j'étais capable d'avoir une liaison extra-conjugale, ait voulu éliminer son rival et ensuite faire sa propre ouverture?

L'idée (même provocant une montée d'adrénaline pour Xavier) était de le nourrir de fausses informations. Mais par qui? Directement à Jérémie ou via Bernard? C'est à ce stade de notre conjecture que Xavier a posé une question surprenante.

«Bernard t'aime bien, n'est-ce pas? Et tu l'aimes beaucoup?»

« Oui, mais il est homosexuel. Il vit avec un homme,» ai-je ajouté avec conviction. «Et tu sais, un soir, il y a trois ans, nous avons dû partager une chambre à New York pour une conférence médicale. Il y avait eu un cafouillage administratif de l'hôpital.»

« Peut-être. Mais tu étais hors limites, même à une distance de cinq pieds. Tu étais apparemment une femme bien mariée, avec deux enfants.»

«Et Bernard aime les femmes maintenant?» L'ai-je interrompu.

«Eh bien,» Xavier a parlé de façon réfléchie, «on entend beaucoup parler de gens qui font leur *coming out* en ce moment, peut-être n'en parlent-ils pas quand c'est dans le sens inverse. Ne l'excluons pas.»

Après cette discussion, malgré ma conviction, j'ai commencé à regarder Bernard sous un jour nouveau. Je ne croyais toujours pas, mais... C'était un homme soigné, svelte, avec des chaussures bien lustrées et une cravate sobre dans les nuances de bourgogne, bien que son terroir préféré fût le bordelais. Pas de quoi faire tourner les têtes, mais une belle apparence — sans doute mieux que Xavier sur le papier. Quand nous avions partagé cette chambre, j'avais été discrète à l'idée d'apparaître à moitié nue autour de la salle de bain et le lit *king-size* pouvait facilement accueillir quatre personnes. Néanmoins, il avait eu toute l'opportunité... Il n'avait pas révélé le moindre intérêt sur le plan sexuel. Cependant, comme Xavier l'a souligné, à ce moment-là, il (à juste titre) supposait que j'étais une épouse fidèle et totalement hors limites. Il n'avait pas osé ruiner notre parfaite relation professionnelle avec une ouverture potentiellement avortée. A présent, il savait que je pouvais être infidèle, pouvait-il devenir follement jaloux de Xavier?

Were it financial blackmail, he believed, the person would have already started to show his hand. And if the objective was one day to win me over, the candidate would not pull the trigger and inform my husband. Might it be that Jeremy, for the first time made aware that I was capable of having an extra-marital affair, wanted to eliminate his rival and then make his own overture?

The idea (with Xavier actually getting an adrenalin hike out of this) was to feed in some wrong information. But to whom? Straight to Jeremy or via Bertrand? It was at this point in our conjecture that Xavier asked a surprising question.

"Bernard likes you, doesn't he? And you like him a lot?"

"Yes, but he is a homosexual. He lives with a man," I added with conviction. "And you know one night, three years ago, we had to share a bedroom in New York on a medical conference. There was some administrative bungle by the hospital."

"Perhaps. But then you were out-of-bounds, even at the range of five feet. You were ostensibly a well-married lady, with two children."

"And Bernard likes ladies now?" I interrupted.

"Well," Xavier spoke thoughtfully, "you do hear a lot about people 'coming out' these days, but they don't make the same fuss about 'going back'. Let's not count him out."

After that discussion, in spite of my conviction, I started looking at Bernard in a fresh light. Still not believing, but considering ... He was a neat man, always trimly turned out, with well-polished shoes and a sober neck-tie in shades of Burgundy, although his preferred *terroir* was Bordeaux. Not a head turner, but good looking — arguably better than Xavier on paper. When we had shared that bedroom, I had been discreet about appearing semi-naked around the bathroom and the king-size bed could have slept four with ease. None the less, he had all the opportunity... He had not revealed the slightest interest along the sexual path. However, as Xavier pointed out, at that time he would have (rightly) assumed that I was a faithful wife and totally off limits. He would not have dared ruin our perfect professional relationship with a potentially abortive opening gambit. Now, he knew that I could be unfaithful and so could he have become insanely jealous of Xavier? Furthermore, we saw each other several times a week and if he had

De plus, on se voyait plusieurs fois par semaine et s'il était tombé amoureux de moi, malgré le fait que je sois une femme, cela avait pu devenir intolérable pour lui. Et la jalousie est la plus forte source d'énergie — possiblement plus forte que l'amour.

Alors comment allais-je procéder pour lui faire baisser la garde? Si c'était lui? Il avait une force particulière (peut-être renforcée par son homosexualité) : il semblait totalement indifférent au fait d'être aimé ou détesté. Il n'avait jamais eu à soupeser une opinion, comme un politicien, pour déterminer comment cela pouvait se passer.

Si j'étais complètement à côté de la plaque, comment allait-il réagir? Il avait une panoplie de choix : de la dérision jusqu'au mépris. Autrefois, nous allions de temps en temps dîner ensemble après le travail, mais pendant ces deux dernières années et demie j'avais eu tendance à réserver toutes les occasions de dîner pour Xavier.

Nous étions seuls, tard à l'hôpital.

« Bernard?»

Il leva les yeux de son écran d'ordinateur comme il le faisait toujours, poussant ses lunettes vers le haut de son nez.

«Il y a longtemps que nous n'avons pas décortiqué le service autour d'un dîner.» Une déclaration, voire question, soigneusement rédigée.

« C'est vrai,» répondit-il, sans rien laisser transparaître de surprise ni de plaisir, encore moins de suspicion.

Je n'avais pas d'autre choix que de poursuivre. «Quand es-tu libre? «

«C'est toi la plus occupée ces jours-ci», a-t-il répliqué avec un sourire agréable et aucun soupçon de critique.

J'ai donc proposé le mardi soir de la semaine suivante, et il a accepté.

*

Notre choix de restaurant était limité, avec deux paramètres déterminants : non loin de l' hôpital (pour éviter un voyage fastidieux) et avec un menu compatible avec les tendances végétariennes.

Bernard n'était pas un végétarien dogmatique, et n'était pas particulièrement sensible à la souffrance animale, mais il aimait avoir un choix autre que du bœuf ou du poisson.

Je l'avais déjà vu au cours de la journée. C'était un nouveau costume ou juste mon imagination?

fallen for me, in spite of me being a woman, it could have become intolerable for him. And jealousy is the strongest source of energy — conceivably stronger than love.

So how would I go about bringing down his guard? If it was him? He had a peculiar strength (perhaps bolstered by his homosexuality); he appeared totally unconcerned about being liked or disliked. He never had to weigh up an opinion, like a politician, to determine how it might go down. If I was completely off track, how would he react? He had an extensive panoply to choose from: derision through to contempt. We had dined together after work from time to time in the old days, but for the last two and a half years I had tended to hoard all dinner opportunities for Xavier.

We were alone late in the hospital.
"Bernard?"
He looked up from his computer screen as he always did, pushing his spectacles back up the bridge of his nose.
"It's been a while since we stitched up the department over dinner." A carefully crafted statement, come question.
"True," he replied, with nothing to convey surprise or pleasure, let alone suspicion.
I had no alternative but to press on. "Have you a couple of dates that might fit?"
"You are the busy one these days," he countered with an agreeable smile and no hint of criticism.
So I proposed the Tuesday evening of the following week, and he agreed.

*

Our choice of restaurant was narrowed down, with two determining parameters: not far from the hospital (avoiding a time-consuming journey) and with a menu compatible with vegetarian tendencies. Bernard was not a dogmatic veggie, and not wound up about animal suffering, but he liked a choice beyond beef and fish.

I had seen him in the course of the day. Was it a new suit or just my imagination?

Son goût pour les costumes variait de gris foncé à gris plus foncé. On s'est assis côte à côte. Le plan de table était ainsi conçu, en tenant compte de l'espace pour le serveur de passer à son aise. Nous avions déjà été assis à la même table, mais pour la première fois, j'ai pensé aux genoux. Nous avons commandé comme à notre habitude deux coupes de champagne et nous nous sommes occupés de nos menus respectifs. Les boissons sont venues rapidement et nous avons fait tinter les flûtes comme c'était notre coutume en tant qu'amis et collègues. Aucun message vocal n'a été formulé. Les acclamations du genre 'santé' ont été évitées.

«Eh bien?» J'ai invoqué une de ces expressions banales, sans orientation.

Bernard regarda dans son verre comme s'il comptait les bulles. «Eh bien?» Et après une pause délibérée, «ce serait exagéré, n'est-ce pas?»

On n'avait pas avancé d'un mètre. De quoi avions-nous déjà parlé dans le même contexte? De santé générale ou de questions spirituelles — si elles peuvent être séparées? D'un autre côté, il ne savait pas que j'avais un cancer. Quoi qu'il en soit, il était devenu évident que les derniers soubresauts de notre département à l' hôpital n'étaient pas au sommet de l'un ou l'autre de nos agendas. Nous avons fait des commentaires sur un incident mineur qui avait eu lieu le matin. Un gâchis administratif qui avait finalement été résolu sans conséquence médicale, mais qui exposait les limites de notre dépendance à l'intelligence artificielle. Cela nous a occupés (inconfortablement) jusqu'au service du premier plat. On s'était mis d'accord sur une omelette aux truffes, accompagné par un bourgogne blanc, ce qui pour moi était un rappel évident de Xavier. Il était inutile de jouer au chat et à la souris jusqu'aux cafés.

«Es-tu heureux, ces jours-ci, Bernard?»

En posant la question, je connaissais une partie de la réponse. Xavier avait eu raison de le soupçonner. J'ai regardé ses mains et je me suis préparé pour sa réponse. Il a esquissé un sourire ironique, non dirigé vers mes yeux — plus au-dessus de mon épaule gauche- mais pour mon bénéfice. Il s'était rendu compte que je savais et cherchait la meilleure carte à jouer. Il a fermé les poings.

«C'est un monde étrange, Tina.»

His taste in suits ranged from dark to darker shades of grey. We sat down side by side. The table plan was so designed, taking into account space for the waiter to pass with comfort. We had been seated at the same table before, but for the first time I thought about knees. We pushed through the classic order for two glasses of champagne and busied ourselves with our respective menus. The drinks came quickly and we clinked the flutes as was our custom as friends and colleagues. No vocal message was forthcoming. 'Cheers and/or *'santé'* were avoided.

"Well?" I summoned up one of those banal *off anywhere* expressions.

Bernard looked into his glass as though he was counting the bubbles. "Well?" And after a deliberate pause, "that would be over-doing it, would it not?"

We had not advanced a single yard. Were we swapping words in the same context? Of general health or of spiritual matters — if they can be separated? On the other hand, he had no idea that I had cancer. Whatever, it had become evident that the latest ups and downs of our department at the hospital were not at the top of either of our agendas. We did none-the-less exchange comments on a minor incident which had taken place in the morning. An administrative bungle which had finally been resolved without medical consequence, but which exposed the limits of our reliance on artificial intelligence. This took us (uncomfortably) up to the delivery of the first dish. We had agreed on omelette with truffles, to be washed down with a white Burgundy, which for me was an obvious reminder of Xavier. There was no point in playing cat and mouse through to the coffees.

"Are you happy, these days, Bernard?"
Asking the question, I knew one part of the answer. Xavier had been right to suspect. I watched his hands and steeled myself for his reply. He produced a wry smile, not directed at my eyes — more over my left shoulder — but for my benefit. He had recognized that I knew and was looking for the best card to lay on the table. He closed his fingers into fists.
"It is a strange world, Tina."

J'ai incliné la tête, mais je n'avais pas l'intention de le secourir. Je restais en haleine. Que devais-je faire si sa jambe bougeait contre moi?

«Cela m'a surpris aussi», a-t-il déclaré avec résignation.

Une partie de moi était désolée pour lui, mais mon principal sentiment était le dégoût. Même s'il avait des sentiments pour moi, faisant de son mieux pour m'aimer de sa façon bizarre, sa tentative sournoise de faire dérailler le couple que je formais avec Xavier était méprisable. Mais je ne pouvais m'en faire un ennemi ; il avait des cartes potentiellement dangereuses. Il pouvait aller de l'avant ou partir en retraite avec des excuses; il ne pouvait pas en rester là. J'ai attendu sa décision avec angoisse.

«Bien sûr, je dois m'excuser pour la méthode,» a-t-il dit d'un air maussade, «mais cela n'a pas été un moment facile pour moi non plus. Est-ce ma faute si je t'aime? Contre tout mon jugement et à contre-courant pour moi?»

La question était peut-être rhétorique, mais j'ai refusé de répondre et il a insisté.

«Je te vois si souvent depuis des années et nous sommes devenus bons amis. Quand nous avons partagé cette chambre à New York, je n'étais pas prêt et, de toute façon, je ne pouvais pas prendre le risque d'un échec, qui aurait ruiné notre relation professionnelle. Maintenant, je sais que tu n'es pas la parfaite épouse et que tu devrais être avec moi.» Sa tête penchée vers la nappe, mais sa main droite se déplaçait vers moi.

«Je suis amoureuse de Xavier,» ai-je laissé échapper pour l'arrêter.

« Mais tu ne savais pas non plus que j'étais disponible.»

Sur la voie de devenir un professeur, il se considérait clairement au-dessus d'un journaliste. Je secouai la tête dans le déni quand le serveur posa les omelettes devant nous. J'enregistrai automatiquement leur arrivée, mais n'avais aucune intention de manger quoi que ce soit.

Bernard a posé sa fourchette sur son omelette. «Penses-y. Tu ne peux plus le voir.»

Chantage. Du chantage pur et dur! Je devais partir, trouver l'air frais. J'ai sorti deux billets de cinquante euros de mon sac et je les ai mis sur la table. «Cela devrait couvrir le champagne et les omelettes,» ai-je annoncé en quittant la table. Je ne me suis pas retournée pour

I inclined my head, but had no intention of bailing him out. I sat on tenterhooks. What should I do if his leg moved against me?

"It came as a surprise to me as well," he stated with resignation.

One part of me felt sorry for him, but my over-riding sentiment was one of disgust. Even if he felt emotion for me, doing his best to love me in his oblique way, his underhand attempt to derail Xavier and I was despicable. But I could not make an enemy of him; he held potentially damaging cards. He could go forward or retreat with apologies; he could not stay put. I awaited his decision with anguish.

"Of course, I must apologize for the method," he spoke glumly, "but it has not been an easy time for me either. Is it my fault that I love you? Against all my better judgment and against the grain for me?"

The question was perhaps rhetorical, but I declined to answer and he pushed on.

"I have seen you so often for years now and we have become good friends. When we shared that room in New York, I was not ready and anyway I could not take the risk of a put down, ruining our professional relationship as well. Now I know you are not the perfect housewife and you should be with me." His head was facing downwards towards the tablecloth but his right hand was moving across towards me.

"I am in love with Xavier," I blurted out to stop him in his tracks. "But you did not know that I was available either."

On the way to becoming a Professor, he clearly considered himself above a journalist. I was shaking my head in denial when the waiter put the omelettes down in front of us. I automatically acknowledged their arrival but had no intention of eating anything.

Bernard placed his fork on his omelette. "Please think about it. You won't be able to see him anymore."

Blackmail. Unadulterated blackmail! I needed to get away; find fresh air. I pulled two fifty Euro notes out of my purse and laid them on the table. "That should cover the champagne and the omelettes," I announced, leaving the table. I did not turn round to register the

voir l'expression sur son visage. Il ne fit aucune tentative pour me suivre. Dehors, j'avalais l'air frais comme si je m'étais noyée et tâchais de ralentir mon rythme cardiaque. Qu'est-ce que j'avais fait? Je n'avais pas été intelligente du tout, dépassée par l'émotion — la surprise et la haine. Je devais le dire à Xavier.

*

Bien sûr, il fut plus que compréhensif.

«Comment pouvais-tu rester, mon petit amour?»

«J'aurais pu découvrir ses intentions. Ses intentions pratiques... Je l'ai juste contrarié; je l'ai laissé, humilié, avec deux portions d'omelette.»

«Il serait intéressant de savoir s'il les a mangées,» demanda Xavier, souriant, dans une tentative vaine de faire baisser le niveau de tension — sans succès.

«Que dirons-nous ou ferons-nous lors de notre prochaine rencontre à l'hôpital?»

«Rien. Continue comme si vous n'aviez jamais dîné ensemble. Il pourrait aller dans les deux directions. Il pourrait admettre qu'il a complètement fait fausse route; admettre la défaite et fermer ce chapitre. Son humiliation n'a pas eu d'autres témoins que des serveurs, et il n'aura jamais besoin de retourner dans ce restaurant. D'un autre côté,» Xavier a parlé très calmement, «il pourrait chercher la vengeance. Contacter ton mari… allumer un feu … et nous ne pouvons rien y faire.»

«Je pourrais.»

«En couchant avec lui.» Xavier secoua la tête et serra mes deux mains. «Combien de fois? Tu es folle! Le tuer serait une meilleure idée. Je ne suis pas à l'aise avec le sang, mais tu as accès au poison.»

J'ai dû montrer mon étonnement, mon incrédulité.

«C'étaient de vaines conjectures, Tina. Nous sommes peut-être des pécheurs, mais nous ne sommes pas du genre à tuer — même si une mort lente et douloureuse serait ce qu'il mérite.»

«Eh bien, peut-être devrais-je anticiper? Informer mon mari.» Je savais que je n'avais jamais utilisé son prénom quand je parlais à Xavier. Cela avait commencé accidentellement, mais j'étais consciente

expression on his face. He made no attempt to follow me. Outside, I gulped down the fresh air as if I had been drowning and endeavoured to slow down my racing heart-beat. What had I done? I had not been clever at all, overtaken by emotion — surprise and hatred. I had to tell Xavier.

*

Of course, he was more than understanding.

"How could you stay, my little love?"

"Well, I could have found out his intention. His practical intentions ... I just antagonized him; left him humiliated with two portions of omelette."

"It would be interesting to know if he ate them," Xavier, smiling, tried to bring down the tension level— unsuccessfully,

"What will we say, or do, when we next meet at the hospital?"

"Nothing. Carry on as though you never dined together. He could go two ways. He could admit that he was totally off course; admit defeat and close down the chapter. His humiliation had no witnesses, other than waiters, and he need never return to that restaurant. On the other hand," Xavier spoke very quietly, "he could seek revenge. Contact your husband ... just light a bonfire ... And we can do nothing about that."

"I could."

"By going to bed with him." Xavier shook his head and squeezed my two hands. "How many times? You crazy girl! Murdering him might be a better idea. I am not good around blood, but you have access to poison."

I must have shown my bewilderment, disbelief.

"It was idle conjecture, Tina. We may be sinners, but we are not the murdering type — even if a slow and painful death would be his just desert."

"Well, maybe I should be pre-emptive? Tell my husband." I was aware that I never used his Christian name when I was talking to Xavier. It had started out accidentally, but I was conscious that it had

que c'était devenu une stratégie, un petit obstacle. Mais qui était protégé?

Xavier secoua la tête. «Je ne vois aucun avantage à cela. Premièrement, Bernard pourrait ne pas choisir d'emprunter cette voie, ce qui pourrait causer des dommages pour rien. Et ensuite, que tu lui dises ou qu'il l'apprenne par Bernard, y aurait-il une différence majeure? Quoi qu'il en soit, il serait furieux, et j'ai peur qu'il t'interdise de me revoir.»

«Je ne lui appartiens pas.»

« Non, Dieu merci. Mais cela ne faciliterait pas les choses.»

Je ne pouvais pas dire à Xavier que si je me confessais à mon mari, je l'informerais en même temps de mon cancer ressuscité. Et cela changeait la donne!

*

Il s'avéra que le conseil de Xavier était bon.

Quand je croisai Bernard la fois suivante (dans un couloir de l'hôpital), je tremblais intérieurement, mais il me salua de sa façon désinvolte habituelle, comme si notre dîner n'avait jamais eu lieu. Deux semaines plus tard, il était également clair que les messages et les appels téléphoniques avaient cessé. Bernard était peut-être redevenu homosexuel? Évidemment, notre relation ne serait plus jamais tout à fait la même, mais elle revint plus ou moins à son point de départ, et de toute façon, je savais que mon temps était compté. Bientôt, je devrais annoncer la nouvelle à Xavier et il n'y aurait pas de bon côté à cette journée nuageuse.

become a strategy, a little barrier. But who was being protected?

Xavier shook his head. "I can see no gain in that. Firstly, Bernard may not choose to go down that road, so it could cause damage for nothing. And then whether you told him or he learned about us by way of Bernard, would there be a major difference? Either way, he would be hugely upset, and I am just terrified he might forbid you to see me ever again."

"He doesn't own me."

"No, thank goodness. But it would not make things easier."

I could not tell Xavier that if I confessed to my husband, I would inform him about my revived cancer at the same time. And that would have to be a game changer!

*

It transpired that Xavier's advice was good advice.

When I next crossed paths (in a corridor of the hospital) with Bernard, I was inwardly trembling, but he raked up one of his usual flippant greetings, just as though our dinner had never taken place. After two more weeks, it was also clear that the messages and phone calls had ceased. Perhaps Bernard had settled back into homosexuality? Obviously, our relationship would never be quite the same, but it was back in the original box, and anyway I knew my time was running out. Soon I would have to break the news to Xavier and there would be strictly no silver lining on that cloudy day.

MON HISTOIRE ENCORE

Bien sûr, son cancer revint — il n'avait jamais vraiment abandonné. Je voulais tellement que ce soit moi, mais les Dieux ne l'avaient pas décidé ainsi. Quarante-cinq autres séances de radiothérapie ont été prescrites. Tina pouvait les prescrire elle-même; elle connaissait la pathologie à la perfection. Elle sut également analyser le résultat, bien qu'elle continuât à faire semblant avec sa famille, à l'exception de sa mère. Avec moi, elle ne pouvait pas cacher les choses. Comme la première fois, avec la chimiothérapie, elle choisit d'être traitée dans une clinique où elle n'était pas connue, essayant de continuer à travailler aussi normalement que possible. Le petit plus était que je réussissais à la voir presque tous les jours, comme je pouvais écrire mes articles pendant la nuit. Je priais pour elle (et pour moi) à ma manière agnostique, alors qu'elle gisait dans le bunker, bombardée de particules radioactives.

C'est plus tard, lorsqu'elle fut hospitalisée pour une intervention chirurgicale, que je vis pour la première fois sa famille.

Ils devaient venir plus tôt et auraient dû être partis quand je m'approchai de sa chambre.

J'avais la main sur la poignée de porte, quand j'entendis leurs voix, parlant vietnamien, dans cette octave plus élevée. Je me retirai dans la salle d'attente au bout du couloir. C'était une zone ouverte et je trouvai un siège vide qui offrait une vue sur le couloir. Je dois avouer que j'étais curieux de voir ces personnes, qui partageaient une autre partie de la vie de Tina — la partie officielle, avec logiquement environ quatre-vingt-dix pour cent du temps. Une vingtaine de minutes plus tard, ils sortirent, d'abord les filles et, juste derrière, son mari. En partie caché par mon journal, je les regardais passer, avec seulement trois ou quatre mètres entre nous. J'aurais pu les embrasser – même le père. Nous partagions un amour commun à notre manière, si différente mais pas conflictuelle. Et surtout, nous partagions la tristesse; c'était sur le visage des filles. Comment ces enfants pouvaient-ils s'accrocher à un monde où leur mère, un médecin, était prise pour cible à un

MY STORY AGAIN

Of course, her cancer came back — it had never really given up. I so much wanted it to be me, but the Gods were not having it that way. Another forty-five sessions of radiotherapy were prescribed. Tina could have prescribed them herself; she knew the pathology to perfection. She also recognized the outcome, although she kept up the pretence with regard to her family, with the exception of her mother. With me, she could not hide things. As on the first time around, with the chemotherapy, she elected to be treated in a clinic where she was not known, attempting to continue to work as normally as possible. The tiny plus point was that I contrived to see her almost every day, as I could write my articles during the night. I prayed for her (and for me) in my agnostic way, as she lay there in the bunker, bombarded with radioactive particles.

It was later, when she was hospitalized for surgery, that I first caught sight of her family.

They were scheduled to visit earlier and should have been gone when I approached her room.

I had my hand on the door handle, when I heard their voices, speaking Vietnamese, in that higher octave. I withdrew to the waiting room at the end of the corridor. It was an open area and I found an empty seat which afforded a view back down the corridor. I must admit that I was curious to see these people, who shared another part of Tina's life — the official part, with logically about ninety percent of the time share. Some twenty minutes later, they came out, first the girls and, just behind, her husband. Partly concealed by my newspaper, I watched them pass by, with only three or four metres between us. I could have hugged them — even the father. We shared a common love in our own so different but not conflicting way. And most of all we shared the sadness; it was on the girls' faces. How could these children get to grip with a world where their mother, a doctor, is singled out at an early age for a fatal disease and plucked out of their

jeune âge par une maladie mortelle et arrachée de leur vie ? D'un autre côté, tous les trois m'auraient détesté. Aucune explication ne pouvait effacer mon péché fondamental : aimer, séduire, détourner madame Nguyen. Ils auraient voulu m'arracher les yeux, au minimum. Cela aurait été un soulagement de déverser leur colère sur quelqu'un, de toute façon. J'eus juste le temps d'observer une ressemblance chez les filles, particulièrement chez l'aînée. Elle avait les pommettes saillantes, plus, évidemment, les cheveux foncés et les autres caractéristiques asiatiques classiques.

Je poussai la porte doucement. Tina regardait vers le plafond, hébétée, fatiguée. Quand elle m'entendit et puis me vit, son visage blême s'alluma et elle composa un sourire joyeux. J'allai sur le côté du lit, qui était plus ou moins dégagé de tubes et je mis mon bras gauche sous elle. Elle n'avait jamais été lourde.

« J'ai vu ta famille.»

« Ils sont arrivés en retard.»

«Oui. J'avais la main sur la poignée de la porte. Tes filles sont adorables – ce n'est pas surprenant.» J'ai hésité. «Cela pourrait sembler ridicule,» ai-je poursuivi, «parce qu'elles étaient en toi, et il y a des morceaux de toi en elles… la moitié, c'est certain.»

Elle hocha la tête et serra ma main droite déjà enlacée dans la sienne.

«Je ne suis pas une traînée,» dit-elle d'un coup, avec un soupçon d'interrogation.

«Pour l'amour du ciel, non! Tu n'as pas négligé ta famille. Ils ne le savent même pas.»

«Je me demande. Je ne te regrette pas, tu comprends.»

«Je comprends. Mais l'amour est une chose élastique. Pas mathématique. Ton amour pour moi n'enlève rien à ton amour pour ta famille.» J'ai dit cela de façon convaincante, mais est-ce que j'en étais persuadé? Voulais-je donner à ma conscience une bonne sortie? «Est-ce que tu a mal?» Ai-je demandé, abandonnant l'équation de l'amour. On s'aimait de tout façon.

«Pas vraiment. C'est stupide, mais je suis fatiguée — je ne fais rien.»

«Tu as tant fait,» lui dis-je, et c'était la vérité. «J'ai écrit un autre poème,» ai-je dit, en tirant le papier plié de ma veste.«Lis-le quand je serai parti.»

lives? On the other hand, all three of them would have detested me. No explanation could possibly wash away my fundamental sin — of loving, seducing, *détournant,*Madame Nguyen. They would want to tear my eyes out, as a minimum. It would be a relief to take their anger out on someone, anyway. I had just time to observe a likeness in the daughters, particularly the elder one. She had the specific cheek bones, plus, obviously, the dark hair and the other classic Asiatic features.

l pushed the door open quietly. Tina was looking towards the ceiling, vacantly, tired. When she heard me and then saw me, her wan face lit up and she mustered a smile with joy in it. I went to the side of the bed, which was more or less free of tubes and got my left arm under her. She had never been heavy.

"I saw your family."

"They came late."

"Yes. I had my hand on the door handle. Your girls are lovely — not that that is surprising." I hesitated. "It might sound silly," I continued, "because they were in you, and there are bits of you in them … half for sure."

She nodded and squeezed my right hand with its fingers already enlaced in hers.

"I am not a tramp," she said, out of the blue, with a hint of a question mark.

"For heaven's sake, no! You didn't neglect your family. They don't even know."

"I just wonder. I'm not regretting you; you understand."

"I understand. But love is an elastic thing. Not mathematical. Your love for me does not subtract from your love for your family." I said this convincingly, but was I persuading myself? Giving my conscience a sweet deal? "Are you feeling any pain?" I asked, leaving the love equation. We just loved each other anyway.

"Not really. It's stupid, but I am tired — doing nothing."

"You have done so much," I told her, and it was the truth. She had pushed herself hard on every conceivable front. "I have written another poem," I said, pulling the folded paper out of my jacket. "Please read it when I have gone."

«Je dois attendre?»

«Je préférerais. Je serai de retour demain. Tu le sais bien.»

Je me suis penché en avant et j'ai embrassé ses lèvres encore humides, avec une partie de ce souffle magique, malgré les médicaments et la maladie qui s'infiltrait à travers elle. 'Putain' je me suis dit, c'est tout faux; ce gaspillage gigantesque est intolérable. Peut-être qu'elle a lu mes pensées, ou une partie d'entre elles.

«Touche mes seins,» murmura-t-elle, bien que nous fussions seuls.

Il est étonnant de voir comment l'amour sensuel peut continuer à prospérer avec la mort sur son chemin. J'ai glissé mon autre main sous le drap et dans sa chemise de nuit. Après coup, je me suis dit que ça avait quelque chose à voir avec ses enfants qui avait provoqué l'initiative. Elle avait nourri au sein ses deux filles et pendant les trois dernières années, j'avais apprécié une bonne partie de ses tétons. Je n'ai jamais voulu savoir quel contact sexuel elle entretenait avec son mari, mais j'avais le sentiment que c'était marginal ou inexistant.

«Dieu merci, nous nous sommes rencontrés,» chuchotait-elle.

«Je t'aime.»

«Tu te souviendras de moi, après?»

« Je t'aimerai toujours, au-delà, et personne d'autre. Ce n'est pas une promesse que je peux briser, c'est une déclaration de fait.» Et c'était vrai.

"I must wait?"

"I would rather you did. I will be back tomorrow. You know that."

I leaned forward and kissed her on her lips still moist, with some of that magic breath, despite the medicine and the disease creeping through her. 'Fuck' I thought to myself, this is all wrong; this gigantic waste is intolerable. Maybe she read my thoughts, or part of them.

"Touch my breasts with your fingers," she whispered, although we were alone.

It is amazing how sensual love can continue to prosper even with death on its way. I slipped my other hand under the sheet and into her night-dress. In afterthought I surmised that in her subconscious it was something to do with her children that provoked the initiative. She had breast fed her two girls and for the last three years I had enjoyed a fair share of her nipples. I never wanted to know what sexual contact she maintained with her husband, but had the feeling that it was marginal to non-existent.

"Thank goodness we met," she murmured.

"I love you."

"Will you remember me, after?"

"I will always love you, beyond, and no one else. That's not a promise I can break— it is a statement of fact." And it was true.

LES FUNÉRAILLES

Je vis sa famille trois mois plus tard à ses funérailles. Elle avait confié à son amie la plus proche qu'il était très important que je sois mis au courant de l'organisation funéraire. Je ne sais pas ce qu'elle avait révélé sur notre relation, mais cette dernière m'avait informé de la logistique. Étant agnostique, je n'étais pas convaincu que ma présence serait transmise au contenu du cercueil, mais naturellement j'allai à l'église. La cérémonie, en présence de beaucoup de monde, était extrêmement triste et m'enterra dans une couche de misère (cachée) supplémentaire. Au moins les filles, pour qui c'était pur, païen, traumatisant, pouvaient pleurer ouvertement. De plus, elles pouvaient s'appuyer sur leur père et leur vie était devant elles. Et lui avait ses enfants à soutenir et la compassion de leurs amis pour atténuer la perte. Rien de comparable au fait que Tina ne croiserait plus jamais mon chemin.

J'étais au fond de l'église, intentionnellement, avec l'idée de m'éclipser à la fin de la cérémonie. J'avais repéré certains membres du personnel de l'hôpital, mais curieusement pas Bernard Videau. J'avais aussi reconnu deux personnes du voyage à Barcelone, mais elles ne m'auraient pas reconnu et qu'aurions-nous à nous dire?

Serrer la main de son mari dans une file d'attente n'était pas une bonne idée non plus. J'étais à la porte, en train de sortir, quand la musique commença. Le premier accord fut suffisant pour secouer ma colonne vertébrale et mordre mon cœur. J'avais donné le disque à Tina au début de notre relation. Nous l'avions adopté formellement comme NOTRE chanson. Le message était clair, d'outre-tombe, et exclusivement pour moi. Elle avait dû préparer les choses avec minutie, avait rendu les instructions limpides. Son mari lui avait obéi, dans l'ignorance de leur signification, par superstition ou respect?

La famille avait-elle fait jouer le morceau plusieurs fois pour en saisir le sens? 'These are the days' est sûrement la chanson d'amour la plus nostalgique du vaste répertoire de Van Morrison. Il était lui-même amoureux quand il l'a écrit (en 1989).

THE FUNERAL

I next saw her family three months later at her funeral.

She had confided to her closest friend that it was of considerable importance that I should be made aware of the funeral arrangements. I do not know how much she revealed about our relationship, but the lady delivered the logistics. Being agnostic, I was not convinced that my presence would be conveyed to the contents of the coffin; however I naturally went to the church. The ceremony, which was well attended, was hugely sad and just buried me in one more layer of (concealed) misery. At least the girls, for whom it was pure, pagan, trauma, could openly weep their hearts out. Furthermore, they had their father to lean on and their lives in front of them. And he had his children to hold and the compassion of their friends to lessen the loss. Nothing like Tina would ever cross my path again.

I was at the back of the church, intentionally, with the idea of slipping away as the ceremony ended. I spotted some of the hospital staff, but curiously not Bernard Videau. I also recognized two people from the Barcelona trip, but they would not know me and what would we have to say to each other?

Shaking hands with her husband in a line-up did not come over as a good idea either. I was at the door, heading out, when the music started up. The first chord was enough to jar my spine and bite into my heart. I had given Tina the record early on in our courtship. We had adopted it formally as OUR song. The message was clear, from *outre tombe*, and exclusively for me. She must have prepared things with minutiae, made the instructions crystal clear. Her husband had obeyed them, in ignorance of their significance, from superstition or respect?

Had the family played the track a few times, to pick up the meaning of it? *'These are the days'* is surely the most nostalgic love song in Van Morrison's extensive repertoire. He must have been in love himself when he wrote it, in 1989.

'Ce sont les jours qui dureront éternellement. Vous devez les garder dans votre cœur.'

C'était le seul endroit qui restait. J'avais les larmes aux yeux. Je supposai que toute l'assemblée s'était retournée pour me regarder, moi qui étais si manifestement ciblé par ce message. Ils n'en firent rien. J'étais seul avec mon amour brisé. Je ne pouvais pas attendre jusqu'à la dernière phrase et je sortis dans le plus gris des jours.

C'est précisément deux semaines plus tard que je tombai sur Murdoch Simpson dans la rue Legendre...

"These are the days that will last forever, You've got to hold them in your heart."

It was the only place left. The tears welled in my eyes. I assumed the entire congregation had turned round to look at me, so obviously singled out for the message. They had not. I was alone with my shattered love. I could not wait through to the last line and stepped out into the greyest of days.

It was precisely two weeks later when I chanced upon Murdoch Simpson in the rue Legendre ...

APRÈS

Lorsque vous entretenez des amitiés et des relations avec un certain nombre d'avocats, en choisir un pour vous défendre a ses complications — on ne veut vexer personne. Et je n'eus pas beaucoup de temps pour me décider. Dans le fourgon, je parcourus la liste. Même si on n'est pas très motivé, c'est un réflexe naturel de se défendre. Je plaiderais coupable de toute évidence. La seule voie était celle du crime passionnel, bien rodée. Une avocate serait-elle plus convaincante dans de telles circonstances? Dans l'ensemble, je pensai que 'oui'. Cela divisait le choix assez nettement en deux. Je m'interrogeais sur l'âge idéal. Pas trop jeune, peut-être? Par élimination, il ne restait que trois candidates. Il me restait le paramètre de l'apparence, qui peut être subjectif. Comme si je pesais ces dames sur le canapé du casting, je choisis la moyenne, Gislaine Fulda; gentille, sobrement élégante, mais pas à faire tourner des têtes. (Toutes les trois étaient dans ma liste de numéros de téléphone sur mon mobile, mais je n'avais couché avec aucune d'elles.)

Le moment venu, je réussis à joindre son bureau. La fille à la réception révéla que maître Fulda était là, mais occupée.

«C'est urgent,» ai-je insisté.

«Je ne puis déranger maître Fulda,» répondit-elle, un brin prétentieuse, «même si c'est urgent.»

«Écoutez, passez la tête dans son bureau et dites que Xavier Durant est en prison, et que c'est son seul et unique appel.»

«Très bien,» répondit-elle, avec encore une réticence dans le ton.

Deux énormes minutes sont passées.

«Elle va prendre votre appel.»

J'ai entendu le déclic et puis Gislaine, «Xavier, tu es en prison?»

«Absolument. Tu t'occupes d'affaires pénales, n'est-ce pas?»

«Oui.»

«J'ai tué quelqu'un. Mais je ne suis pas dangereux, tu le sais.»

«Je ne te vois tuer personne,» observa-t-elle avec gentillesse.

AFTER

When you have friendships and relationships with a number of lawyers, choosing one to defend you has its complications — one does not want to put anyone's nose out of joint. And I did not have a great deal of time to make up my mind. In the van, I mentally went through the list. Even if one is not hugely motivated, it is a natural reflex to defend oneself. I would be pleading guilty obviously. The only street to go down was the well-worn *crime passionnel*. Would a female lawyer be more convincing in such circumstances? On balance I thought 'yes'. That cut the choices rather neatly in half. I wondered about the ideal age group. Not too young, may be? By elimination, there were only three candidates remaining. I was left with the parameter of good looks, which can be subjective. As if I was weighing up these ladies on the casting couch, I chose the middle one, Gislaine Fulda; nice, soberly elegant, but not a head-turner. (All three were in the bank of telephone numbers on my mobile phone, but I had not slept with any of them.)

When the time came, I got through to her office. The girl on the reception gave away the fact that Maître Fulda was on the premises, but busy.

"It's urgent," I insisted.

"I cannot disturb Maître Fulda," came the reply, a little snootily, "however urgent."

"Look, just put your head round the door and say that Xavier Durant is in jail, and that this is his one and only call."

"All right," she replied, reluctance still coming through the tone. Two huge minutes ran by.

"She will take your call."

I heard the click and then Gislaine, "Xavier, you're in prison?"

"Absolutely. You do penal stuff, don't you?"

"Yes."

"I killed someone. But I am not dangerous, you know."

"I can't see you killing anyone," she observed with kindness.

193

«Ni moi, ce n'était en aucun cas prémédité, ma chère. Tu vas défendre mon cas?»

«Bien sûr,» dit-elle,» je suis honorée que tu m'aies choisie.

*

Quand Gislaine vint me voir à la prison de La Santé, elle était l'essence de l'élégance (une chaîne de perles et un pull gris) et elle semblait connaître les ficelles. Je sentais que j'avais fait le bon choix.

«C'est assez simple,» expliquai-je. «Tu ne me connaissais pas à l'époque, mais j'ai divorcé pour un motif d'adultère, à Madagascar curieusement. Mais j'ai couché avec une fille là-bas uniquement parce que j'avais découvert ma femme faisant l'amour avec ce mec, on pourrait dire un ami proche, dans la douche de notre yacht. J'ai quitté notre bateau précipitamment et je n'ai jamais revu Murdoch Simpson jusqu'à hier, environ seize ans plus tard. On s'est croisés par accident et on a pris un café. Le reste, tu le sais. Je n'avais pas de meurtre en tête, mais entre toi et moi, je ne le regrette pas vraiment. Il a détruit ma vie. Et comment pouvais-je savoir que ce clou allait lui traverser le visage?»

«Tu ne connais rien à la chirurgie? Tu n'as pas étudié la médecine?» Elle s'était arrêtée, mais je pouvais voir où elle voulait en venir.

«Absolument pas. Un homme de lettres. Science Po, point final. Tu dois savoir que je n'ai jamais frappé quelqu'un de ma vie,» ajoutai-je, «bien qu'il y ait eu quelques tentations.»

«Je peux compter sur quelques témoins de moralité?» A-t-elle a demandé, pragmatiquement.

«Oh, oui. Devrais-je faire une liste? Par ordre de préférence; mon idée de préférence?»

«Ce serait utile. Qu'est-il arrivé à ta femme?»

«Axelle?»

«Celle dans la douche. Elle a été ta seule femme? C'est bien ça?»

Je brûlais d'envie de dire quelque chose sur Tina. Mais ce n'était pas pertinent pour l'affaire. Ou l'était-ce? Cela ne pouvait qu'encombrer la réflexion...

«Tu as tout à fait raison.»

On rentra dans les détails. On choisit dix témoins. Je devais penser à leur capacité de convaincre. Mais aussi, à leur disponibilité. Et la probabilité qu'ils acceptent de s'impliquer — temps perdu et réputation, etc.

"Nor me, in no way premeditated, my dear. You will defend my case?"

"Of course," she said, "I am honored you chose me."

*

When Gislaine turned up to see me at La Santé prison, she was the essence of day-time elegance (one string of pearls and a grey jumper) and she seemed to know the ropes. I felt that I had made the right choice.

"It's quite simple," I explained. "You didn't know me at the time, but I was divorced on the grounds of adultery in Madagascar of all places. But I only got involved with a girl there because I had discovered my wife making love with this guy, you could say a close friend, in the shower of our yacht. I left our boat precipitously and I never set eyes on Murdoch Simpson until yesterday, about sixteen years later. We bumped into one another by accident and had a coffee. The rest you know about. I hadn't murder on my mind, but between you and me I don't really regret it. He did wreck my life. And how could I know that spike would go straight through his face?"

"You don't know anything about surgery? You didn't study medicine?" She trailed off, but I could see where she was going.

"Absolutely not. A man of letters. Science PO, full stop. You should know that I have never hit anyone in my life," I added, "although there have been temptations."

"I can count on some character witnesses?" She asked, pragmatically.

" Oh, yes. Should I make out a list? In order of preference; my idea of preference?"

"That would be useful. What happened to your wife?"

"Axelle?"

"The one in the shower. She has been your only wife? Am I right?"

I burned to say something about Tina. But it was not relevant to the case. Or was it? It could only clutter the thinking ...

"You are quite right."

I skipped through and into the detail. We decided on ten as a number. I was to think about their capacity to convince. Also, about their availability. And the likelihood of them agreeing to become involved — time wasted and reputation, etc.

«Et la caution?» A-t-elle a demandé. C'était logique. La plupart des gens veulent sortir.

«Il n'y a pas beaucoup de chance dans mon cas, n'est-ce pas?»

«Non, franchement. Tu as du sang sur les mains.»

«Le temps avant le procès compte dans la sentence?»

«Oui.»

«Eh bien, en tout cas, ne perds pas ton temps. Je n'ai aucune envie de marcher dans les rues de Paris.»

Gislaine me regarda, avec un étonnement à peine caché. Elle se demandait si je n'étais pas un peu bizarre après tout.

«Je ne suis pas fou, Gislaine,» ai-je anticipé.» Un jour, je te dirai quelque chose qui me pèse. Aujourd'hui, cela ne pourrait que générer de la confusion.»

On fixa la prochaine rencontre et elle m'embrassa sur la joue.

*

La plupart de mes amis acceptèrent de s'associer à un meurtrier. (Je ne pouvais guère réclamer le motif supérieur d'un assassinat.) Une seule personne (maintenant un futur ex-ami) marcha clairement dans l'autre sens. Gislaine passa du temps avec eux, pour expliquer le message qu'elle voulait transmettre. Jean-Pierre était de toute évidence un témoin clé, bien qu'il n'ait pas pu confirmer qu'il y avait eu quelque chose entre la victime et ma femme à l'époque.

Au moment où le procès eut lieu, à peine un an plus tard, huit citoyens de bonne réputation étaient prêts à déclarer sous serment les faits ou les opinions suivantes :

Je n'étais pas une personne violente,

Je n'avais aucun entraînement au combat physique,

Je n'avais aucune expérience des instruments tranchants, des couteaux, des poignards...

Tout cela convergea vers un accident totalement non prémédité et totalement malchanceux, provoqué par une émotion passionnée de voir l'amant de ma première (et seule) épouse pour la première fois depuis que je l'avais (prétendument) vu à travers la porte de douche en verre opaque du Ramada, au large des côtes de Madagascar.

Comme la seule question à débattre était la durée de ma peine, il me semblait dommage de faire perdre du temps à la cour et de déranger

"What about bail?" She enquired. It was logical. Most people want out.

"There is not much chance in my circumstances, is there?"

"No, frankly. You have blood on your hands."

"Time before the trial counts as part of the sentence?"

"Yes."

"Well, in any case, don't waste your time. I have no desire to walk the streets of Paris."

Gislaine looked at me, her astonishment barely concealed. She was wondering if I wasn't a bit of a weirdo after all.

"I am not crazy, Gislaine," I decided to pre-empt her. "One day I will tell you something that weighs heavily with me. Today it could only confuse."

We fixed up the next meeting and she gave me a kiss on the cheek.

*

Most of my friends did agree to associate themselves with a murderer. (I could hardly claim the higher ground of an assassination.) Only one person (now a future ex-friend) clearly walked the other way. Gislaine spent time with them, to explain the message she wanted to put across. Jean-Pierre was obviously a key witness, although he could not confirm any hanky-panky between the victim and my then wife.

By the time the trial came around, just short of a year, we had lined up eight citizens of good repute, who were prepared to declare on oath the following facts or opinions:

I was not a violent person,

I had no training in physical combat,

I had no experience of sharp instruments, knives, daggers ...

All this pointed to a totally unpremeditated and totally fluky accident, spurred by a passionate emotion on seeing my first (and only) wife's lover for the first time since (allegedly) seeing him through the opaque glass shower door of the *Ramada*, off the shores of Madagascar.

Since the only question under debate was the length of my sentence, it did seem a shame to waste the court's time and disturb the lives of

la vie des membres du jury, piégés pour l'occasion. Cependant, justice doit non seulement être faite, mais être perçue comme telle.

Heureusement, je n'avais pas à me sentir coupable envers Marie-Claire. Gislaine m'informa qu'elle était morte, probablement d'un cancer, trois ans plus tôt, et qu'il n'y avait pas d'enfants pour pleurer la victime. En fait, j'avais déjà enregistré lors de notre brève rencontre qu'il avait utilisé le singulier, 'je vis juste en bas de la route' et 'je viens d'emménager'.

Environ quatre semaines avant le début du procès, Gislaine reçut du tribunal la liste des personnes désignées pour faire partie du jury. Elle me la montra, expliquant que sur les vingt candidats, nous pouvions en refuser jusqu'à quatre sans motivation. Le procureur avait également le droit de refuser trois autres demandes. Les noms des hommes et des femmes qui avaient franchi ce premier obstacle étaient alors mis dans une urne et un tirage au sort avait lieu. Les premiers six 'chanceux' constituaient le jury, plus un ou deux remplaçants s'il y avait un absent, généralement pour cause de maladie grave. Mon cas étant simple, seulement trois jours avaient été prévus pour le procès.

Je regardai la liste sans grand enthousiasme. Les informations données étaient simplement le nom, l'âge et la profession… Je haussai les épaules.

«Je ne connais personne. Est-ce qu'on cherche une stratégie?»

«Eh bien, nous devons déterminer qui des hommes ou des femmes peuvent être plus le favorables envers toi dans ces circonstances.»

Je souriais ouvertement. «Ah, je vois. Tu penses que les femmes condamnent l'adultère plus sévèrement que les hommes? Qu'elles pourraient avoir plus de compréhension pour le mari cocu, ce genre de chose?»

«Oui,» dit-elle en hochant la tête, «exactement ce genre de chose.»

Avec mon histoire récente d'encourager fortement l'adultère de Tina, je n'évoluais pas sur un terrain solide, je n'étais vraiment pas l'homme à qui demander.

« Comment réagirait ton mari, Gislaine, si tu avais une liaison?»

Elle rougissait. «Avec un de mes clients, par exemple?»

«Je crois que nous avons pris une décision. Tu élimines, autant d'hommes que possible.»

the members of the jury, who would be dragged in for the occasion. However, justice must not only be done, but be seen to be done.

Fortunately, I did not have to burden my guilty conscience further on behalf of Marie-Claire. Gislaine informed me that she had died, of some form of cancer it was supposed, three years earlier and he had no children to mourn him. In fact, I had already registered in our brief encounter that he had used the singular: 'I live just down the road' and 'I have just moved in'.

About four weeks before the trial was scheduled to commence, Gislaine received from the court the list of the persons designated for jury duty. She showed it to me, explaining that of the twenty candidates we could refuse up to four without motivation. The prosecutor was also entitled to refuse another three. The names of the men and women who had passed this first hurdle would then be put in an urn and a draw would take place. The first 'lucky' six would constitute the jury, plus one or two to fill in, should there be a default, usually from serious illness. My case being straightforward, only three days had been allocated to the proceedings.

I looked at the list without much enthusiasm. The information given was simply the name, age and profession. I shrugged my shoulders.

"I do not recognize anyone. Are we looking for any strategy here?"

"Well, we have to determine whether men or women might be more favourable towards you in the circumstances."

I smiled openly. "Ah, I see. You think women condemn adultery more severely than men? That they might have more understanding for the cuckolded husband, kind of thing ...?"

"Yes," she nodded, "exactly that kind of thing."

With my recent history of heavily encouraging Tina's adultery, I was not on solid ground, hardly the man to ask.

"How would your husband react, Gislaine, if you were having an affair?"

She was blushing. "With one of my clients, for example?"

"I do believe we have come to a decision. You just knock out, eliminate, as many men as possible."

«Je le ferai le jour même,» dit-elle en concluant l'échange plus formellement, empilant ses papiers.

Quand elle fut partie, assez rapidement, j'eus beaucoup de temps pour réfléchir à son embarras. Il n'était pas impossible qu'elle se fût entichée de moi. En apparence, un homme facile à vivre avec un certain charme, qui mûrit physiquement d'une manière à la mode. Et, bien sûr, indisponible pendant un certain nombre d'années (cela dépendait de sa compétence)! L'idéal inoffensif coup de cœur. Elle ne pouvait pas deviner que j'étais de bois mort, pratiquement aveugle au genre féminin.

La veille du procès, le tribunal rédigea un procès-verbal, apportant deux ajustements à la liste originale. Quand Gislaine m'en informa, je n'exprimai aucun intérêt à voir cette nouvelle liste. Notre stratégie avait été adoptée sans équivoque.

"I will do that on the day," she concluded the exchange more formally, stacking up her papers.

When she had gone, quite hurriedly, I had masses of time to reflect on her embarrassment. It was not impossible that she had taken a little shine to me. On the surface, an easy-going kind of man with a degree of charm, maturing physically in a fashionable way. And, of course, unavailable for a number (depending on her competence) of years! The ideal harmless crush … She could not guess that I was dead wood, virtually blind to the female species.

The day before the trial, the court issued a procès-verbal, bringing two adjustments to the original list. When Gislaine informed me, I expressed no interest in seeing it. Our game plan had been unequivocally adopted.

LE PROCES

Je m'étais habillé soigneusement pour le grand jour. En tant que journaliste, je connaissais l'impact de la communication. Même si j'étais sans conviction à propos de tout cela, je n'étais pas réduit au masochisme. Il fallait paraître au mieux. Et mes amis et les collègues étaient présents, alors je choisis un costume sombre et de qualité et une chemise blanche fraîchement repassée. Je n'avais jamais été une personne à cravate (rare dans l'environnement journalistique), même si un tel vêtement potentiellement étranglant pouvait être autorisé pour une telle occasion.

Menotté et escorté par deux gendarmes en noir, je fus conduit dans la chambre deux du Palais de Justice à neuf heures quarante-cinq le jeudi 1^{ier} mars 2012. La grande salle semblait pleine et, comme je l'imagine pour un taureau entrant dans l'arène, il y avait un certain degré de confusion. Bruit (maîtrisé à cet instant), beaucoup de gens, lumière relative ... difficile de se concentrer sur un point particulier. Le picador, pour poursuivre l'analogie avec la corrida, était le ministère public, l'avocat général, convenablement vêtu d'une robe de soie rouge, assis juste en face et, étonnamment, une femme!

À ma gauche, sur une estrade et au centre, s'assis le juge, un homme aux cheveux gris, la cinquantaine finissant, vêtu d'une robe plus sobre, à manches bordeaux. Il était flanqué de ses deux assesseurs, laissant trois chaises vides de chaque côté pour le jury, qui devait encore être désigné. Soulagé de mes menottes et assis, je pus regarder à travers la paroi en plexiglas fumé et jauger un peu l'assistance. À ce stade, je n'avais pas eu l'occasion d'identifier mes amis et collègues parmi la foule. Je supposais que les gens étaient assis sur la base du premier arrivé, générant un mélange d'amis authentiques, de curieux, de légèrement tordus, des candidats au jury et de journalistes. Quelqu'un de mon journal était peut-être chargé d'écrire quelques mots sur le procès. Peut-être d'autres avaient pris un jour de congé pour venir, mais même un jour de congé, la déformation professionnelle est telle

THE TRIAL

I had dressed carefully for the big day. As a journalist I was aware of the 'communication' impact. Even if I was half-hearted about it all, I was not reduced to full scale masochism. There remained an undeniable case for putting my best foot forward. And there were friends and colleagues in attendance, so I chose a dark, quality suit and a clean, freshly ironed white shirt. I had never been a neck-tie person (rare in the newspaper environment), even if such a potentially strangulating garment were to be authorized for such an occasion.

Handcuffed, and escorted by two gendarmes in black, I was steered into chamber two of the Palais de Justice at nine forty-five on Thursday, first March 2012. The large room seemed full and, as I imagine for a bull coming into the ring, there is a degree of bewilderment. Noise (subdued at that instant), lots of people, relative bright light ... hard to concentrate on one particular point. The picador, to pursue the corrida/bullfight analogy, would be the public prosecutor, *avocat général,* suitably attired in a red silk robe, sitting bang opposite and, surprisingly, a woman!

To my left, on a dais and in the centre, sat the judge, a grey-haired man in his late fifties, dressed in a more sober gown, with claret sleeves. He was flanked by his two assessors, leaving three empty chairs on either side for the jury, still to be designated. Relieved of my hand cuffs and sitting down, I was able to peer over my smoked plexiglass separation and take in something of the attendance. At this stage I had no opportunity to systematically attempt to identify my friends and colleagues amongst the crowd. I assumed that people were sitting on a first come basis, generating a mix of genuine friends, the curious, the marginally warped, the jury candidates, and the journalists. Somebody from my paper might have been commissioned to write a few words on the proceedings. Others would be on a day off; however even on a day off the *déformation professionelle* is such that they would have

qu'ils ne pouvaient sans doute s'empêcher de noter quelque chose sur un bout de papier plié de format A4. 'L'accusé portait une chemise blanche propre, le juge portait une barbe de cinq jours, un pigeon à un seul pied avait réussi à entrer dans la chambre...' ou ce genre de choses. Le juge ouvrit l'audience. D'une voix agréable, il expliqua, en grande partie pour moi, le processus d'élection du jury. Il me demanda si j'avais été pleinement informé de mes droits dans cette affaire. Je confirmai que j'avais parfaitement compris. Je me disais que la plupart des jurés potentiels seraient plus qu'heureux d'être rejetés et en mesure de revenir à leur vie quotidienne. Un ou deux pouvaient éventuellement s'en accommoder en pensant à quelques jours (payés) de détente ou à la valeur de l'expérience et, de toute façon, à une histoire à raconter.

Le juge secoua la grande boîte en bois carrée et repêcha le premier; un homme. Gislaine, assise à quelques pouces de l'autre côté du plexiglas, l'élimina calmement. Comme elle le fit pour les trois hommes suivants. La cinquième personne, une femme, devint le premier membre du jury, et pris place à côté du juge. Elle fut informée qu'elle signerait le verdict avec le juge. Après un autre mouvement de la boîte, le nom suivant fut annoncé clairement : Duc Nguyen.

Il est bien connu qu'une grande majorité de la population franco-vietnamienne à Paris ont recours à ce nom, du moins en partie. Cependant, l'entendre prononcer m'a donné une secousse sérieuse, d'autant plus que nous avions déjà épuisé notre crédit de refus. Le procureur n'avait pas d'objection et ainsi l'homme se détacha de la foule et se dirigea vers la tribune. Il est trop facile de tomber dans le piège de trouver chaque homme de cette partie du monde plutôt semblable.

Il y a en effet peu de rousses et blondes distinctives qui aident à distinguer comme sur le continent européen. Je n'avais vu le mari de Tina que deux fois, et dans des circonstances particulières; fugitivement à l'hôpital de derrière mon journal, et à une certaine distance à l'arrière de l'église, pendant les funérailles. À aucun moment nous n'avions été face à face.

Le prénom n'était pas non plus une piste, puisque je ne l'avais jamais demandé à Tina, et elle l'avait toujours appelé 'mon mari'. Compréhensible. J'avais largement évité de parler de lui. Je n'avais jamais voulu savoir ce qu'il en était de leur intimité, j'espérais

trouble not jotting down something on a folded A4 size scrap of paper. 'The accused wore a clean white shirt, the judge wore a five-day beard. a one-footed pigeon had succeeded in accessing the chamber ...' or that kind of thing.

The judge opened the ceremony. In a pleasant voice, he explained, largely for my benefit, the process of electing the jury. He enquired if I had been fully informed of my rights in this matter. I confirmed that I understood perfectly. I imagined most of the candidates would be more than pleased to be rejected and able to get back to their everyday lives. One or two might have made their plans and be thinking about a few days (paid) relaxation or the experience value and anyway a story to tell.

The judge rattled the large, square wooden box and fished out the first name; a man. Gislaine, sitting a few inches the other side of the plexiglass, calmly knocked him out. As she did for the three following men. The fifth person, a woman, became the first member of the jury, and took her place next to the judge. She was informed that she would sign the verdict together with the judge. After another stir of the box, the next name came over clearly: Duc Nguyen.

It is well known that a large majority of the Franco-Vietnam population in Paris have resort to that surname, at least in part. However, hearing it pronounced gave me a serious jolt, particularly as we had already used up our rejection allocation. The prosecutor made no objection and so the man detached himself from the crowd and made his way to the rostrum. It is too easy to fall into the trap of finding every man from that part of the world rather looks alike.

There are indeed few of the distinguishing red-haired and blonds which help to carve up the European Continent. I had only seen Tina's husband twice, and in special circumstances; fleetingly in the hospital from behind my newspaper, and at some distance from the back of the church, during the funeral. At no time had we been eye-ball to eye-ball.

The Christian name was no lead either, since I had never asked Tina what it was, and she had referred to him as 'my husband'. Understandably. I had largely avoided talking about him. I had never wanted to know whether they had any physical contact; I just hoped

seulement qu'elle était inexistante. L'idée que quelqu'un l'embrasse était douloureuse. Quoi qu'il en soit, il avait la tête de l'emploi, dans la bonne tranche d'âge et (pour ne pas oublier) j'avais déjà rencontré des statistiques terriblement malchanceuses quand les Boulangé avaient choisi le même moment que moi pour le petit déjeuner à Madagascar. Plus important encore, si c'était lui, savait-il ce que je représentais pour son épouse décédée? Elle avait eu toutes les raisons de garder mon identité cachée, mais qu'en était-il des papiers et du bric-à-brac dans son bureau à l'hôpital? Mes poèmes n'étaient pas signés mais mettaient à nu nos émotions, et puis je savais qu'elle avait gardé certains de mes articles de presse les plus réussis. Avait-elle pu déchirer tout ça de sang-froid? Elle n'avait jamais voulu de photos de moi, affirmant qu'elle portait ma photo dans sa tête. J'avais ressenti une déception à l'époque, mais maintenant je pouvais en percevoir l'avantage. Je ne doutais guère que mon nom avait été ingénieusement codé sur son téléphone portable.

Le jury fut complété; trois hommes et trois femmes, plus deux 'réserves', obligés d'attendre au cas où un membre tombe malade au cours des trois jours suivants. Le juge demanda ensuite une pause de dix minutes, plutôt courtoisement, pour permettre aux membres du jury élus d'informer leur famille ou leur employeur qu'ils étaient coincés pour ces journées. Les personnes non élues du jury sont parties pour de bon et la plupart des spectateurs sont sortis fumer ou se dégourdir les jambes. On me menotta de nouveau inutilement et on m'emmena avec cérémonie. Évidemment, mon esprit s'arrêtait sur le juré vietnamien. Je n'étais pas pris par le syndrome de Henry Fonda et les 'Douze hommes en colère', puisque je plaidais coupable. Tout ce que le jury pouvait faire, s'il le voulait, c'était pousser pour cinq ans de plus. Ce qui me tourmentait le plus, c'était sa présence, me plongeant dans mes souvenirs du visage, du corps, du sourire de Tina; les choses que j'avais essayé de ne pas me rappeler, pour moins souffrir de leur absence.

Lors de mon retour à la cour, j'ai pu voir que la plupart de mes amis avaient réussi à se regrouper, je leur souris et je récupérai des encouragements en retour. Le juge, de la façon la plus ordonnée, planifia le timing du procès et la comparution des témoins.

Essentiellement, mon équipe devait comparaître à intervalles de vingt minutes l'après-midi suivant. Je fus impressionné par la civilité

not. Obviously, the idea of someone else kissing her was painful. Anyway, he looked the part, rather good looking with thick dark hair, in the correct age bracket and (not to forget) I had already met with hugely unlucky statistics when the Boulangés had picked their time frame for breakfast in Madagascar.

More importantly, if it was him, was he aware of what I stood for alongside his deceased wife? She had had every good reason for keeping my identity out of the picture, but what about the papers and the *bric-à-brac* in her office at the hospital? My poetry was unsigned but laid bare my/our emotions, and then I know she had been keeping some of my more successful articles in the press. Had she been able to rip all this stuff up in cold blood? She had never wanted photos of me, maintaining that she carried my picture in her head. I had internally registered disappointment at the time, but now I could perceive the advantage. I had little doubt that my name had been ingeniously coded on her cell phone.

The jury was completed, three men and three women, plus two 'reserves', obliged to sit along in the event of one member falling ill during the next three days. The judge then called for a ten-minute recess, rather courteously, to allow the elected jury to inform their family and/or employers that they were stuck for these days. The non-elected jury candidates departed for good and most of the audience went out to smoke or stretch their legs. I was most unnecessarily handcuffed again and ceremonially taken away. Obviously, my mind dwelled on the Vietnamese juryman. I was not taken up with the Henry Fonda 'Twelve Angry Men' syndrome, since I was pleading guilty. All the man could do, if he so intended, was push for an extra five years. What nagged me most was his presence, plunging me back into my memories of Tina's face, body, smile; the things I had been trying not to remember, the less to suffer from the lack of them.

On my return to the court, I was able to perceive that most of my friends had managed to group together, and I threw them a smile and got an encouraging bundle back. The judge, in a most orderly fashion, planned the timing of the trial and the attendance of the witnesses.

Basically, my team was scheduled to appear at twenty-minute intervals the following afternoon. I was impressed by the civility of

de toute cette affaire, même si le procès lui-même était excessif, une perte de temps, d'énergie et d'argent des contribuables. Mes amis, qui devaient témoigner le lendemain, étaient libres de partir, mais avaient clairement décidé (le jour déjà perdu) de rester pour le prochain point à l'ordre du jour : l'examen de la personnalité de l'accusé.

«Préférez-vous répondre aux questions, ou dire quelque chose à la cour sur vous-même?» Interrogea le juge, poliment.

J'étais debout. Il avait été clairement indiqué que je devais le rester. J'avais réglé le microphone à une hauteur appropriée.

«Je crains de manquer d'objectivité,» ai-je commencé, notant que le niveau sonore était à peu près juste.

«Vous n'attendez pas un panégyrique, je suppose.» J'avais prudemment choisi les mots, mais en conformité avec le conseil de Gislaine. «Je préfère répondre aux questions,» ai-je conclu.

En fait, je n'avais strictement rien à cacher. À part une demi-minute consacrée à l'anéantissement de Murdoch Simpson, ma vie était irréprochable. Un seul excès de vitesse en trente ans de conduite, et en France l'adultère n'est pas une faute civile. C'est en effet une pratique à laquelle les plus hauts représentants de l'État semblent se livrer systématiquement. Quoi qu'il en soit, j'avais trouvé plus facile de répondre aux questions que de me lancer dans un monologue et peut-être manquer quelque chose de vital ou ennuyer l'auditeur avec des données inutiles. À ma grande surprise, le juge n'essaya pas de me piéger et l'exercice était à la limite de l'agréable. J'eus même le loisir de remarquer que le pigeon estropié avait été évacué – mort ou vivant, il y avait aucun moyen de le dire.

Après la pause-déjeuner, l'assiduité avait diminué de façon mesurable.

Même si je n'avais pas l'intention de rédiger une autobiographie, je comptais les têtes attentivement. Mes yeux tombèrent sur M. Guiramand dans sa veste marron en velours côtelé. C'était bizarre qu'il prenne le temps d'assister à un tel procès. Nous ne nous étions rencontrés qu'à deux reprises, et brièvement. Peut-être 'les affaires étaient calmes' comme il l'avait dit, ou avait-il enfin pris sa retraite — bien qu'il n'était vraiment pas le genre à prendre sa retraite? Pris d'amitié pour lui, j'admis qu'il était l'une des rares personnes présentes ayant la connaissance de tous les faits concernant mon amour pour Tina, et c'était le mieux placé pour comprendre mon geste.

the whole thing, even if the trial itself was overkill, a waste of time, energy and taxpayers' money. My friends, who were to bear witness the following day, were free to leave, but had clearly decided (the day already lost) to stay on for the next item on the agenda; the examination of the defendant's personality.

"Would you prefer to answer questions, or tell the court something about yourself?" enquired the judge, politely.

I was standing up. It had been clearly indicated that I should do so. I had adjusted the microphone to a suitable height.

"I fear I might lack objectivity," I started off, noting that the sound level was about right. "You would not wish to be subjected to a panegyric, I suggest." These were the words of my careful choice, but in accordance with Gislaine's advice. "I prefer to answer questions," I concluded.

In fact, I had strictly nothing to hide. Apart from half a minute putting paid to Murdoch Simpson, my life had been blameless. Only one speeding ticket in thirty years of driving, and in France adultery is not a civilian sin. It is indeed a practice in which the most senior representatives of the state seem to indulge systematically. Anyway, I had always found it easier to respond to questions than to embark on a soliloquy and perhaps miss out something vital or bore the listener with unnecessary data. To my surprise, the judge never tried to wrong foot me and the whole exercise was borderline on pleasant. I was even able to establish that the crippled pigeon had been evacuated — dead or alive, however, there was no means of telling.

After the lunch break, the attendance had understandably thinned down measurably.

Although I had no intention of writing up an autobiography, I counted the heads attentively. My eyes fell on Monsieur Guiramand in his brown corduroy jacket. How odd that he should take the time to attend such a trial. We had only met on two occasions, and briefly. Perhaps 'business was slack' as he had put it, or had he retired — although hardly the retiring sort? I had taken a liking to him and I recognized that he was one the few persons present with the knowledge of the full facts regarding my love for Tina, and he surely had the perspicacity to think through to a better understanding of my gesture.

J'examinai ensuite la salle. Elle était rectangulaire et apparemment construite sur mesure, revêtue partout de boiseries d'au moins cinq mètres de hauteur. Au-dessus des lambris, le plafond courbé était peint en bleu, décoré de reliefs blancs, donnant au tout un aspect de poterie anglaise Wedgwood. Il était évident que la salle faisait face à l'entrée officielle du tribunal, donnant sur le boulevard du Palais, car je pouvais percevoir les drapeaux tricolores à travers la fenêtre. On pouvait aussi entendre de temps à autre un son de cloche de la Sainte Chapelle du treizième siècle, le saint rappel d'une autre justice non laïque, si l'on était vaguement croyant. Inconsciemment, cette pensée tira mon regard inexorablement vers les sièges du jury et surtout vers l'examen minutieux de l'homme d'origine indochinoise. Je décidai de repousser sa présence envahissante et d'essayer de me concentrer sur mon procès. J'avais le temps d'y réfléchir dans le calme instable de ma cellule.

Il n'y avait pas vraiment de raison de débattre. La serveuse du Sauret était le témoin oculaire clé – sans humour ni jeu de mots. Elle avait l'air intimidée et j'espérais que c'était à cause des ornements de la cour et qu'elle n'avait pas été dans un tel état depuis l'événement. Quoi qu'il en soit, contre-interrogée par Gislaine, elle déclara avec conviction qu'elle ne m'avait jamais vu au café auparavant, et encore moins à côté du bar.

Quand leur tour vint le lendemain, mes témoins étaient à la limite de l'embarras; sous serment de surcroit. A les croire, j'étais doté d'un caractère exceptionnellement peu agressif, couplé à un manque chronique de dextérité. Il est manifestement facile de prouver sa compétence en arts martiaux avec une ceinture noire. L'incompétence est plus difficile à établir, et j'avais peut-être pris des leçons secrètes... Un ami décrivit, utilement, avec certains détails, ma difficulté récurrente à changer la chambre à air de mon vélo de course, encore moins à réparer une crevaison. .

Jean-Pierre, le dernier, fut la star, parce qu'il pouvait non seulement attester de ma réticence à présent légendaire à employer la force physique, mais aussi donner de l'épaisseur au mobile du crime passionnel. De plus, il avait une présence considérable. Il avait vieilli gracieusement, comme dans les sagas télévisées. Ses cheveux étaient restés épais, ce qui était une chance, et il portait un bronzage quasi-

I next examined the room. It was rectangular and came across as custom built, furnished throughout with extensive wood-panelling of at least five metres in height. Above this panelling, the curved ceiling was painted blue, decorated by white reliefs, giving the whole thing an English Wedgwood pottery appearance. It was obvious that the room fronted on to the official entrance of the tribunal, giving on to the Boulevard du Palais, because I could perceive the *Tricolor* flags through the window. One could also hear from time to time a 'ding' from the 13th century Saint Chapelle, a saintly reminder of another non secular justice,if one was vaguely a believer. Subconsciously, this thought pulled my gaze inexorably back to the jury seats and particularly to the steady scrutiny of the gentleman of Indo-chinese origin. I determined to push aside his invasive presence and endeavour to concentrate on my trial proceedings. I would have stacks of time to think it through in the unsteady quiet of my prison cell.

There was really no case to debate. The key eye-witness — no humour/pun intended — was the waitress from the Sauret. She looked awe-struck and I hoped it was on account of the trappings of the court and that she had not been in such a state since the event. Anyway, when cross-examined by Gislaine, she declared with conviction that she had never seen me in the café before, let alone beside the bar.

When their turn came next day, my 'character' witnesses were border-line on embarrassment; under oath as well, If they were to be believed, I was endowed with an exceptionally unaggressive disposition, coupled with a chronic lack of manual dexterity. It is patently easy to prove competence in martial arts with a black belt certificate. Incompetence is harder to affirm, and I might have taken secret lessons ... One friend helpfully described, in some detail, my recurring difficulty in changing the inner tube on my racing bike, let alone repairing the puncture.

Jean-Pierre, last on, was the star turn, because he could not only attest to my now legendary reluctance towards physical force, but could also lend substance to the *crime passionnel* motive. In addition, he had considerable presence. You could say that he had aged gracefully, as in those TV sagas. His hair had remained thick, which was lucky, and he sported a semi-permanent tan, probably encouraged during the

permanent, probablement encouragé pendant les mois d'hiver par le recours clandestin aux cabines à ultra-violets. Il était en bonne forme physique et je sais que c'était grâce à des heures abrutissantes de rameur et d'haltérophilie dans le gymnase qu'il fréquentait. Pour compléter le tableau, il était toujours élégamment vêtu en chic décontracté de Zadig et Voltaire et Hugo Boss.

Quand Gislaine lui demanda ce qui s'était passé à Madagascar, question pour laquelle il avait été entraîné, il ferma les yeux semblant fouiller le passé.

«Monsieur le juge,» commença-t-il respectueusement, «vous devez être patient avec moi. Ces événements se sont produits il y a des années, mais je ferai de mon mieux.»

Le juge lui fit un signe de tête encourageant et l'assistance secoua la léthargie de l'après-midi pour écouter son histoire.

«En premier lieu, mon ami Xavier a été, comme il l'a expliqué, surpris par ce qu'il avait vu sur le bateau et n'avait nullement prévu son départ soudain. Ce n'était pas son style. Il est trop bien élevé pour abandonner des amis, sauf dans une détresse immense. (Le tribunal était en possession de mon jugement de divorce.) Deuxièmement, il n'avait pas de rendez-vous amoureux prémédité avec la jeune femme malgache. Oui, les filles sont jolies dans cette partie du monde, mais Xavier n'a tout simplement pas eu l'occasion d'établir une liaison. Quand nous sommes passés par Hell-Ville en route pour notre yacht, il n'a jamais été hors de ma vue.» Et, il s'arrêta pour livrer un point clé, «s'il vous plaît rappelez-vous qu'il n'y avait pas de téléphones portables à l'époque à Madagascar, même en France.»

Gislaine lui fit signe de passer au chapitre suivant — à mon retour en France. Jean-Pierre profitait de l'occasion de briller devant un public largement captif.

«Maintenant, monsieur, j'ai eu le privilège de rencontrer Xavier immédiatement après son retour à Paris. Il était clairement désemparé. Il m'a raconté ce qui s'était passé à Madagascar et comment Axelle, sa femme, avait décidé de frapper à la jugulaire. Il avait perdu sa femme, qu'il aimait fondamentalement et, du moins à cet instant, il avait perdu sa raison d'être. Naturellement, sa colère était concentrée sur l'adultère.» Jean-Pierre mit l'accent sur le mot 'adultère', lui donnant la signification maximale dans le spectre des péchés. C'était une

winter months by clandestine recourse to sun beds. He was in good physical shape and I know that this was thanks to hours of mindless rowing and weight-lifting in his gymnasium. To complete the picture, he was always nattily kitted out in 'smart casual' from Zadig & Voltaire and Hugo Boss.

When Gislaine asked for his recollection of what happened in Madagascar, a question he had been specifically coached for, he shut his eyes in the appearance of hunting back into the past.

"Your honour," he began respectfully, "you must bear with me. These events happened some years ago, but I will do my best."

The judge gave him an encouraging nod and the attendance shook off the afternoon lethargy to listen to his story.

"In the first place, my friend Xavier was, as he has explained, taken aback by what he had seen on the boat and had in no way planned his sudden departure. It was just not his style. He is too well-mannered to abandon friends unless under immense distress. (The court were in possession of my divorce judgment.) Secondly, he had no premeditated tryst with some nubile Malgache girl. Yes, the girls are pretty in that part of the world, but Xavier had simply no opportunity to strike up a liaison. When we passed through Hellville on our way to our yacht, he was never out of my sight. And," he paused to deliver a key point, "please remember there were no cell phones in those days in Madagascar, not even very many in France."

Gislaine signalled to him to move on to the next chapter — on my return to France. Jean-Pierre was enjoying his opportunity to shine in front of a largely captive audience.

"Now, your Honour, I was privileged to meet with Xavier immediately after his return to Paris. He was clearly distraught. He told me what had happened in Madagascar and how Axelle, his wife, had decided to go for the jugular. He had lost his wife, whom he loved fundamentally and, at least for the time being, he had lost his raison d'être. Quite naturally his anger was focused on the adulterer." Jean-Pierre placed considerable emphasis on the word 'adulterer', giving it the maximum sinful significance within the spectrum. This was a

performance théâtrale, à la limite surjoué dans mon esprit. Il avait lui-même couru le jupon pendant des années et, selon les normes qu'il était en train de délivrer à la cour, devait courir le risque sérieux d'être empoisonné par sa propre femme ou malmené par un mari jaloux. Il amassait certainement un tas de crédits déjeuners pour quand je serais finalement sorti de prison.

J'ai lancé un regard furtif à M. Nguyen. Il regardait Jean-Pierre sans expression déchiffrable. S'il était le mari de Tina, et avait identifié mon rôle, alors il devait être informé qu'à aucun moment je n'avais essayé de lui voler sa femme. J'avais juste ajouté une couche de joie (adultère) à sa vie.

Personne ne prit l'initiative de contre-interroger Jean-Pierre, qui se retira du box des témoins et regagna son siège. Il n'y avait pas d'applaudissements, bien évidemment, mais la satisfaction dans mon camp était manifeste. C'était mon tour d'y aller pour la 'finale'. J'avais répété cette intervention au-delà de toute rigueur. Je n'avais pas le don de Barak Obama de regarder l'assistance avec une facilité consommée, mais j'évitai l'écueil de m'adresser à un seul endroit de la salle ou une personne, et axiomatiquement semblant exclure tous les autres.

«Tout d'abord, je tiens à présenter mes excuses à tout le monde ici, à la cour, au jury et aux témoins. Je suis conscient que je vous ai fait perdre du temps et de l'argent. J'ai plaidé coupable dès le début et je ne souhaite que vous convaincre que je n'ai pas prémédité ce meurtre.»

J'examinais Gislaine en particulier. Je cherchais le signe que j'employais le bon ton. En fait, son expression était déconcertante, du moins à mes yeux. Je n'étais plus dans la catégorie accusé/client. Elle ne voulait pas que ma peine soit réduite d'un point de vue professionnel. Elle voulait que je sorte le plus tôt possible, pour qu'elle puisse (est c'était plutôt alarmant) me serrer dans ses bras! J'adressai au juge lui-même pour délivrer le message clé.

«Cependant,» et ici ma pause était judicieuse, «j'ai voulu faire du mal à Murdoch Simpson. J'étais submergé par cette impulsion. Il est facile maintenant, bien des années plus tard, de reconnaître que j'ai fait une erreur à Madagascar. J'aurais dû ouvrir la porte de la douche et pousser l'homme de toutes mes forces. Il aurait glissé à coup sûr et peut-être, comme au café, en tombant, il se serait fendu la tête — même fatalement — sur le lavabo.» Personne n'a bougé dans la

theatrical performance, bordering to my mind on overkill. He had been playing the field himself for years and, by the standards he was setting in the court, was running a serious risk of being poisoned by his own wife or roughed up by a jealous husband. He was certainly amassing a stack of lunch credits for when I finally got out of jail.

I stole a glance at Monsieur Nguyen. He was looking at Jean-Pierre with no discernible expression on his face. If he was Tina's husband, and had identified my role, then he should be informed that at no time did I endeavour to steal his wife away. I just added a layer of (adulterous) joy to her life.

No-one took the initiative to cross-examine Jean-Pierre, who stepped down from the witness box and regained his seat. There was understandably no applause, but the satisfaction in my camp was manifest. It was my turn to go on for the 'finale'. I had rehearsed this piece beyond thoroughness. I lacked the Barak Obama gift of looking round the attendance with consummate ease, but I avoided the pitfall of addressing one single spot of the room or one person, and axiomatically appearing to exclude everyone else.

"First of all, I wish to apologize to everybody here, the court, the jury and the witnesses. I am conscious that I have wasted everyone's time and some money. I have pleaded guilty from the outset and only wish to convince you that I did not premeditate murder."

I looked specifically at Gislaine at this point. I was seeking a sign that I had hit the right tone. In fact, her expression was disconcertingly obvious, at least in my eyes. I was no longer in the defendant/client category. She did not want my sentence reduced from a professional standpoint. She wanted me out soonest, so that she could (alarmingly) get her arms round me! I addressed the judge himself for the key message.

"However," and here my pause was judicious, "I did want to harm Murdoch Simpson I was overwhelmed with that impulse. It is easy now, many years later, to recognize that I made a mistake in Madagascar. I should have slid that shower door open and shoved the man with all my strength. He would have slipped for sure and perhaps, as in the café, when falling he might have split his head open — even fatally— on the wash basin." Nobody stirred in the courtroom. I had

salle d'audience. J'avais leur attention tout entière. «Je crois que ma femme aurait eu le message aussi — que je l'aimais. Et je l'aurais peut-être gardée.» À ce moment-là, je regardais M. Nguyen, et ses yeux ne clignaient pas. «Je ne sais pas comment les juges malgaches considèrent le crime passionnel.»

N'ayant rien d'autre à ajouter, je m'assis. Ma déclaration était en fait une version très édulcorée d'un scénario auquel j'avais eu des années pour réfléchir, rêver et pourquoi pas parfaire. Cela aurait été si facile...

undivided attention. "I believe my wife would have got the message too — that I loved her. And I might have kept her." By this time, I was looking into the eyes of Monsieur Nguyen, who did not blink. "I do not know how Malgache justice looks upon *crime passionnel.*"

Having nothing further to add, I sat down. My declaration was in fact a much watered-down version of a scenario about which I had had years to reflect, dream and perfect. It would have been so easy…

EN PRISON

'Cela aurait été si facile.'

Voici comment cela aurait dû se passer ...

J'aurais dû remonter les escaliers, mais au lieu de glisser, lâchement, dans la mer, j'aurais dû récupérer le crochet du bateau à son endroit habituel. Ensuite, tout ce que j'avais à faire était de descendre sur la pointe des pieds à la douche — ouvrir la porte doucement – voir la panique sur leur visage, et balancer le crochet dans sa gorge. Il n'y avait pas beaucoup de place pour armer le coup, mais ma rage aurait décuplé ma force non coutumière. De toute façon, il serait tombé sur la surface glissante. J'aurais peut-être eu le temps d'arracher le crochet et de donner un autre coup, cette fois verticalement, avec plus d'impact. Il se serait couché, soutenu par le siège des toilettes, son érection encore ignorant étonnamment les circonstances changées. Axelle, sans avoir besoin de me cacher sa nudité, aurait été coincée, terrorisée, contre le lavabo — criant. Les cris auraient alerté le petit Saulin, qui se serait précipité dans les escaliers pour devenir un parfait témoin oculaire. Le mari, la seule personne avec un minimum de vêtements, distribuant légitimement la punition à l'adultère, pris en flagrant délit.

Axelle aurait eu une preuve durable de ma capacité à me soucier d'elle et aurait été peu susceptible de s'égarer dans le futur. La douche, toujours ouverte, aurait balayé le sang, révélant deux perforations importantes. Dans mon imagination, je n'ai jamais vraiment décidé si l'hémorragie pouvait être stoppée. Cette fois, Murdoch n'aurait pas été capable d'organiser les premiers secours.

*

Gislaine, à juste titre, voulait savoir ce que je pensais du verdict et discuter de la possibilité de faire appel. Elle était habillée aussi sensuellement que son style de vêtements le permettait.

«Je pense que tu t'en es très bien sortie,» ai-je commencé, pour la mettre à l'aise, et j'étais en effet assez satisfait du résultat.

IN PRISON

'It would have been so easy.'

This is how it could/ should have gone ...

I would have tip-toed back up the stairs, but instead of slipping, cowardly, back into the sea, I should have retrieved the boat hook from its usual place. Then all I had to do was tip-toe back down to the shower — slide open the door — register the looks of alarm on their faces, and swing the hook into his throat. There was not much room for a decent swing, but my rage would have invoked a certain uncustomary strength. Anyway, he would have fallen down on the slippery surface. I might have had time to wrench the hook back out and deliver another blow, this time vertically, with more impact. He would be lying down, propped up by the lavatory seat, his erection still amazingly ignorant of the changed circumstances. Axelle, with no need to hide her nudity from me, would have been jammed, terror-stricken, against the wash basin — screaming. The screams would have alerted little Saulin, who would have hurtled down the stairs to become a perfect eye-witness. Husband, the only person with a modicum of clothing, rightfully dishing out punishment to adulterer, caught *in flagrante delicto*. Axelle would have lasting proof of my capacity to care about her and would be unlikely to stray in the future. The shower, still turned on, would have swept away the blood as it spurted out, revealing two major punctures. In my imagination, I never quite made up my mind whether the haemorrhage could be stopped. This time Murdoch would have been too incapacitated to organize first aid.

*

Gislaine, understandably, wanted to know how I felt about the sentence, and to discuss the opportunity of appealing. She was dressed as sensuously as her range of clothes would permit.

"I think you did very well," I kicked off, to put her at ease, and I was indeed quite comfortable with the result.

«Nous ne pourrions pas faire mieux en appel,» a-t-elle commencé avec une certaine hésitation.

« Je ne veux pas faire appel,» ai-je dit de façon catégorique. «Je suis tout à fait satisfait de ce que j'ai obtenu.» Devant son expression d'étonnement, j'ai continué. «J'ai fait plus d'un an déjà et je vais obtenir une importante réduction de peine pour bonne conduite.» Elle avait encore besoin d'être convaincue. Habituellement, personne n'est satisfait de la perspective de dix ans en taule, même avec la perspective de la remise de peine. Je décidai de m'expliquer.

«Gislaine, il y a quelque chose que je devrais te dire — maintenant.» Je m'arrêtai bien que j'avais déjà cent pour cent de son attention. « Je ne pouvais pas te le dire avant. Cela aurait créé de la confusion entre les choses — et toi.» Ses yeux s'ouvraient grand en prévision de ce que j'allais lui dire. «Ne t'inquiète pas,» poursuivis-je, «tout ce que tu as dit au tribunal était parfaitement vrai. Il manquait juste quelque chose. Je n'avais pas vu Murdoch Simpson depuis ce dernier dîner sur le bateau à Madagascar, mais au cours de ces années, ma rage a eu le temps de se calmer. J'ai perdu tout contact avec Axelle. En fait, personne ne me le dirait nécessairement si elle était morte. Cependant...»

Mon avocate était clouée à sa chaise. J'avais peur de la décevoir. «Cependant, si j'avais été encore avec Axelle, je crois que je n'aurais pas été prêt à un autre amour. J'aurais pu m'engager dans un flirt, ou deux, très probablement. Je pense savoir comment je me comporte.

Quoi qu'il en soit, j'ai rencontré quelqu'un, un médecin, au départ mon médecin, lorsque j'avais un cancer, il y a quatre ans. Ça a été extraordinaire ! Elle était mariée et avait deux enfants. Toute notre affaire était gardée secrète — totalement. Je n'avais jamais connu ce niveau d'amour. Peut-être qu'être clandestin a alimenté la passion? On ne le saura jamais. Elle est morte du cancer elle-même, quatorze jours avant que je ne rencontre Murdoch par accident. J'étais dans un mauvais état mental — pas visiblement, juste au plus profond. Elle avait été emmenée, et l'essentiel de moi-même était parti avec elle. J'agissais normalement en apparence, j'écrivais mes articles, je riais des blagues des gens... Mais honnêtement je détestais le monde — et, je suis désolé, c'est encore le cas. Quand je l'ai vu dans le café, je n'avais pas eu le temps d'élaborer une stratégie, d'amener au bout un processus de pensée. Mais j'ai fait une équation simple et instantanée.

"We might not do any better on appeal," she started out with some hesitation.

"I do not want to appeal," I stated quite emphatically. "I am quite content with what I got." Against her expression of astonishment, I went on, "I have done more than a year already and I will get yards off for decent behaviour." She still needed convincing. Usually, nobody is 'happy' with the prospect of ten years in jug, even with the perspective of remission. I decided to explain further.

"Gislaine, there is something I should tell you — now." I paused although I already had one hundred percent of her attention. "I could not tell you beforehand. It would have confused things — and you." Her eyes were opening wide in anticipation. "Don't worry," I continued, "everything you put forward in the court was perfectly true. There was just something missing. I had not seen Murdoch Simpson since that last dinner on the boat in Madagascar, but, precisely, over those years my rage has had time to subside. I have lost all touch with Axelle. In fact, no-one would tell me necessarily if she died. However ..."

My lady lawyer was rooted to her chair. I was afraid to let her down with an anti-climax. "However, if I had still been with Axelle, I believe I would not have been open to another love. I could have indulged in a flirt, or two, quite possibly. I think I know how I work.

Anyway, I met somebody, a doctor, initially my doctor, when I had cancer, coming up to four years from now. It was extraordinary. She was married with two children. Our whole affair was kept under wraps — totally. I have never known this level of love. Perhaps being clandestine fuelled the passion? We will never know. She died of cancer herself, just fourteen days before I happened to meet Murdoch. I was in a lousy frame of mind — not visibly, just deep down. She had been taken away, and most of me had gone with her. I was acting normally on the surface, writing my articles, laughing at peoples' jokes ... But truthfully, I hated the world — and, I am sorry, I still do. I did not have time to work up a strategy. Take the thought process right through in the café. But I did put together a simple, instant equation. Axelle would have protected me from falling in love with Tina. That is her name in French; her name in Vietnamese is much prettier. He took

Axelle m'aurait protégé de tomber amoureux de Tina. C'est son nom en français; son nom en vietnamien est bien plus joli. Murdoch a sorti Axelle de ma vie. Ma colère était déjà intense et j'ai cru que ce salaud était responsable. Je voulais vraiment lui faire mal. Évidemment, je ne m'attendais pas à le tuer. Cette partie de notre histoire ne change pas...» J'ai haussé les épaules.

«Je suis désolé», ai-je conclu.

« Je suis désolée pour toi.» Gislaine semblait vraiment bouleversée et peut-être déçue. «Tu devais être si triste. Cela a plus de sens.» Elle a penché sa tête d'un côté, «mais pas facile à mettre en avant comme défense. Tu avais raison de ne pas créer la confusion. J'ai gobé la version simple.»

«Donc, nous allons juste tout laisser comme ça,» ai-je proposé en guise de conclusion.

«Très bien. Et comment vas-tu maintenant?»

«C'est idiot,» répondis-je, «c'est un peu puéril. Je n'arrive pas à l'oublier. Je ne peux pas repousser la perte. Quoi qu'il en soit, que j'aide à la bibliothèque ici ou que je me promène librement à Paris parmi les lieux qui nous sont chers à tous les deux, la souffrance est identique.»

*

En fait, la bibliothèque de la prison était un lieu extrêmement propice pour penser à elle et nourrir le manque. Je pouvais si facilement évoquer sa peau brun clair étonnamment parfaite, la texture sublime de ses cuisses et de ses fesses. Et le parfum discret, mais si distinctif de sa moiteur lorsqu'elle s'éveillait… Je prenais ces souvenirs au lit avec moi et je m'en servais de remparts contre les cris et les malédictions provenant des cellules voisines. Regardant en arrière, le moment le plus heureux de ma vie était vraisemblablement et bizarrement quand je regardais son visage, froissé contre l'oreiller, dormant en sécurité à côté de moi dans l'hôtel à Barcelone.

J'arrivais parfois à me faire une raison :

Je n'avais plus à me faire un sang d'encre à chaque fois qu'elle partait en voiture avec le danger que son beau visage et son corps soient écrasés et brisés dans un enchevêtrement de plastique et d'acier.

Axelle out of the loop. My anger was already intense and somehow I reckoned the bastard was responsible. I did really want to hurt him, badly. Obviously, I did not expect to kill him. That part of our story does not change ... " I shrugged my shoulders.

"I am sorry," I concluded.

"I am sorry for you." Gislaine seemed genuinely upset and perhaps disappointed. "You must have been so sad. It does make more sense." She leaned her head on one side, "but not easy to put forward as a defence. You were right not to confuse me. I swallowed the simple version."

"So we will just leave it like that," I proposed as a conclusion.

"All right. And how are you now?"

"It's silly," I replied, "childish in a way. I can't get her out of my mind. I can't push away the loss. Anyway, whether I help out in the library here or wander free in Paris amongst the places dear to us both, the misery would be identical"

*

In fact, the prison library was hugely conducive to thinking about her and piling up the missing in my mind. I could so easily conjure up descriptions of her staggeringly perfect light brown skin with the sublime texture of her thighs and buttocks. Then there was that discreet but so distinctive perfume of her dampness, when aroused… I would take these memories to bed with me and build upon them against the haphazard shouts and curses from my neighbouring cells. Looking back, arguably if surprisingly, the happiest moment of my life was peering at Tina, her head crumpled against the pillow, sleeping in total security beside me in the hotel in Barcelona.

I sometimes succeeded as well in constructing an argument with a positive tilt:

I no longer had to climb the wall with worry every time she drove off in the car with the attendant danger of her lovely face and body being squashed and broken in a tangle of plastic and steel.

Je n'aurais pas à voir jamais ses gencives rétracter, ses seins se relâcher…

Je n'aurais jamais à observer mon désir commencer à baisser.

Malheureusement, cette vision des choses tenait rarement plus de quelques heures. Le fait est que si Tina avait marché sur mon visage avec des talons aiguilles, je n'aurais pas porté plainte – je n'aurais vu que le côté positif : son joli cul.

En substance, ma vie sans elle n'avait pas d'essence et donc pourquoi prolonger une telle existence?

I would never witness her gums receding, her breasts slackening…
I would never have to register my desire starting to slump.

Sadly, this argument seldom held up for more than a few hours.
The fact is if she had walked over my face in stiletto heels, I would not
have made a complaint — I would only have seen the positive side;
catching a glimpse of her lovely bum.

In substance, my life without her held no essence and so why
prolong such an existence?

DEHORS

Comme prévu, je fus libéré pour bonne conduite après (seulement) sept ans et demi. Je n'avais fait aucun effort particulier pour obtenir des crédits de bon comportement, mais le mauvais comportement n'est pas dans ma nature- si vous omettez un homicide et ma participation active à une affaire d'adultère.

C'est par un beau jour d'octobre ensoleillé que je fus conduit hors de la prison de Fresnes – encore le syndrome Macbeth du temps en parfaite harmonie avec l'événement. Ils me déposèrent à la barrière à une cinquantaine de mètres de la route et le gardien, un grand homme sympathique d'origine africaine, me fit un signe amical de la main.

Je me retournai pour regarder le bâtiment, comme je n'en avais jamais vu l'extérieur. J'étais arrivé quatre ans plus tôt dans une fourgonnette sans fenêtre, avec sept autres prisonniers, quand ils nous avaient transférés de La Santé, temporairement fermée pour une grande (et longtemps attendue) remise à neuf. Le mur avait une élégance frappante, remontant à 1898, une ligne droite ininterrompue, derrière des rangées militaires de thuyas matures, gardant plus de deux mille détenus hors de danger. Sur la porte massive en bois (qui s'ouvrait sur une seconde porte métallique plus menaçante) était inscrit l'euphémisme 'Etablissement Public de Santé'.

Je marchai lentement sur les quarante mètres qui me séparaient de la route principale, qui par une coïncidence charmante était nommée l'avenue de la Liberté. Il n'y avait pas de voiture qui m'attendait, moteur en marche, comme on le voit dans les films, avec les amis du gangster prêts à l'embrigader dans un nouveau et plus grand crime. On m'avait dit de prendre le bus 187 et l'arrêt était juste là, cette fois-ci justement appelé 'Maison d'arrêt'. On m'avait également informé que le moyen le plus rapide pour entrer dans le centre de Paris était de passer par le RER B à Arcueil, mais je n'avais aucun amour pour le réseau RER et je n'étais pas pressé, alors je décidai de rester dans le bus jusqu'à son terminus à la porte d'Orléans.

OUT

As anticipated, I was released after (only) seven and a half years on grounds of good behaviour. I had made no special effort to qualify for good behaviour credits; however my nature is not one of bad behaviour — if you leave out one homicide and my pro-active participation in an adulterous affair.

It was a beautiful sunny October day when I was driven out of the Fresnes penitentiary — once again a Macbeth syndrome of the weather in perfect harmony with the event. They dropped me off at the barrier about fifty yards down the road and the driver, a congenial big man of African origins, actually gave me a friendly good-bye wave.

I turned around to look at the building, as I had never seen the outside of it before. I had arrived four years earlier in a windowless van, together with another seven prisoners, when they transferred us from La Santé, temporarily shut down for a major (and long overdue) refurb. The wall had a stark elegance, dating back to 1898, an uninterrupted straight line, behind military rows of mature Thujas, keeping over two thousand inmates out of harm's way. The massive single wooden door (which opened onto a second, more menacing, metal gate) bore the euphemistic inscription 'Etablissement Public de Santé'.

I walked slowly down the remaining forty yards to the main road, which by a delightful coincidence was named the avenue de la Liberté. There was no car waiting for me, engine running, like you see in films, with the gangster's friends eager to cut him into a new and bigger crime. I had been told to take the 187 bus and the stop was right there, this time aptly entitled 'Maison d'Arrêt'. I had also been advised that the quickest way into central Paris was to change to the R E R ligne B at Arceuil but I had no love of the R E R grid and I was in strictly no hurry, so I decided to stay on the bus right through to its terminal at the Porte d'Orléans.

Il s'agissait d'un véhicule allongé, moderne avec à la fois la communication verbale et visuelle à chaque arrêt. Je m'assis à l'arrière et je me détendis. La première surprise fut l'annonce d'un arrêt appelé 'Strasbourg'. Je regardais dehors et en effet la rue était devenue rue de Strasbourg – étonnante au sud de Paris. Cela m'a fait penser à cette vieille blague irlandaise, quand un Anglais près de Dublin demande son chemin vers Killarney. L'Irlandais regarde attentivement la voiture et le conducteur, secoue la tête et dit avec délicatesse : «Si j'allais à Killarney, je ne partirais pas d'ici.»

Ce qui me surprit le plus, c'est la qualité de ces banlieues que je n'avais jamais visitées auparavant. Peut-être le soleil aidait-t-il, mais le mélange de tours et de maisons semblait entretenu et loin d'être triste. Le contenu du bus, se remplissant, était moins stimulant, avec, à mon goût, peut-être trop de jeunes avec des sweats à capuche et de femmes voilées.

Il me fallut trente-cinq minutes pour arriver à Paris, ma ville bien-aimée. Je descendis au terminus et je traversai le boulevard Brune jusqu'à la station de métro où j'achetai un carnet de tickets. Tout le réseau, les bruits des portes et des trains (plus racés qu'avant) ont ravivé des souvenirs bouleversants de Tina. J'avais sillonné la ville pour la voir si souvent, le cœur plein d'anticipation. Il n'y avait plus de raison de voyager, sauf, de façon marginale, pour rentrer chez soi.

Je mis la clé dans la serrure. Aucun changement visuel après à peu près sept années. Mon employée de maison, à deux demi-journées par semaine, avait continué à s'occuper de l'appartement et, sans chemises à repasser, elle avait dû avoir la vie facile, lisant ou dormant dans mon fauteuil ou prenant occasionnellement un bain tranquille. Je lui avais écrit pour l'avertir de mon retour imminent et il n'y avait pas un grain de poussière pour témoigner du passage du temps. J'étais heureux de revoir mes livres et le lit était incroyablement confortable.

Après trois jours, je remarquai un changement dans la rue; la disparition de la cabine téléphonique qui avait toujours été à une vingtaine de mètres de mon appartement entre les ormes sur le chemin de la station de métro. J'avais eu recours à elle juste après que la mère de Tina avait mis le détective à nos trousses et avant de savoir si mon propre téléphone avait été piraté ou non. À l'époque, j'avais découvert que les pièces de monnaie n'étaient plus acceptées et qu'il

It turned out to be a modern elongated vehicle with both verbal and visual communication as the stops went by. I sat at the back and relaxed. The first surprise was the announcement of a stop called 'Strasbourg'. I looked out and indeed the street had become rue de Strasbourg — astonishing on the south side of Paris. This made me think of that old Irish joke, when an Englishman near Dublin asks his way to Killarney. The Irishman looks intently at the car and the driver, shakes his head and says thoughtfully 'Well, if was going to Killarney, I wouldn't start from here'.

What surprised me more was the quality of these suburbs, which I had never visited before. Perhaps the sunshine helped, but the mixed bag of high-rise and villas appeared well kept and far from joyless. The content of the bus, filling up, was less stimulating, with perhaps too many young hoodies and veiled women for my taste.

It took thirty-five minutes to reach my once-upon-a-time beloved city of Paris. I got off at the terminus and crossed the Boulevard Brune to the metro station and purchased a book of tickets. The whole network, the sounds of clanging gates and of the trains (sleeker than before) brought back overwhelming memories of Tina. I had criss-crossed the town to see her so often, with my heart full of anticipation. There was no longer any purpose in travelling except, marginally, to go back home.

I turned the key in the lock. No visual change after seven odd years. My two half days a week Mrs Mop had continued to look after the flat and with no shirts to iron she must have had an easy time — perhaps reading or snoozing in my arm chair or the occasional leisurely bath. I had written her to warn of my pending return and there was not a speck of dust to bear witness to the passage of time. I was pleased to see my books again and the bed was unbelievably comfortable.

After three days I did notice a change in the street outside; the disappearance of the telephone booth which had always stood some twenty yards from my apartment between the Elm trees on the way to the metro station. I had had recourse to it just after Tina's mother had put the sleuth on us and before I knew whether my own phone had been hacked or not. At the time I discovered that coins were no longer accepted and had to buy a card. Obviously, the fact that 99.9 percent

fallait acheter une carte. De toute évidence, le fait que 99,9 % de la population était maintenant équipée de téléphones cellulaires avait fait disparaître ces cabines. Tout ce qui restait, si on y regardait de plus près, était un carré pâle indiquant un revêtement plus récent.

Mon premier déjeuner fut avec Jean-Pierre, et on avait l'air ravis d'être à nouveau ensemble. J'avais découragé les visites à Fresnes, comme étant pire que les visites de devoir à l'hôpital, sans douleur à conforter et avec un déplacement important, consommant jusqu'à une demi-journée pour vingt minutes de banalités. Nous sommes arrivés au restaurant presque simultanément et nous nous sommes donc rendus ensemble à notre table habituelle. Le serveur, Sylvain, toujours là, pouvait difficilement serrer la main de Jean-Pierre et pas la mienne. Il toucha les doigts d'un meurtrier pour la première fois de sa vie et allait probablement raconter l'événement ce soir-là à sa femme.

Jean-Pierre avait lutté (sans succès) pour s'accrocher à l'âge mûr. En dépit de son entraînement régulier au gymnase, il avait un début de ventre et j'aurais parié qu'il se teignait les cheveux. Quoi qu'il en soit, la barbe de cinq jours était maintenant à la mode et il ne s'était pas laissé tenter par des boucles d'oreilles ou des tatouages visibles...

« Chiroubles?» A-t-il demandé?

« Parfait,» répondis-je automatiquement, même si j'avais perdu le goût du vin et que je me demandais encore s'il reviendrait un jour.

Le menu n'avait pas beaucoup évolué et nous perdîmes peu de temps à commander.

Nous fîmes tinter nos verres et choisîmes d'observer le liquide rouge tourbillonnant plutôt que de nous regarder l'un l'autre.

« À la liberté!» Avons-nous dit à l'unisson.

« Qu'est-ce que ça fait d'être libre à nouveau?» A-t-il demandé avec une curiosité authentique et saine.

Je n'ai pas répondu honnêtement; j'ai esquivé. «Tu ne veux pas une description quotidienne des contraintes,» répondis-je. « Et Soljenitsyne l'a si bien fait. Evidemment, c'est génial de s'éloigner du bruit constant et bien sûr de retrouver un lit confortable.»

« Et maintenant?» Une autre question brûlante et un autre pas de côté de ma part.

« Je n'ai pas de travail. Le journal ne pouvait pas garder une place libre pour un assassin, même sympathique.» J'ai souri. «Et bien que

of the population were now armed with cell phones had rendered such call boxes extinct. All that was left, if one looked closely, was a faint square indicating more recent tarmac.

My first lunch out was with Jean-Pierre, and we came over as genuinely delighted to be together again. I had discouraged visits to Fresnes, as being worse than hospital duty visits, with no pain to comfort and a serious journey using up half a day for twenty minutes of banality. We arrived at the restaurant almost simultaneously and so made our way to the usual table together. The waiter, Sylvain, still there, could hardly shake hands with Jean-Pierre and not me. And so he gripped a murderer's fingers for the first time in his life and would probably recount the event that evening to his wife.

Jean-Pierre had been battling (unsuccessfully) to cling onto middle age. In spite of regular working out in the gymnasium there was the beginning of a paunch and I would put good money on the fact that he was dying his hair. Anyway, the five-day beard was fashion now and he had not gone for earrings or visible tattoos…

"Chiroubles?" He questioned.

"Perfect," I replied automatically, although I had lost the taste for wine and was still wondering if it would ever come back.

The menu had not evolved significantly and we wasted little time ordering.

We clinked our glasses and looked at the swirling red liquid rather than each other.

"To freedom!" We managed a degree of unison nevertheless.

"What is the most striking thing about being free again?" He asked in genuine and healthy curiosity.

I did not answer truthfully; I side-stepped. "You don't want a day-by-day description of the constraints," I replied. "And Solzhenitsyn has done that so well. Obviously, it's great to get away from the constant noise and of course to get back to a comfy bed."

"And what now?" Another searing question and another side-step from me.

"I don't have a job to go back to. The paper could not keep a place open for an assassin, even likeable," I smiled. "And although I kept up

je me sois tenu au courant en prison, j'ai perdu tout contact personnel avec les joueurs. Plus de sept ans, c'est plus d'une génération pour les footballeurs de première division. Seuls les gardiens de but peuvent rester dix ans au niveau professionnel supérieur. Cela explique en partie les salaires. Cependant, comme tu le sais, je n'ai heureusement aucun problème financier à surmonter. Merci maman et papa (il était un agent de change) pour cette prévoyance. Je vais peut-être voyager. J'ai du mal avec l'idée de revenir dans la vie parisienne.» Et c'était la vérité de l'Évangile. Clairement la nourriture était tellement meilleure 'dehors' et il y avait un réel plaisir dans le confort de son propre lit et de la salle de bains. Cependant... ayant épuisé les facteurs positifs et matériels d'une vie à Paris, je connus un niveau de solitude que je n'avais pas rencontré en prison, où il y a tant de règles à respecter et si peu de possibilités de choix.

Nous passâmes à la politique et c'était plus facile pour moi. Mes convictions politiques n'avaient pas changé en prison et étaient encore loin (à gauche) de celle de Jean-Pierre. J'étais pleinement à jour sur les questions d'actualité, la prison étant bien approvisionnée en journaux et radios. Il n'y avait jamais eu aucun espoir de le convertir à ma façon de penser et *vice versa*, mais nous avons toujours apprécié la joute et de penser à des cartes gagnantes à jouer. En mon absence, les gouvernements avaient changé, mais la bagarre gauche/droite était encore en pleine (et stérile) essor. Et cela nous permit d'achever le plat du jour. Les banalités prirent le relais avec les cafés et sur le moment, nous ne fixâmes pas de date pour notre prochain rendez-vous.

*

Le lendemain, je téléphonai à Guiramand; j'avais toujours son numéro de portable. L'avantage est que les gens gardent leurs numéros de téléphone lorsqu'ils déménagent, voyagent ou partent en vacances ou même changent de continent pour de bon. J'ai pensé qu'il était prudent de téléphoner à la mi-journée – à l'heure de l'apéro en France, pas trop tard au Japon et prêt à attraper le lève-tôt à New York.

« Guiramand.»

J'étais heureux de constater qu'il était encore en vie! Je ne pouvais pas le considérer comme un ami, mais c'était l'une des rares personnes qui savait vraiment à propos de Tina et ce qu'elle signifiait pour moi. De plus, étonnamment, il avait pris le temps d'assister au procès.

to date in prison, I have lost all personal contact with the players. Over seven years is more than a generation for first class footballers. Only the goalkeepers can stay ten years at the top professional level. That partially explains the salaries. However, as you know, I fortunately have no financial problem to overcome myself. Thank you, mum and dad (he was a stock-broker) for such foresight. I might travel. I have trouble with the idea of settling back into Paris life." And that was Gospel truth. Clearly the food was miles better 'outside' and there was a distinct layer of pleasure in the comfort of one's own bed and bathroom facilities. However ... having exhausted the positive, material factors of a life back in Paris, I experienced a level of loneliness which I had not encountered in prison, where there are so many rules to obey and so little opportunity for choice.

We moved on to politics and this was easier ground for me. My political persuasion had not altered in jail and was still far (left) from Jean-Pierre's. I was also fully up-to-date on the current issues, the prison being well supplied with newspapers and radios. There had never been any hope of converting him to my way of thinking and *vice versa*, but we always enjoyed the joust and thinking up the winning cards to play. In my absence Governments had changed but the basic left/right scrap was still in full (and sterile) swing. And so this took us through the main course. Full scale banalities took over with the coffees and we did not there and then fix up a firm date for our next appointment.

✱

The following day I phoned Guiramand; I still had his cell phone number. The advantage is that people keep these phone numbers when they move house, travel or go abroad on holiday or even change continents for good. I thought it prudent to phone at mid-day — aperitif time in France, not too late in Japan and geared to catch the early riser in New York City.

"Guiramand."

I was pleased to register the fact that he was still alive! I could not rate him even as a friend; however, he was one of the few persons who really knew about Tina and what she meant to me. Furthermore, surprisingly, he had taken the time to attend the court case.

« C'est Xavier Durant. Vous souvenez-vous de moi?»

« Oh oui, bien sûr. Comment ça va?»

« Je vais bien. Je suis sorti de prison et,» après une pause, «j'aimerais vous voir à nouveau.»

« Avec plaisir. Je pense que vous connaissez mon bar préféré. Vers sept heures ce soir, ou demain?»

« Il n'y a pas d'urgence, mais ce soir serait parfait pour moi.»

Il était dans le même coin que la première fois. Il se leva, autant que la table le permettait et assez pour révéler son pantalon en velours côtelé, marron et bouffant. Il était fidèle à sa propre marque et à son style, pensais-je, ou peut-être était-ce simplement le même pantalon, bien entretenu?

« Monsieur Guiramand,» dis-je en serrant sa main tendue.

« Gérard,» dit-il dans un sourire chaleureux.

« Gérard,» j'ai souri à mon tour, « c'est bon de voir que vous avez bonne mine.»

Guiramand devait avoir eu sans doute l'air plus âgé lorsqu'il était beaucoup plus jeune, mais ayant peu changé, il avait été peu à peu dépassé par la plupart de ses contemporains.

«Vous aussi. Cuisine carcérale?» Livré avec un grand sourire.

« Cela aurait pu être pire, en fait, meilleure que certains repas d'hôpital.»

Le mot 'hôpital' sembla déclencher quelque chose dans le cerveau de Guiramand.

«Quelle est la meilleure chose dans le fait d'être libre à nouveau?» A-t-il demandé.

Presque exactement la première question que Jean-Pierre, mais cette fois-ci je répondis honnêtement. «La liberté de m'éliminer de façon appropriée.»

Guiramand encaissa sans exprimer de choc ni même de surprise. «Je reconnais que ça ne doit pas être facile en prison. Ils prennent des mesures pour rendre la chose difficile, et il y a peu de choses pires qu'un suicide bâclé – en particulier en prison.»

Il ne pouvait pas mieux résumer la situation, et, comme je m'en rendais compte, il continua.

«Peu importe, un verre vous ferait du bien?»

J'ai regardé son verre, les restes d'un Dalwhinnie, supposais-je.

"It's Xavier Durant. Do you remember me?"

"Oh yes, of course. How are you?"

"I am fine. Out of jail and," after a pause, "I would like to meet you again."

"With pleasure. I think you know my favourite bar. Around seven this evening, or tomorrow?"

How easy I thought. "There is no urgency, but tonight would be perfect for me."

He was in the same corner. He stood up, as far as the table would permit and enough to reveal a pair of baggy brown corduroys. He was faithful to his own brand and style, I thought, or perhaps simply the same pair, well cared for?

"Monsieur Guiramand," I said, shaking his outstretched hand.

"Gérard would be better," he smiled warmly.

"Gérard," I smiled back, "It is good to see you are looking well."

Guiramand had probably looked older than his years when much younger, but having changed little he had been gradually overtaken by most of his more glamorous contemporaries.

"You too. Prison cuisine?" Delivered with a large grin.

"It could have been worse actually, an improvement on some hospital fare."

The word 'hospital' clicked something in Guiramand's brain and it showed.

"What is the best thing about being free again?" He enquired.

Almost exactly Jean-Pierre's first question, but this time I replied truthfully. "Freedom to do away with myself in an appropriate manner."

Guiramand took this on without expressing shock or even surprise. "I concede it can't be easy in prison. They take steps to render it difficult, and there are few things worse than a botched suicide — particularly in jail."

He could not have resumed the situation better, and, as I was taking this in, he continued.

"Whatever, you could do with a drink?"

I looked down at his glass, the remains of a Dalwhinnie, I presumed.

«Deux Dalwhinnie, s'il vous plaît.» J'ai transmis la commande avec un rire à peine étouffé au serveur qui regardait vers nous à ce moment précis. Lorsque nous avons trinqué, j'ai dit 'santé' et il a murmuré 'bon courage'.

« Il y a quelque chose que je voulais vous dire. Quelque chose que peu de gens comprendraient, et vous êtes au courant pour Tina et vous êtes venu à mon procès. J'étais heureux de vous voir là-bas.»

Il n'a rien dit, attendant que je continue.

« Vous vous souvenez peut-être de l'orientation de ma défense au procès?»

Il a hoché la tête.

« Eh bien, c'était probablement la seule solution, mais en grande partie fausse. Vous voyez, j'avais depuis longtemps perdu tout sentiment profond envers Axelle, ma première femme. Ça faisait des années. Plus du tout au point de déclencher une réaction brutale. Cependant, Tina, que vous connaissiez, venait de mourir d'un cancer, et j'étais en guerre avec tout ce monde injuste. Le fait de voir Murdoch Simpson n'a pas immédiatement déclenché une rage particulière. C'est plus tard, dans le café, que j'ai senti la perte lancinante de Tina et en une fraction de seconde je l'ai rendu responsable pour tout cela. C'est idiot quand on y pense maintenant, mais mon esprit a trouvé une solution courte : pas de Murdoch – pas de perte d'Axelle – pas d'espace pour trouver Tina… morte. Je n'y ai pas réfléchi. Le clou était là. Mon geste a été impulsif, certainement conçu pour blesser, sûrement pour endommager, mais pas nécessairement pour tuer.»

Guiramand avait écouté attentivement, notant la coïncidence fatale de la présence du clou à ce moment déterminant. «C'est plus logique,» a- t-il conclu.

Quelqu'un m'avait enfin compris. Je lui donnai mon plus chaleureux sourire et nous décidâmes de dîner tôt ensemble. Le serveur recouvrit notre table d'une nappe rouge et blanche et installa le sel et le poivre. Nous discutâmes de tout et de rien, les chances d'un remake étant lointaines. J'appris qu'il avait connu lui-même une perte dramatique et qu'il ne s'en était jamais remis. Étonnamment, il avait même été arrêté par la police une fois. Il avait trouvé l'expérience intéressante – voir les choses de l'autre côté, conscient qu'il y avait eu une erreur de la part de ses anciens collègues.

"Two Dalwhinnies, please," I conveyed the order with barely suppressed laughter to the waiter, who happened to be looking our way at that precise moment. When we clinked glasses I said, '*santé*' and he murmured '*bon courage.*'"

"There is something I wanted to tell you. Something few people would understand, and you knew about Tina and you came to my trial. I was pleased to see you there."

He said nothing, waiting for me to continue.

"You may remember the thrust of my defence at the trial?"

He nodded.

"Well, it was probably the only way to go — but largely false. You see I had long since lost any serious emotion regarding Axelle, my first wife. It had been years softening down. No longer of a level to create a brutal reaction. However, Tina, whom you knew, had just died — of cancer, and I was at war with the whole unfair world. Seeing Murdoch Simpson did not immediately spark off any special rage. It was later on, in the café, that I felt that stabbing loss of Tina and in split seconds I made it all *his* fault. Silly when you think about it now, but my mind raced through to a short-cut solution; no Murdoch — no loss of Axelle — no space to find/need Tina… now dead. I did not think it through. The nail was there. My gesture was impulsive, certainly designed to hurt, surely to damage, but not necessarily to kill."

Guiramand had listened carefully, noting the fatal coincidence of the nail being right there at the determining moment. "It makes more sense," he concluded.

Someone really understood me at last. I gave him my warmest smile and we found it easy to drift into an early dinner. The waiter covered our table with a red and white table-cloth and set up the salt and pepper. We talked freely of this and that, the chances of a remake being remote. I learned that he had known dramatic emotional loss himself and never quite got over it. Amazingly he had even been arrested once himself. He had found the experience interesting — seeing things the other way round, and aware that there had been a mistake by his erstwhile colleagues.

Les cafés consommés, il me fit comprendre que c'était son restaurant et que la note était pour lui, pleinement conscient que la réciprocité n'était pas d'actualité.

Il s'est penché sur la table, parlant tranquillement. « Il serait follement présomptueux de ma part de penser que je pourrais vous faire changer d'avis. Aussi triste que cela puisse être, vous avez évidemment eu amplement le temps de peser le pour et le contre que vous seul pouvez évaluer.»

J'ai composé une sorte de sourire mais n'avais rien à ajouter, alors on s'est serré la main et on s'est dit au revoir.

*

Bien sûr, j'ai essayé le sexe – en quelque sorte.

J'ai choisi un de ces innombrables salons de massage que l'on trouve dans les ruelles de la ville. Dans la rue Blanche, en bas du Moulin Rouge, j'ai sonné à quelques portes, attendant d'apercevoir la locataire pour me décider. Les trois premières m'ont laissé indifférent et je pensais abandonner – le projet se refroidissant. Derrière la quatrième porte, si légèrement ouverte, se trouvait une jeune femme orientale en robe de chambre, qui correspondait plus ou moins à ma recherche. Elle effectua un massage vraiment professionnel, ne prenant pas de raccourcis, et dans le miroir, je pouvais voir qu'elle avait de beaux seins fermes. Quand il a été temps pour le corps à corps, elle les a fait glisser lentement le long de ma colonne vertébrale avant de me demander de me retourner et de la sentir contre moi. Je ne pouvais pas ne pas remarquer que ses poils pubiens étaient droits, asiatiques, quelque chose que je connaissais. Néanmoins j'appréciai le moment de la libération, un flash de précieuses secondes d'oubli, avant de revenir à mon propre monde plein de lacunes et de tristes réalités. Elle a très gentiment nettoyé la situation avec un chiffon doux et humide et, quittant la chambre, m'a dit de me détendre un moment. Je l'ai fait, mais mon esprit était déjà ailleurs. Quand elle est revenue, j'étais déjà à moitié habillée et j'ai pioché dans une poche pour lui donner encore dix euros. Elle s'inclina les mains jointes en position de prière. Les pourboires n'étaient évidemment pas une pratique générale dans ce commerce.

«Je m'appelle Lilly,» a-t-elle dit, en supposant peut-être que les gens ne donnent un pourboire spontanément que s'ils ont l'intention de revenir.

The coffees consumed, he made it clear that it was his restaurant and his call, fully aware that reciprocity was not on the cards.

He leaned across the table, speaking quietly, "It would be wildly presumptuous of me to think that I could make you change your mind. However sad as it may be, you have obviously had ample time to weigh up the pros and cons which only you can evaluate."

I mustered a sort of a smile but had nothing to add, so we shook hands and said good-bye.

*

Of course, I did try sex — of a sort.

I chose one of those innumerable massage parlours to be found in the back streets of the town. In the rue Blanche, down from the Moulin Rouge, I rang a few door-bells, waiting to catch a glimpse of the tenant. The first three did strictly nothing for me and I was thinking of giving up — the project going cold and limp. Behind the fourth door, ever so slightly pulled open, was a young Oriental woman in a dressing-gown, who more or less fitted into my 'job description'. She carried out a really professional massage, taking no short cuts, and in the mirror, I could see that she had beautiful, firm breasts. When it was time for the body/body bit, she ran them slowly up my spine before asking me to flip over and feel her against me. I could not fail to notice that her pubic hair was straight, Asian, something I had been familiar with. Nevertheless I did enjoy the moment of release, a flash of precious seconds of oblivion, before coming back to my own world full of gaps and sad realities. She very sweetly cleaned up the situation with a soothing damp cold cloth and, leaving the room, told me to relax a while. I did, but recognised that my mind was elsewhere already. When she returned, I was already half-dressed and I fished into a pocket to give her another ten Euros. She bowed with her hands together in the prayer position. Tips were obviously not general practice in this commerce.

"My name is Lilly," she said, assuming people only tip spontaneously as an investment, should they intend to come back.

Alors que je finissais de lacer mes chaussures, elle griffonna son nom et son numéro de téléphone sur un bout de papier. Je l'ai mis dans ma poche de veste et nous nous sommes embrassés légèrement sur la joue pendant que je sortais discrètement dans la rue. Dehors, en plein jour, j'ai sorti son petit mot. En fait, Lilly s'épelait Lyly. J'ai froissé le petit morceau de papier et l'ai laissé tomber dans la première poubelle disponible.

La thérapie n'avait pas fonctionné.

*

J'avais décidé, de manière un peu masochiste, de me lancer dans un *pèlerinage* vers la maison de Tina. Je n'y étais jamais allé. La journée était plutôt ennuyeuse et le trafic en fin de matinée était fluide. J'avais eu beaucoup d'occasions d'interrompre l'expédition, mais je persévérai.

Logiquement pour les personnes d'origine vietnamienne, la banlieue se trouvait du côté sud du fleuve et en fait pas si loin de la place d'Italie où elle avait commencé sa vie parisienne à l'âge de onze ans. Pas loin de Fresnes non plus, peut-être quinze minutes à vol de corbeau disgracieux.

En tant que citadin, je me suis toujours senti mal à l'aise dans les banlieues – rien de snob, juste le manque de cafés, de boutiques et de gens. Je continuais cependant, sans doute en ayant besoin d'un autre clou…

La rue elle-même, bien que légèrement courbée, était ultra banale; un mélange de petites maisons, des jardins bien entretenus et quelques mûriers pour adoucir la vue. Je ne me suis pas garé juste en face du numéro douze, mais assez près pour absorber les détails. Je pouvais imaginer Tina dans sa voiture sortant tôt le matin, hiver et été, pour conduire jusqu'à l'hôpital. Il y avait un grand chat assis sur le portail d'à côté. Il était d'une couleur orange terne, 'roux' serait probablement le ton officiel. Il me regarda de manière impitoyable pendant un certain temps, puis, minutieusement sur la petite surface disponible, me tourna le dos. Les choses auraient-elles été différentes si j'avais eu un chat qui comptait sur moi?

Je ne savais pas si la famille avait déménagé, mais tard le matin, un jour de semaine, il y avait peu de risque que quelqu'un me remarque assis dans la voiture. Ils avaient pu prendre leurs distances par rapport

Whilst I finished lacing my shoes, she scribbled her name and phone number on a scrap of paper. I put it in my jacket pocket and we kissed lightly on the cheek as I slipped out into the street. Outside, in the daylight, I took out her little note. Finally, Lilly was spelled Lyly. I crushed the little piece of paper and dropped it in the first dustbin available.

The therapy had not worked.

*

I decided, somewhat masochistically, to embark on a *pilgrimage* to Tina's house. Obviously, I had never been there before. The day was appropriately dull and the traffic in the late morning was fluid. I had constant opportunities to abort the expedition but persevered.

Logically for people of Vietnamese origin the suburb was on the South side of the river and in fact not so far from the place d'Italie where she had started out her Parisian life at eleven years of age. Not that far from Fresnes either, perhaps fifteen minutes for an ungainly Crow to fly.

As a city dweller, I always registered uneasiness in the suburbs — nothing snobbish, just the lack of cafés, shops and people. I pushed on nevertheless, doubtless needing another mental nail…

The street itself, though slightly curved, was mega banal; a mixture of small villas, rival front gardens in good trim and a few Mulberry trees to soften the view. I did not park right opposite number twelve, but near enough to take in the detail. I could imagine Tina exiting in her car early in the mornings, winter and summer, to drive to her hospitals. There was a large cat sitting on the next-door gatepost. It was of a dull orange colour, probably 'ginger' would be the official tone. It glared unblinkingly at me for a while and then, painstakingly on the small surface available, turned its back on me. I wondered if things would have been different if I had owned a cat that relied on me?

I had no idea whether the family had moved away, but late morning on a weekday there was little risk of anyone seeing me sitting in the car. They could have removed to distance themselves from their memories

à leurs souvenirs d'elle, mais les filles, adolescentes maintenant, avaient peut-être été réticentes à changer d'école. Je me demandais si l'aînée, en qui j'avais reconnu les prémices de la beauté de sa mère, lui ressemblait plus maintenant avec cette belle bouche et ses yeux marron foncé? Peut-être que son mari s'était remarié et que cela avait provoqué un changement de résidence.

Curieusement, nous n'avions jamais discuté de l'avenir. Nous avions peur d'abimer le présent. Et après le retour de sa maladie c'était devenu vain. Je pensais une fois de plus à tel point qu'il aurait été préférable que, bien avant sa maladie, Tina ne mette fin à notre liaison, retourne au bercail ou trouve un nouvel amant. J'aurais reçu sa décision, peut-être transmise par un SMS écrit au milieu de la nuit pour m'assommer le matin en me réveillant. Après avoir disséqué chaque syllabe à la recherche d'une lueur d'espoir, il y aurait eu une énorme déception et une lente souffrance pour moi, bien sûr, mais peut-être avec le temps une occasion de recommencer. En tous cas pas cette vie avec le cœur brisé, regardant des secondes qui passent si lentement et des années vides à venir, à moins que...

Et évidemment, il n'y aurait pas eu l'irrévocable perte passionnée et capable de faire plaquer le visage de quelqu'un sur un clou droit de cinq pouces.

À ce moment-là, une voiture s'est présentée et j'ai réalisé que je bloquais une porte d'entrée. J'ai composé une expression qui mêlait la surprise et la gêne et suis parti.

*

Il n'y a jamais eu aucun doute sur l'endroit où aller. Tina conduisait entre deux hôpitaux et j'étais avec elle pour le trajet et un déjeuner rapide. Nous étions sur le remblai de la rive droite, à côté du Louvre. Je pouvais voir les cadenas luisant dans la lumière pâle du soleil sur le pont des Arts.

«Je sais que c'est terriblement kitch,» avais-je commencé, pas même convaincu moi-même, «mais peut-être que nous devrions avoir un cadenas aussi?»

«Il nous en faut un,» avait-elle répondu instantanément, sans quitter la route des yeux.

J'ai souri de bonheur, bien qu'à l'époque il n'y ait jamais eu de bonheur à grande échelle, puisqu'elle était en rémission.

of her, but the girls, teenagers now, would have been reluctant to change schools. I wondered if the elder daughter, who had shown signs of inheriting her mother's beauty looked more like her now with that lovely mouth and dark brown eyes? Perhaps her husband had remarried and that would surely have provoked a change of residence.

Strangely enough, Tina and I never discussed the future. We did not want to damage the present. After her illness came back, it became pointless. It occurred to me once again how much better it would have been if before her illness, she had put an end to our affair, returned to the fold or found a new lover. Her decision, perhaps conveyed by an SMS, written in the middle of the night, stunning me when I woke up in the morning. After dissecting each syllable for a glimmer of hope, there would have been gigantic, thudding disappointment and slow misery for me of course but perhaps with the passage of time an opportunity to start again. Not this present life with a broken heart, watching the seconds crawling by and the empty years ahead — unless...

And obviously there would not have been the irrevocable passionate loss capable of slamming someone's face on an upright five-inch nail.

At that moment a car drew up opposite and I realised that I was blocking a gateway. I managed a surprised, excusing expression and drove away.

*

There was never any doubt about where to go. Tina was driving between two of her hospitals and I was with her for the ride and a speedy lunch. We were on the embankment of the Right Bank, alongside the Louvre. I could see the padlocks glinting in the pale sunlight on the Pont des Arts.

"I know it's frighteningly kitsch," I started out, not even convinced in my own mind, "but maybe we should have a padlock too?"

"We must have one," she replied instantly, not taking her eyes off the road.

I smiled in happiness, although at the time there was never full-scale happiness, since she was in remission.

Quelques jours plus tard, nous avons marché le long du côté pavé, presque au niveau du fleuve sous le quai Conti, de Saint-Michel au pont des Arts. Le pont est réservé aux piétons et traverse la Seine jusqu'au quai Mitterrand, offrant de belles vues sur l'ile de la Cité, avec les flèches de la Sainte-Chapelle et de Notre-Dame (et le palais de Justice, dont je devais devenir familier).

La pratique des cadenas d'amour a commencé en Europe de l'Est dans les années quatre-vingt. Du choix évident du pont des Arts, conçu pour les promeneurs, l'idée s'est déplacée en amont vers le pont de l'Archevêché derrière la cathédrale. Le nombre de cadenas est maintenant au-delà de ce que l'on peut compter et extrêmement dense sur de nombreux panneaux de treillis métallique. Un jeune homme d'origine africaine, doté d'initiative, vendait des cadenas de plusieurs dimensions, et prêtait un stylo à encre indélébile, à des couples de touristes qui se trouvaient sur le pont et voulaient faire partie du projet, (et qui ne seraient jamais allé chercher la quincaillerie la plus proche, sans même connaître le français pour 'cadenas'). J'avais le mien dans la poche, déjà gravé. Quoi qu'il en soit, la combinaison de nos deux initiales de prénom est triviale. Le TX, plus logique, comme une contraction de «thank you» et XT pour la technologie étendue, généralement plaquée sur une Renault ou une Yamaha. Par consentement mutuel, tacite, nous n'avions pas jugé nécessaire de faire de notre amour une affaire publique et près du milieu du pont, côté Notre-Dame, nous nous sommes penchés et avons placé notre modeste cadenas pour une tranche d'éternité.

«Tu sais, certaines personnes en font une habitude,» lui ai-je murmuré à l'oreille, les lèvres assez près pour l'embrasser. «Tu pourrais être ma sixième ou septième victime.»

«Je ne pense pas,» a-t-elle dit, déplaçant sa tête doucement dans un mouvement de négation. Elle savait sans l'ombre d'un doute qu'elle était la première et la dernière.

⋆

Je n'étais pas allé sur le pont depuis ma peine de prison. En fait, j'avais fait tout mon possible pour éviter ce qui pouvait m'évoquer le souvenir de Tina. Pendant notre relation — 'relation amoureuse' semble une expression triviale pour désigner ce que nous avons signifié

A few days later, we walked along the cobbled key side, almost on the level of the river below the Quai Conti from Saint Michel to the Pont des Arts. The bridge is for pedestrians only and crosses the Seine to the Quai Mitterrand, affording beautiful views of the Isle de la Cité, with the spires of La Chapelle and Notre Dame (and the Palais de Justice, with which I was to become particularly familiar).

The practice of 'love padlocks' is said to have started in Eastern Europe in the nineteen-eighties. From the obvious choice of the Pont des Arts, designed for strolling lovers, the idea has moved upstream to the Pont de l'Archèvéce behind the cathedral. The number of padlocks is now beyond counting and extremely dense on many of the wire mesh panels. A young man of African origin, with initiative, was selling padlocks of several dimensions, together with the loan of an indelible ink pen, to tourist couples who happened to be on the bridge and were grabbed by the project, (and who would never have gone to look for the nearest ironmonger shop, without even knowing the French for padlock). I had mine in my pocket, already duly inscribed. Either way round, the combination of our two first name initials comes over as trivial. The more logical TX as a contraction of 'thanks' and XT for extended technology, usually tacked on to a Renault or a Yamaha. By mutual, tacit, consent we did not deem it necessary to make our love a public affair and near the middle of the bridge, on the Notre Dame side, we just hunkered down and placed our modest padlock for a slice of eternity.

"You know some people make a habit of this," I whispered into her ear, my lips close enough for kissing. "You might be my sixth or seventh victim."

"I don't think so," she said, moving her head gently in a negative. She knew beyond shadow of doubt that she was the first and the last.

*

I had not been to the bridge since my prison sentence. In fact, I had been doing my utmost to avoid direct memory tags. During our relationship — 'love affair' seems a trivial description of what we meant to each other — I took over a hundred photos of Tina on

l'un pour l'autre — j'avais pris plus d'une centaine de photos de Tina sur mon téléphone portable et j'avais conservé plus de huit cents SMS de sa part. J'avais régulièrement sauvegardé les photos et les messages de peur de perdre mon téléphone. La clé USB était dans un tiroir de mon bureau, une version moderne, mais moins romantique, d'un paquet de lettres d'amour, enveloppé dans un ruban bleu. Comme ces lettres, la clé n'a JAMAIS été consultée.

Vous aurez deviné que je n'écoutais jamais 'These are the days'. En fait, je n'avais pas passé un seul CD de Van Morrison sur ma chaîne hi-fi, me privant ainsi de ma musique préférée. Le fait que le morceau ait été joué dans l'église était une preuve solide que Tina pensait constamment à moi alors qu'elle se préparait à mourir. C'était son dernier message.

L'auteure américaine, Joan Didion, avait raison; il n'y a pas de réconfort dans les souvenirs. Au contraire, ils ne font que rouvrir les plaies.

Par une étrange malice, appelez ça les *ciseaux du destin*, je me suis arrêté à un feu rouge près de l'Opéra et j'ai entendu quelques notes de cette chanson, émanant d'une voiture à côté, avec la fenêtre en partie ouverte. C'était comme si une dague m'avait poignardé, comme une hernie, mais pas dans le bas du dos — dans le cœur. S'il y eut un doute, cela l'a dissipé. Ma décision était prise.

*

N'oubliez pas qu'il y a très peu de façons attrayantes de se suicider en prison. La pendaison, la solution standard, était hors de question pour moi et de plus, comme Guiramand l'avait observé, il ne pouvait y avoir rien de pire qu'une tentative ratée. J'avais déjà soigneusement anticipé mon plan d'action. J'ai toujours eu du mal à jeter les choses, même si je ne me souciais plus du tout des objets et des biens. Je n'avais pas pratiqué la plongée sous-marine depuis au moins vingt ans, mais mon équipement était soigneusement rangé dans ma cave. La plupart n'aurait plus été considérée comme sûre et aurait probablement suscité des sourires, sinon carrément des rires, dans les cercles de plongée. Cependant, il n'y avait pas eu d'évolution technique significative en ce qui concernait les poids, et j'ai toujours eu besoin de six ou sept kilos pour me faire descendre.

my mobile phone and I had retained upwards of eight hundred SMS messages from her. I had regularly safeguarded both the pictures and the messages for fear of losing my telephone. The USB key lay in a drawer of my study, a modern, if less romantic, version of a bundle of love letters wrapped up in a blue ribbon. Rather like such letters, it was NEVER consulted.

Logically, you will understand that I never played 'These are the days'. Indeed, I did not put any Van Morrison on the CD player, thereby snookering myself from a chunk of my favourite music. The fact that the track was played in the church was solid proof that Tina was constantly thinking of me as she was preparing to die. It was her ultimate communication.

The American author, Joan Didion, was so right; there is no solace in memories. On the contrary, they just open up wounds for further hurt.

By some strange mischance, call it the *shears of fate*, I was stopped at a set of traffic lights near the Opera and I heard a strand of that song, emanating from a car alongside, with the window partly down. It was as if a sharp nail had stabbed me, like a hernia, but not in the lower back — in the heart. If there had been any doubt, that dispelled it. My mind was made up.

*

Please remember there are very few attractive ways of committing suicide in jail. Hanging, the standard solution, was out of the question for me and furthermore, as Guiramand observed, there could be nothing worse than a botched attempt. I had already carefully planned my course of action. I had always had difficulty in throwing things out — although now I no longer cared the slightest for objects and possessions. I had not indulged in SCUBA diving for at least twenty years but my equipment was carefully stored in my cellar. Most of it would no longer qualify as safe and probably bring smirks, if not outright laughter, in diving circles. However, there has been no significant, technical evolution as regards weights, and I always needed six or seven kilos to get me down.

Je pensais que je le ferais vraiment bien. Pas de désordre à nettoyer derrière moi. Je n'avais à me préoccuper d'aucun proche parent – ou de quiconque qui pourrait s'inquiéter pour moi. J'avais informé ma femme de ménage que j'allais faire un voyage à Madagascar et que je ne serais pas de retour avant un certain temps et j'avais transféré l'équivalent d'une année de rémunération sur son compte bancaire. J'avais choisi Madagascar parce qu'elle n'était manifestement pas au courant de mon ancienne relation avec ce pays et j'ai trouvé cela approprié. Elle serait probablement surprise que j'ai pris si peu d'affaires et oublié mon appareil photo, mais ce serait après. Je supposais, sans volonté formelle et sans héritier, que le produit de ma succession reviendrait à l'Etat et que le pays avait sûrement besoin de toute l'aide financière qu'il pouvait obtenir, la plupart des citoyens esquivant pour éviter le fisc. Je n'avais aucune idée de ce qui arrivait aux cadavres récupérés et, en tant que non-croyant convaincu, j'étais totalement indifférent au choix entre pourrir ou brûler.

Cela aurait été une erreur de prendre la voiture; tracas pour tout le monde, même avec la clé de contact sur le tableau de bord, et aussi une rapide conduite à l'identification. Et qui voudrait perdre le temps, l'énergie et le coût de plongeurs professionnels? J'avais pris un taxi, encombré seulement d'un lourd sac de sport en toile, et demandé à aller au coin de la rue de l'amiral de Coligny et du quai Mitterrand. Le premier avait été un noble influent au XVIème siècle, assassiné (probablement en bas de la rue) en raison de sa religion pendant le massacre de la Saint-Barthélemy. Le dernier avait été mon président pendant quatorze ans et un champion reconnu pour les affaires clandestines, avec en particulier une maîtresse secrète pendant trente-trois ans. Bien sûr, il avait aussi participé à l'abolition de la peine de mort!

Le café au coin, le Corona, n'avait pas de particularité, mais était au bon endroit. J'ouvris la porte et j'entrai. Je n'y avais jamais mis les pieds auparavant et je fus surpris de voir à quel point il était grand. Il était presque vide et je me dirigeai vers le banc à l'extrémité, admirant le cuir, ou un ersatz, brun pâle, la tapisserie et les statues en albâtre improbables, un hommage au Louvre en face. Je commandai un café, à l'italienne, et je regardais autour de moi, mon sac sur le sol à mes pieds. Il y avait un couple âgé, en pleine conversation. Cela aurait mis un point final sur les lots de coïncidence si c'était M.et Mme Boulangé, mais je supposais qu'ils étaient soit morts depuis longtemps, soit absents des cafés si tard dans la soirée. Si cela avait été la famille Boulangé, j'aurais

I thought I would do it really well. No mess to clear up behind me. I had no near next of kin to worry about — or who might be worried about me. I informed my cleaning lady that I was going on a trip to Madagascar and would not be back for a while and I transferred the equivalent of a year's remuneration to her bank account. I chose Madagascar because she had obviously no knowledge of my former involvement with that country and I somehow thought it appropriate. She would probably be surprised that I had taken so few belongings and forgotten my camera, but that would be afterwards. I assumed, with no formal will in place and no close relative, that the proceeds of my estate would revert to some part of the government and the country surely needed all the financial help it could get, with most citizens ducking and weaving to avoid the tax man. I have no idea what happens to retrieved corpses and, as a convinced non-believer, I was totally indifferent to the choice between rotting or burning.

It would have been a mistake to take the car; hassle for everyone, even with the ignition key on the dashboard, and also a quick lead to identification. And who would want to waste the time, energy and cost of professional divers? I took a taxi, saddled only with one heavy canvas sport's bag, and asked to go to the corner of the rue de l'Amiral de Coligny and the Quai Mitterrand. The former had been an influential nobleman in the sixteenth century and murdered (presumably down the road) on the back of religion during the Saint Barthelemy massacre. The latter had been my President for fourteen years and a recognised champion in clandestine matters, with in particular a secret mistress for all of thirty-three years. Of course, he had also been party to the abolition of the death penalty!

The café on the corner, the Corona, had no outstanding feature, but was in the right place. I pushed open the door and stepped inside. I had never set foot in it before and was surprised how large it was. It was nearly empty and so I walked through to the bench at the far end, admiring the pale brown leather, or clever substitute, upholstery and the unlikely alabaster statues, a tribute to the Louvre across the road. I ordered a coffee, Italian style, and looked around, my bag on the floor at my feet. There was one elderly couple, deep in conversation. It would have put an ultimate dot on the eye of coincidence had it been Monsieur and Madame Boulangé, but I suppose they were either long dead or anyway well past the café scene this late in the evening. Had it

dû résister à l'envie de leur jeter une tasse de café chaud au visage, ce qui n'aurait servi à rien sauf à provoquer le risque inutile d'une autre intervention policière potentielle à ce stade de mon plan.

N'ayant aucun train à prendre et aucun problème de ne pas m'endormir plus tard, je commandai un deuxième café, pour constater qu'il avait toujours bon goût. Si je n'avais jamais rencontré Tina, comment et où serais-je en ce moment? Peut-être en train de sortir avec une dame d'un âge approprié et toujours journaliste sportif avec un désir de vie et un zeste de bonne humeur? Il n'y aurait certainement pas eu de passage en prison, mais je n'aurais sûrement pas connu ces instants de bonheur intense chaque fois qu'elle descendait la rue vers moi. Je pensais une fois de plus à la perspective d'une existence sans elle, avec le revers classique de la vieillesse se rapprochant avec sa liste de conséquences probables, y compris la dépression, l'humiliation de l'incontinence et le risque d'arthrite déchirante. Il y avait des antécédents inconfortables d'arthrite dans ma famille et déjà un pincement dans les doigts de ma main droite (de dactylographie) de temps à autre... Il n'y avait aucun moyen, hélas, d'accélérer le temps vers le baume relatif d'Alzheimer à grande échelle. Atteindre ce niveau pouvait être très inconfortable, sans personne sur qui s'appuyer. Le cancer, bien sûr, ayant emporté Tina, ne serait jamais loin, se propageant silencieusement dans une autre partie de mon corps. En prison, mon dossier médical avait été suivi avec précision et tous les tests réalisés, puisque la République ne veut pas que ses condamnés meurent avant l'expiration de leur peine.

Mes livres pouvaient être considérés comme un atout, mais limité parce que le vrai plaisir est de les partager. Les disques et la musique, comme je l'ai déjà dit, étaient devenus sources additionnelles de chagrin. Si Tina m'avait simplement abandonné pour un autre homme, les choses auraient été différentes. Je n'aurais pas entretenu l'idée d'éliminer mon successeur chanceux, mais je me serais certainement abstenu d'enfoncer la tête de Murdoch Simpson sur ce clou.

Je payai, laissant une quantité orthodoxe de pourboire, et je marchai lentement dehors et à travers la voie principale à l'endroit où les bouquinistes ont leurs boîtes vert foncé contre le mur donnant sur la rivière entre les bouleaux argentés. La nuit tombée, elles étaient toutes fermées, et j'appuyai contre le mur à côté d'un de ces 'magasins' et je sortis les deux ceintures de mon sac. L'une était rudimentaire avec

been the Boulangé family, I would have had to fight back the urge to throw a cup of hot coffee in their faces, there being no point in risking another potential police intervention at this stage in my plan/life.

Having no train to catch and no issue about failing to fall asleep later, I ordered a second coffee, still able to take in the fact that it tasted good. If I had never met Tina, how and where would I be at this moment? Perhaps dating a lady of an appropriate age and still a sports journalist with a lust for life and a zest of good humour? Almost certainly no jail time but certainly without those spikes of intense happiness each and every time she came down the street towards me. I thought once more about the perspective of an existence without her, with the classic down-side of old age closing in with its attendant list of possible/probable calamities, including depression, the humiliation of incontinence and the risk of pain-racking arthritis. There was an uncomfortably close history of arthritis in my family and already a twinge in the fingers of my right (typing) hand from time to time… There is no way, alas, to fast track straight through to the relative balm of full-scale Alzheimer. Getting there could be very uncomfortable, with no-one to lean on. Cancer, of course, having eliminated Tina, would never be that far away, silently spreading into some other section of my body. In prison, my medical file had been followed with precision and all tests completed, since the Republic does not want its convicts to die before the expiry of their given sentence.

My books could be considered an extra comfort, but limited since the real pleasure is in sharing them. CDs and music, as I have already said, had become additional sources of sadness. If Tina had simply abandoned me for another man, things would have been different. I would not have entertained the idea of eliminating my successor, and I would certainly have abstained from slamming Murdoch Simpson's head onto that nail.

I paid, leaving an orthodox level of tip, and walked slowly out and across the main thoroughfare to where the *bouquinist* have their dark green boxes against the wall looking onto the river between the Silver Birch trees. Night having fallen, they were all locked up, and I leaned against the wall beside one such 'shop' and extracted two belts from my bag. One was rudimentary with six metal weights on the strap

six poids métalliques sur la sangle et serrée par une boucle classique. La deuxième, plus moderne, noire tenait les poids dans les poches se fermant par un système Scratch Velcro adhésif. Je les mis toutes les deux sous mon manteau (hors saison) bleu marine, je laissai le sac vide et je marchai lourdement, avec un handicap de douze kilos, les quelques mètres restants jusqu'au pont. J'avais surement une silhouette corpulente en apparence, mais je ne me souciais plus des apparences. Les cadenas avaient été enlevés, tous, pendant que j'étais à Fresnes. L'hôtel de Ville s'était inquiété de ce que le poids des cadenas pouvait faire tomber les barrières, et entre romance et sécurité ces jours-ci, il n'y a pas de choix. Les amants n'abandonnent jamais cependant et à présent les cadenas se trouvaient en profusion croissante sur les grilles en treillis métallique en face de la basilique du Sacré-Cœur. Le grillage sur le pont avait été remplacé par des panneaux transparents, ressemblant à du verre mais probablement d'un plastique très solide, incassable et inrayable. Bref, cela me facilita la tâche. Près du milieu du pont, à son point le plus haut, et sur le côté regardant vers la cathédrale Notre-Dame – le côté que Tina et moi avions choisi – je réussis à me soulever par-dessus la balustrade haute à la taille, pensant que quelques années plus tard cela n'aurait plus été possible pour moi. Sur le rebord étroit en bois, au-delà des barrières, il y avait juste assez d'espace pour faire demi-tour (et tomber n'aurait pas été un désastre). Je suis normalement assiégé de vertige, mais pas à cette occasion. J'ai soigneusement enlevé ma ceinture en cuir classique et je l'ai serrée deux fois autour de mes chevilles. Virginia Woolf avait réussi à se noyer dans la rivière Ouze avec seulement quelques cailloux dans ses poches, mais je ne voulais pas que mon corps, dans un réflexe de survie, puisse contrecarrer la décision de mon esprit. Je n'avais laissé aucune note; cela semblait inutile. Peut-être que Guiramand remarquerait quelque chose dans les pages du milieu du *Parisien* – ou peut-être pas. Il n'y avait personne pour m'arrêter ou rapporter une dernière remarque exprimée, comme *'mauvais présage*; *un Romain, à ma place, serait rentré'* prononcé par l'homme d'État Chrétien-Guillaume de Lamoignon de Malesherbes quand il a écrasé son pied sur le chemin menant à la guillotine en 1794.

«Je t'aime Tina,» ai-je dit à haute voix au vent insouciant et je me suis penché en avant. Après un bruissement d'air alarmant, j'ai coulé dans la fraîcheur apaisante de la Seine – **notre** fleuve.

and tightened by a classic buckle. The second, more modern, black belt held the weights in pockets and was drawn together by a scratch system. I put them both on under my unseasonal, navy-blue coat, left the empty bag and walked ponderously, with a twelve- kilo handicap, the remaining few yards to the bridge. I may well have appeared portly, but was past caring about appearances.

The padlocks had been removed, every single one, while I had been in Fresnes. The Town Hall had been worried that the weight of the padlocks could bring down the barriers, and between romance and security these days there is no choice. Lovers never give up, however, and so now the padlocks are to be found in growing profusion on the wire mesh railings in front of the Sacre Cœur basilica. The wire mesh on the bridge had been replaced by transparent panels, looking as though made of glass but probably a very strong, unbreakable and un-scratchable plastic. Anyway, it made my task easier. Near the middle of the bridge, at its highest, and on the side looking towards Notre Dame cathedral — the side Tina and I had chosen — I managed to heave myself over the waist-high balustrade, thinking that in a few years this would no longer be possible for me. On the narrow wooden ledge, beyond the barriers, there was just enough space to turn around (and falling over would not have been a disaster). I am normally besieged with vertigo but on this occasion not so. I carefully took off my conventional, leather trouser belt and tightened it twice around my ankles. Virginia Woolf had succeeded in drowning herself in the river Ouze with only some pebbles in her pockets, but I did not want my body, in some reflex survival instinct, countering the decision of my mind. I had left no note; it had seemed pointless. Perhaps Guiramand might pick something up in the middle pages of the *Parisien* — or perhaps not. There was no-one there to stop me or note down a final remark thrown away, like *'bad omen; a Roman, in my situation, would have gone back'*, pronounced by the statesman Chrétien-Guillaume de Lamoignon de Malesherbes, when he stubbed his foot on the way to the Guillotine in 1794.

"I love YOU Tina," I said aloud to the heedless wind and I leaned forward. After an alarming whoosh of air, I sank into the soothing coolness of the river Seine — **our** river.

QUELQUES SEMAINES PLUS TARD

En fait, Guiramand ne trouva rien dans les pages centrales du *Parisien*.

Mais il aurait dû, puisqu'il y avait un petit article à la page neuf, quelque cinq semaines plus tard, sous la rubrique (totalement énigmatique) 'Noyé dans le remords'.

On pouvait y lire que le corps de Xavier Durant avait été retrouvé, emporté par le flot, parmi les bouteilles de plastique coincées entre deux barges, Arbois et Jean Bart, amarrées près du pont Alma, à plus de deux kilomètres en aval de Notre-Dame (et de renommée internationale depuis l'accident de voiture de Lady Diana). On présumait un suicide.

On laissait entendre que l'ancien journaliste sportif, récemment libéré de prison, n'avait jamais surmonté le meurtre, involontairement ou pas, d'un ex-ami et amant de sa femme à l'époque.

Ce jour-là le serveur donna à Guiramand l'exemplaire du restaurant avec la plaisanterie standard. «Pas grand-chose dans le torchon aujourd'hui, Commissaire.»

Guiramand s'attendait à ce qu'un ami le rejoigne pour le déjeuner. Sirotant un verre de chardonnay, il commençait comme toujours son journal par les dernières pages avec le football, puis poursuivait vers le début avec les nouvelles nationales, laissant le milieu, les pages des potins, pour la fin.

«Gérard.»

Il leva sa tête. Son ami arrivé un peu en avance, et il abandonna le journal. La maxime 'il n'y a rien d'aussi vieux que les nouvelles d'hier' s'applique en général et peut-être particulièrement au *Parisien*.

Cependant Guiramand pensait à son ancien client de temps en temps et, par conséquent, à la philosophie de choisir sa propre 'date de départ'. Il en voyait le sens – et possédait toujours une arme. Cependant, il avait subi une blessure par balle et sa douleur tranchante

SOME WEEKS LATER

In fact, Guiramand did **not** pick up anything in the middle pages of the *Parisien*.

On the other hand, he should have, since there was a small article on page nine some five weeks later under the (totally enigmatic) heading 'Drowned in remorse'.

One could read that the body of Xavier Durant had been found, washed up amongst the flotsam, bilge and plastic bottles trapped between two barges, Arbois and Jean Bart, moored near the Pont Alma, more than two kilometres downstream from Notre Dame (and of international fame since Lady Diana's car accident). Suicide was presumed. The suggestion was that the former sports journalist, recently released from jail, had never got over killing, unintentionally or otherwise, an erstwhile friend and lover of his wife at that time.

On the day, the waiter handed Guiramand the restaurant copy with the standard quip. "Not much in the rag today, Commissaire."

As it turned out, Guiramand was expecting a friend to join him for lunch. Sipping a glass of Chardonnay, he always started his newspaper at the back for the football and then moved to the front for the national news, leaving the middle, gossipy pages to the end.

"Gerard."

He looked up. His friend had arrived a shade ahead of time and so he shelved the newspaper. The maxim 'there is nothing as old as yesterday's news' applies in general and maybe particularly to the *Parisien*.

Guiramand did nevertheless think about his former client from time to time and therefore about the philosophy of choosing your own 'date of departure'. He could see the sense of it — and still had a gun. However, he had suffered a bullet wound and its attendant stabbing pain making an arrest years ago and did not relish that method.

lorsqu'il avait aidé à une arrestation des années auparavant et n'avait pas apprécié cette méthode. Certainement pas un premier choix. Peut-être pourrait-il encore intimider une pharmacie et acheter une petite bouteille de Nembutal et s'éclipser à la Marilyn Monroe – une actrice qu'il avait adorée pendant des années, assis dans son siège au cinéma. De façon plus pragmatique, il avait étudié la possibilité de mettre fin à son existence de façon ordonnée, par le biais d'Exit à Genève, même s'il n'avait aucun amour pour les Suisses. Le piège était dans le timing. Bien qu'il n'eût personne de spécial pour couper ses ongles, il percevait encore le réel plaisir d'un verre de bourgogne de qualité ou d'une petite lampée de Dalwhinnie. Il serait bon de sauter Noël avec ses fêtes folles et obligatoires, et bien avant même pour éviter ces cartes électroniques qui arrivent tôt des États-Unis, avec des rougegorges voletant de maison en maison …

Fondamentalement, cependant, il ne pouvait être question de laisser Sylvester, son magnifique chat chartreux de cinq ans, à n'importe qui! En effet cela avait été l'année de la lettre 'S' pour les chats de pédigrée, mais il avait triché un peu. Il avait toujours été surpris que Stefan Zweig, le brillant et prolifique auteur, ait pris une telle peine de s'assurer que son chien, Bluchy, soit bien pris en main, mais n'ait écrit qu'une seule page d'explication très partielle lorsqu'il s'était empoisonné avec son épouse en février 1942.

Le seul vrai danger était de rater le coche en ayant un accident vasculaire cérébral et de ne plus avoir la capacité d'organiser la paperasse et le voyage...

Certainly not a first choice. Perhaps he could also still bully his way into acquiring a small bottle of Nembutal and slip away à la Marilyn Monroe — an actress he had worshipped for years from his seat in the cinema. More pragmatically he had investigated pulling the plug in an orderly fashion, through 'Exit' in Geneva, even if he had no love of the Swiss. The catch was in the timing. Although he had no-one special to trim his nails for, he still perceived real pleasure from a glass of quality Burgundy or a slug of Dalwhinnie. One would want to skip Christmas with its flaky and compulsory celebrations, and well before in fact to avoid those electronic cards coming in early from the USA, with robins flitting from house to house …

Fundamentally, however, there could be no question of leaving Sylvester, his splendid five-year-old Chartreux cat, to any old third party! It had indeed been the year of the 'S' for pedigree cats, but he had cheated a bit. He had always been surprised that Stefan Sweig, the most brilliant and prolific author, had taken such trouble to be sure that his dog, Bluchy, would be well looked after but had only left one page of very partial explanation when he had taken poison together with his wife in February 1942.

The only real danger would be to miss the boat by having a stroke and no longer having the ability to organise the paperwork and the travel involved…

PLUS TARD

'C'est tout un échiquier de nuits et de jours,
Où joue le destin avec les hommes pour les pièces :
Ici et là bougent, capturent, et tuent,
Et un par un dans le placard pose.'

Omar Khayy'am

Cela faisait longtemps, mais quand elles se rencontrèrent au stand Jo Malone au rez-de-chaussée du Printemps, elle se reconnurent immédiatement.

«Tu aimes évidemment ces parfums aussi,» dit Odile en commençant la conversation.

«Certainement,» sourit Axelle. «je ne fais que réapprovisionner mon stock – Ambre et Lavande.»

«J'ai pensé que je pourrais essayer le nouveau Lime, Basil et Mandarin. À moins que ce ne soit trop estival? As-tu le temps de prendre un café?» A ajouté Odile.

«Oui. Nous pourrions monter.»

L'équipe de marketing de Jo Malone avait adopté la stratégie un peu audacieuse d'être le **seul** fournisseur de parfum dans le magasin Mode, toute la concurrence demeurant groupée dans le bâtiment voisin, au rez-de-chaussée, qui sentait bon. Ainsi, lorsque leurs transactions furent achevées avec le personnel de Jo Malone, efficace, bien que légèrement obséquieux, les deux femmes n'avaient que dix mètres pour marcher jusqu'à l'ascenseur, les emmenant à la Coupole Café au sixième étage. Elles connaissaient toutes les deux bien la boutique et n'avaient donc pas besoin d'admirer la belle coupole de verre bleu de trente mètres de haut. Elles choisirent deux confortables fauteuils gris. Les cafés servis, Odile ne put plus résister et franchit le pas.

«As-tu eu des contacts avec Xavier après sa sortie?»

« Non,» répondit Axelle, et cela aurait pu arrêter le sujet, à la déception partiellement dissimulée d'Odile. «Mais,» commença-t-elle

LATER ON

'It's all a chequer-board of nights and days,
Where destiny with men for pieces plays;
Hither and thither moves, and mates, and slays,
And one by one back in the closet lays.'

Rubaiyat of Omar Khayy'am

It had been a long time, but when they bumped into each other at the Jo Malone stand on the ground floor of *Au Printemps* there was instant recognition.

"You obviously like these perfumes too," Odile initiated the conversation.

"Definitely," Axelle smiled back," I am just replenishing my stock — 'Amber and Lavender.'"

"I thought I might try the new 'Lime, Basil and Mandarin'. Unless it's too summery perhaps? Do you have time for a coffee?" Odile added.

"I do. We could go upstairs."

The Jo Malone marketing team had adopted the somewhat daring strategy of being the **only** perfume provider in the 'Mode' store, all the competition remaining huddled together in the next-door building on the bespoke, sweet-smelling ground floor. So, when their transactions had been completed with the efficient, if mildly obsequious, Jo Malone staff, the two women had only ten yards to walk to the lift, taking them to the Coupole Café on the sixth floor. They both knew the shop well and so did not need to extol upon the beautiful, thirty-metre high, blue glass cupola. They chose two comfy, grey armchairs. Coffees served, Odile could resist no longer and bit the bullet.

"Did you have any contact with Xavier after he came out?"

"No," replied Axelle, and that could have shut down the subject to Odile's partly concealed disappointment. "But," she finally proceeded

finalement avec prudence, «j'ai rencontré son avocate avant le procès.»

«Et?» Odile sentait qu'elle pouvait révéler son intérêt.

«C'était une femme sympathique, décidée à aider Xavier, peut-être au-delà des limites de son mandat.

Elle m'a dit qu'elle agissait de sa propre initiative, à son insu, et donc sans son consentement.»

Les sourcils d'Odile confirmaient sa curiosité.

«Oui, elle voulait que je sois témoin. Elle pensait que ma confession d'adultère, même après si longtemps, pouvait aider la défense du crime passionnel.» Axelle s'arrêta avec un sourire, autant pour elle-même que pour Odile. «Je lui ai dit que je ne pouvais pas faire ça. Non pas parce que je ne voulais pas aider, mais parce qu'il n'y avait pas eu d'adultère – jamais.»

« Vraiment?»

«Vraiment. Je n'ai jamais pu imaginer les doigts de Murdoch sur moi — n'importe où. Ils étaient épais; un peu calleux, avec beaucoup de poils foncés à l'arrière des jointures. Et,» continua-t-elle, «même s'il n'avait jamais l'air d'attraper quoi que ce soit, il sentait le poisson tout le temps. Pouah!»

«Mon Dieu, cela semble convaincant! Et la douche?»

«Il aurait suffi d'ouvrir la porte...» Axelle haussa les épaules, «Tu veux le détail?»

«Eh bien oui, évidemment.»

«Je suis allée nager et je n'avais pas vraiment envie de prendre une douche froide sur le pont arrière, alors je suis descendue avec ma serviette de plage à notre salle de bains. Petit Saulin, tu te souviens du garçon de cabine, était occupé à nettoyer toute l'installation — un grand nettoyage de printemps, semblait-il. Il était tellement occupé qu'il ne m'a même pas vue, et l'eau a noyé le bruit. Je n'allais pas interrompre le processus. Je suis allée de l'autre côté du catamaran. Rappelle-toi que j'avais ma grande serviette et je voulais seulement rincer l'eau salée. Murdoch a descendu les escaliers à ce moment-là, évidemment avec le même objectif; une douche chaude. Il a été surpris de me voir de son côté du bateau. 'Saulin est dans ma douche,' ai-je expliqué. 'Ah, tu veux y aller en premier?' a-t-il dit avec un faux geste de bravoure. Tu te souviens de son penchant pour l'exagération. J'ai ouvert la porte de la douche. 'Ou y allons-nous ensemble?' Il était déjà à mi-chemin. 'Nous avons des vêtements,' a-t-il

cautiously, "I did meet his lawyer before the trial."

"And?" Odile felt she could reveal sustained interest.

"She was a pleasant lady, clearly keen to help Xavier, perhaps beyond the limits of her mandate.

She told me she was acting on her own initiative, without his knowledge, and therefore consent."

Odile's eyebrows confirmed her curiosity.

"Yes, she wanted me to be a witness. She thought my confession of adultery, even after such a long time, could help her crime passionel defence." Axelle paused for a smile, as much for herself as for Odile. "I told her I could not possibly do that. Not because I did not want to help, but because there was no adultery — ever."

"Really?"

"Really. I could not imagine Murdoch's fingers on me — anywhere. They were thick; a bit calloused, with a lot of dark hair on the back of his knuckles. And," she went on, "although he never seemed to catch anything, to me he smelled fishy all the time. Ugh."

"My goodness, that sounds convincing! And what about the shower?"

"You just had to open the shower door ..." Axelle shrugged her shoulders, "you want the detail?"

"Well yes, obviously."

"I had been for a swim and I didn't really go for that cold shower on the rear deck, so I went down with my beach towel to our bathroom. Little Saulin, you remember the cabin boy, was busy cleaning the whole facility — a major spring clean, it seemed. He was so busy he didn't even see me, and the water drowned any noise. I wasn't going to interrupt the process. I just went round to the other side of the Catamaran. Remember I had my big towel and I only wanted to rinse off the salt water. Murdoch came down the stairs at that moment, obviously with the same objective; a warm shower. He was surprised to see me on 'his' side of the boat. 'Saulin's in my shower,' I explained. 'Ah, you want to go in first?' he said with a mock gallantry gesture. You can recollect his penchant for exaggeration. I slid open the shower door. 'Or we go together?' He was already halfway in. 'We have clothes on,' he added. Even so I was not enthusiastic. 'It's pretty cramped,' I

ajouté. Même ainsi je n'étais pas enthousiaste. 'C'est assez étroit,' ai-je fait remarquer. 'Oui', a-t-il répliqué, 'mais il est plus facile de se doucher si quelqu'un tient le bidule.' Odile, tu te souviens que la pomme de douche était en fait le robinet étendu de l'évier. Alors on s'est douchés, et c'était assez drôle, mais PAS sexy. Tu sais comment il était. Il n'arrêtait jamais de parler, et je suppose que je gloussais un peu.»

«Seigneur,» conclut Odile dans sa tasse de café vide, «tout ça pour ça!»

FIN

pointed out. 'Yes' he countered, 'but it's easier to shower if someone holds the thing-a-ma-jig.' Odile, you will remember that the shower head was in fact the sink tap extended. So, we showered, and it was quite funny, but NOT sexy. You know what he was like; he could never stop talking, and I suppose I giggled a bit."

"Good gracious," Odile concluded into her empty coffee cup, "all that for that!"

THE END

Lightning Source UK Ltd.
Milton Keynes UK
UKHW020721010622
403833UK00011B/667

9 781849 212175